one day Suddenly

6

죽음의숲

유·일·한·공·포·소·설

청어

유일한 지음

발행처 · 도서출판 청어
발행인 · 이영철
기　획 · 손영국
영　업 · 이동호
편　집 · 김영신 | 김인현
디자인 · 오주연
인쇄 제작 · 두리터

등　록 · 1999년 5월 3일(제22-1541호)

1판 1쇄 발행 · 2006년 7월 20일
1판 2쇄 발행 · 2007년 6월 30일

주소 · 서울시 서초구 서초동 1588-1 신성빌딩 A동 412호
대표전화 · 586-0477
팩시밀리 · 586-0478

E-mail · ppi20@hanmail.net

ISBN · 89-89232-88-0 (03810)
　　　　89-89232-27-9 (03810) 세트

"내 인생을 바꾼 세 여인

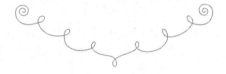

찬경, 주영 그리고 어머니께 감사드립니다."

어느날
갑자기

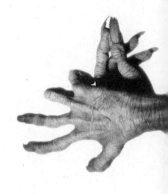

contents

· · · · · ·

어느날 갑자기

죽음의 숲

사랑하는 사람과의 이별이 가장 고통스러운 일이라구요?
그럼 그 사랑하는 사람을 죽여야 했던 사람은 어떠했을까요.
그것도 영문 모를 사악한 힘 때문이었다면…

— 그 사람의 절규 중에서

봄 햇볕이 따사롭게 내리쬐는 학교에는 아직 고등학생 티를 벗지 못한 신입생들로 북적거리기 시작했다. 캠퍼스 안에는 학기 초면 언제나 볼 수 있는 풍경들이 연출되고 있었다. 각 서클들이 신입부원들을 모집하기 위해 홍보에 열심이고, 신입생들은 여기저기들 기웃거리고 있고. 우리 서클도 예외는 아니어서 올해 역시 신입생들을 뽑기 위해 홍보 책자를 만들었고, 후배들은 부산하게 움직이고 있었다. 그런 풍경을 가만히 보고 있으려니 나도 이제 정말 늙었구나, 하는 생각이 들어 쓴웃음이 나왔다.

올해 회장이 된 영준이가 내게 이번에 만든 책자 좀 봐 달라고 찾아왔다. 자판기에서 커피를 뽑아들고, 후배들의 작품을 보았다. 겉표지에서 이제까지 우리 서클에서 했던 영화제들의 포스터들을 볼 수 있었다. 그 포스터들을 보니 문득 정말 열심히 일했던 그때의 기억이 뇌리에 스쳤다.

작년에 했던 '공포영화제' 의 포스터에 눈이 갔다. 영화제를 하기까지 그 힘들었던 과정이 떠올랐다. 자막 만들랴 자료집 편집하랴 밤새우던 일, 비디오가 고장 나서 힘들던 일, 상영해야 될 테이프가 분실돼서 엄청 당황하고 이리저리 뛰어 다니던 일.

그러다가 문득 그 사람의 그 어두웠던 눈빛이 떠올랐다.

벌써 일 년이 다 돼가는 구나.

지금쯤 그 사람은 어떻게 살아가고 있을까 궁금해졌다. 그 사람의 도저히 믿기지 않던 얘기도 떠올랐다. 그 얘기가 사실이었다면 그렇게 깊은 아픔을 지녔던 그 사람의 마지막을 알고 싶었다. 지금은 살아 있을까.

어쩌면 모든 것을 다 잊고 행복한 삶을 살고 있을지도 모르지. 아니면 터무니없는 거짓말하기 좋아하는 상상력 풍부한 사람이었을지도 모르지만.

작년 봄이었다.

영화제 준비에 녹초가 되었던 우리는 행사기간을 맞이해 마

10

지막으로 최선을 다해 행사를 진행하느라 정신이 없었다. 밀어 닥치는 관객관리하랴, 가끔씩 찾아오는 기자들에게 취재 협조하랴, 수업도 들어가랴 여하튼 새벽부터 상영이 끝나는 저녁 8시까지 정신이 없었다. 나흘 상영예정이었는데, 모두 첫날이 지나가기도 전에 녹초가 되어버렸다.

아마 사흘째였을 것이다. 그 사람을 만난 것이.

그날 마지막 상영작은 셈 레이미의 데뷔작 〈이블 데드〉였다. 이미 널리 알려졌고, 시중에 비디오로 출시된 작품이지만, 그래도 저예산의 B급 공포영화로서 어린 나이에 천재성을 번득인 셈 레이미의 실력을 볼 수 있는 영화라 상영작으로 선정했었다. 사람들이 많이 봤을 것이라고 생각했는데, 영화가 시작하기도 전에 예상밖의 많은 관객이 몰려와 객석은 땅바닥에 주저앉은 사람들까지 있을 정도로 꽉 찼다.

영화를 시작하고 십여 분이 지났을 때였다. 우리는 문을 막고 서서 미처 들어가지 못한 관객들에게 오늘은 들어갈 자리가 없고, 내일도 상영이 있으니 내일 오시라며 진땀을 흘리고 있었다. 나는 그래도 선배랍시고 한 걸음 물러서서 후배들에게 내일 상영 준비 상황을 체크하고 있었다.

그때였다.

누군가가 땀을 뻘뻘 흘리면서 상영장소로 뛰어 들어왔다. 그러고는 그 사람은 입장을 못 하게 하는 후배에게 제발 들여보내 달라고 사정하는 것이었다. 이런 영화제에 오기에는 나이 많아보였고 너무 필사적인 부탁이었기에, 나는 그가 공포영화 광이라고 생각하고 서서 봐도 괜찮다면 들어가서 보라고 했다. 그 사람은 고맙다는 말 한마디 없이 마치 허기진 사람이 음식을 찾듯이 허겁지겁 상영관으로 들어갔다.

우리는 곧 각자 맡은 자리로 들어가 뒷정리를 하기 시작했다. 극장 안에서 〈이블 데드〉의 트레이드마크인 음산한 장면과 영상이 어두운 화면에 나타나자 관객들이 비명을 질렀다. 영화가 끝나자 사람들은 찝찝한 표정으로 문을 나섰다.

우리는 관객들이 나서기가 무섭게 장비를 치우고 내일 상영 준비에 들어갔다. 나는 담배를 빼어 물고 오늘도 갔구나 하고 한숨을 돌리고 있는데, 갑자기 한 후배가 다가와 누군가 나를 찾는다는 것이었다.

나는 또 어떤 영화광이 테이프 좀 복사해 달라는 것으로 생각하고, 회장이던 인선이에게 가보라고 했다. 짐을 다 싸고 집에 가려는데 인선이가 난처한 표정으로 내게 와서 좀 이상한 사람 같으니 나보고 가보라고 했다.

어쩔 수 없이 피곤한 몸을 이끌고 텅 빈 극장으로 들어갔다. 극장 안에는 스크린 역할을 하던 하얀 천이 덩그러니 앞에 걸려, 듬성듬성 켜 있는 어두운 불빛에 음산한 분위기로 빛나고 있었다. 많은 사람들이 비명을 지르던 객석은 이제 텅 비어 있어 왠지 모를 음산한 분위기를 더욱 자아내고 있었다. 나를 기다리고 있다는 사람을 찾아보았지만 어두운 탓에 잘 볼 수가 없었다.

"공포영화를 좋아하십니까?"

갑자기 저 구석에서 음침한 목소리가 들려왔다. 나는 깜짝 놀라서 그 목소리의 주인공을 향해 돌아보았다. 아까 늦게 와서 들여보내 달라고 간절히 부탁하던 그 사람이었다.

"무슨 일로 저를 찾으셨나요? 뭐 궁금한 점이 있으시다면, 저희가 자료집도 준비했는데요."

나는 대답을 하면서 목소리의 주인공을 자세히 관찰하였다. 대학교 영화제에 오기에는 좀 나이가 들어 보였다. 머리도 희끗희끗한 게 한 마흔 쯤 되어 보였을까. 얼굴에도 주름이 많았지만 외모와는 달리 청바지를 입고 있었다. 마음에 걸리는 것은 약간의 광기가 내비쳐지는 그 사람의 눈빛이었다.

"회장이시라는 분에게 여쭤어 보니깐, 사실 영화제 일은 전부 선배가 기획하고 준비하셨다고 해서요. 제가 알고 싶은 것은 자료집에 안 나올 것 같아서요. 시간이 있으시면 저와 얘기 좀 하실 수 있을까요."

그러곤 그 사람은 대뜸 영화에 얽힌 이상한 얘기를 시작했다.

"공포영화를 주제로 영화제를 주관할 정도면, 이런 영화에 관련된 괴기한 얘기들도 많이 알고 계시겠죠? 예를 들어 〈이블 데드〉도 편집 판에 따라 화면 속에 악마의 모습이 실제로 보였다는 얘기 같은 것도."

"그 얘기는 저도 어디선가 들어본 적 있습니다. 제일 처음 영화를 찍고 편집할 때, 주인공이 괴물과 사투를 벌이는 장면에서 창문 너머로 물끄러미 괴상한 얼굴이 보였다는 얘기가 있었죠. 감독과 제작자는 처음에는 스텝이 잘못 찍힌 것으로 생각했지만 그 얼굴이 도저히 인간의 모습으로 보이지 않아 의아해했다더군요. 빨간 눈과 입에 피 칠을 한 듯한 그 모습은 영화 속의 악령이 실제로 나타난 것 같더래요. 너무 이상해서 감독과 제작자들은 그 장면을 삭제한 상태로 상영하기로 했고. 하지만 일부 마니아나 악마 숭배자들 사이에 그 괴상한 장면이 든 편집 판이 나돈다는 소문은 들은 적이 있지만, 혹시 모르죠. 영화에 대한 관심도를 높이기 위한 고단수의 상술일지도.

그런 경우도 있었잖아요. 미국 판 〈세 남자와 아기바구니〉에서 배우들 뒤로 소년의 유령과 장총이 보이는 장면이 있다고 해서 화제가 된 경우 말이예요. 거기에 대한 얘기도 많은데, 그 장면을 찍은 아파트에서 소년이 장총 오발사고로 죽은 적이 있다는 둥, 제작자가 비디오 판매를 위해 삽입한 장면이라는 둥, 촬영 소품이 잘못 나온 것을 사람들이 부풀린 것이라는 둥. 얼마 전에는 유명 가수의 뮤직비디오에 하얀 소복을 입은 귀신이 보였다는 얘기도 있었죠.

아, 그런 일도 있었어요. 80년대 초 스필버그가 제작한 영화 중 〈폴터가이스트〉라는 영화가 있습니다. 악령이 꼬마 여자애를 저 세상으로 데려가려는 내용의 꽤 쓸 만한 공포영화였는데, 첫 작품이 성공하니까 웬만한 공포영화가 다 그렇듯이 속편들이 나오기 시작했어요. 속편들은 별로 재미없었죠. 그런데 문제는 영화가 아니에요. 영화에 참여했던 사람들이 원인 모를 이유로 하나씩 죽어갔다는 것입니다. 배우, 스텝, 심지어 주인공을 맡았던 어린 꼬마애도 사고로 죽었어요. 그리고 미쳐버린 사람도 생기고요. 사망 원인도 불가사의 했죠. 도저히 올라갈 수 없는 빌딩 창문에서의 추락사, 권총 오발 사고, 구명조끼를 입고 있는 상태에서의 익사, 원인 모를 병. 그 영화에 참여했던 여러 명이 이런 끔찍한 일을 당했죠. 결국 속편은 아마 3편에서 중단되었을 거예요. 그 뒤론 어떤 제작자나 감독, 배우, 하다못해 광고 효과를 노리는 영화사도 이 영화에 손대길 기피하게 되었죠. 그 생각을 하고 이 영화를 보면 으스스합니다. 여하튼 영화에 관련되어 많은 기괴한 얘기들이 있어요.”

나도 모르게 많은 얘기를 해 주었다. 그 사람은 이런 황당한 얘기를 들으면서도 이상할 정도로 진지한 자세로 듣고 있었다.

“역시 그런 일이 많이 있었군요. 제가 알고 싶은 것은, 이런 얘기 하면 좀 이상하게 생각하시겠지만 저는 공포영화나 공포소설에 관심이 많거든요. 심령학은 물론이구요. 아니 사실대로 말하면 관심을 가질 수밖에 없게 되었죠. 여하튼 제가 알고 싶은 것은, 왜 하필 공포영화제를 개최했고 거기에 〈이블 데드〉라는 영화를 선정하셨나 하는 겁니다. 자료집에 나와 있는 영화사적인 얘기나 심리학적인 얘기 말고요. 개인적인 경험이나 무슨 특별한 이유가 있는가 해서요. 그런 것이 있으면 제발 얘기해 주시겠습니까.”

그 사람은 필사적으로 그 사실을 알고 싶은 듯 거의 애원조로 부탁을 해왔다. 나는 당황할 수밖에 없었다.

“무엇을 알고 싶으신지 잘 이해가 안가는 데요. 하지만 자료집에 쓴 것 외에 무슨 특별한 이유가 있어서 공포영화제와 〈이블 데드〉를 상영한 것은 아닌데요.”

“잘 생각해보세요. 무슨 특별한 얘기나 경험 없이 공포영화를 상영할 생각을 한 건가요?”

그 사람의 이상할 정도로 집요하고 끈질긴 질문에 나도 모르게 생각을 해 보았다. 하지만 그 사람이 내 주변에 일어났던 이상한 일에 대해 알고 묻는 것인지 여하튼 꺼림칙한 기분이 들어 대답을 안 하기로 했다. 그리고 사실 공포영화제의 아이디어는 후배들이 내놓았고, 나는 영화 선정과 영화제 기획, 충고 정도만 대충 해주었을 뿐이었다. 내 그런 대답에 그는 실망한 표정을 짓고 내게 마지막이라면서 또 괴상한 질문을 했다.

“그럼 영화에 대해선 많이 아시겠군요. 혹시 오늘 상영한 〈이블 데드〉가 실제로 일어났던 일을 바탕으로 했다는 얘기를 들어본 적 있으십니까?”

“그런 얘기는 처음 듣는데요. 하지만 그럴 가능성은 있을 수 있죠. 왜냐하면 〈이블 데드〉라는 영화는 기존에 있던 공포영화들의 요소들을 전부 짬뽕해서 만든 영화라고 할 수 있거든요. 음산한 분위기, 밤, 고립된 별장, 탈출이 불가능한 숲속, 좀비,

괴물이 되어가는 동료, 피, 잔인한 살인 등등. 가장 우리가 흔하게 알고 있는 공포영화나 무서운 얘기의 요소들을 다 가지고 있는 영화니까요."

그는 내 대답을 듣는 동안 무서울 정도로 눈을 번뜩였다. 그리고 일순간 갑자기 무척 슬픈 눈빛을 지었다. 동정심이 느껴질 정도로. 내 대답을 들은 그는 알았다는 듯이 힘없이 일어났다.

"그랬군요. 저는 또 무슨 특별한 이유가 있는 줄 알고. 하긴 그런 일이 실제로 일어난다는 것은 말도 안 되는 것인 줄 알지만… 여하튼 고맙습니다. 피곤하실텐데 시간 내 주셔서."

너무 힘없이 보이는 그의 축 처진 어깨와 뒷모습에 나도 모르게 그를 불렀다.

"저기요! 혹시 무슨 일이 있으십니까? 〈이블 데드〉나 공포영화에 관해서 특별한 관심을 가지신 것 같은데 제가 도울 수 있는 일이라면 도와드리고 싶습니다만…"

사실 그를 불러 세운 건, 동정심보다는 이상할 정도로 공포영화, 특히 〈이블 데드〉라는 영화에 관심을 보이는 그 사람에 대한 호기심 때문이었을 것이다. 돌아선 그는 잠시 머뭇거리더니 뭔가 결심한 듯이 내게 말했다.

"고맙군요. 공포영화나 이런 분야에 조예가 깊으시다면 제게 도움을 주실지도 모르겠군요. 아닙니다. 사실 제가 필요로 하는 것은 제 얘기를 믿어줄 사람일지도 모르겠습니다. 실례가 되지 않는다면 제가 술 한잔 살테니 저의 이야기를 들어주시겠습니까? 미친놈이라고 생각하실 지도 모르겠지만, 오늘같이 힘든 날에는 저도 누군가에게 이야기를 하고 싶어지는군요."

그렇게 해서 우리는 학교 앞에 있는 소주방으로 자리를 옮겼다. 열심히 뒷정리를 하고 있던 후배들에게는 양해를 구하고 먼저 자리를 떴다. 앉아서 볼 때는 멀쩡해보였는데, 그 사람은 다리를 심하게 절고 있었다. 다리가 불편한 그 사람 때문에 가까운 소주방으로 향했다. 소주방에는 평일임에도 불구하고 많은 사람들이 왁자지껄하게 떠들고 있었다. 술을 주문하고 나서 우리는 서로 자기 소개를 했다.

마흔 살 남짓으로 보이는 그 사람은 놀랍게도 서른도 안 된 젊은 사람이었다. 알고 보니 우리 학교 4년 선배였다. 물론 과는 달랐지만. 내가 선배니까 말을 편히 하시라고 했는데도, 그는 끝까지 나에게 말을 높였다. 재혁이라는 그 선배는 작년만 하더라도 젊은 나이에 그 어렵다는 언론사 시험에 합격해 능력 있는 기자로 촉망받는 인재였다고 했다. 결혼하기로 한 약혼녀도 있었고, 행복한 미래를 앞두고 있었다고 했다. 그 일이 인생을 송두리째 바꾸어놓기 전에는.

그 선배는 술이 나오자마자 연신 들이키더니 어느 누구도 믿을 수 없는 그 이야기를 시작했다.

"일한 씨는 아직도 절 이상하게 생각하겠죠. 하긴 나도 내가 왜 이렇게 되었는지 아직도 실감이 나질 않아요. 휴… 우선 제가 왜 그토록 공포영화, 그 중에서도 〈이블 데드〉라는 영화에 집착하게 된 이유를 말씀드리죠. 그 영화 속 일이 실제로 제게 일어났다면 믿겠습니까?

미친놈처럼 보이죠? 그래도 할 수 없어요. 그 개 같은 일은 실제로 제게 일어났답니다. 이놈의 다리도 그때 쓸모없이 돼버렸고요. 이거 한번 보세요."

그러면서 그는 주머니에서 이제는 거의 누더기가 되어버린 신문기사를 꺼내보였다. 기사의 날짜는 일 년 전 7월이었다.

아주 작은 교통사고 기사였다. 기사 내용은 대충 이랬다.

─피서길 교통사고 급증. 피서길에 교통사고가 급증하고 있다. 어젯밤에도 강원도 산길에서 과속으로 달리던 소나타 승용차가 전복하여 절벽 아래로 굴러 차에 타고 있던 승객 중 운전자 이재혁(29세, C신문 기자)을 제외한 동승자 세 명이 전부 사망하는 사고가 발생했다. 차량은 화재가 일어나 전소되었다. 그 외에도 경부고속도로에서는 5중 추돌 사고가… ─

나는 의아해질 수밖에 없었다. 교통사고가 공포영화와 무슨 연관이 있을까. 나의 의문을 알아차렸는지, 그는 이야기를 덧붙였다.

"신문 기사라는 것이 다 그렇더군요. 제가 기자였긴 하지만, 사실 믿을 만한 기사는 거의 없어요. 대부분 기자의 주관으로 기사 방향이 정해져 전달되곤 하죠. 자세한 속사정이나 원인은 삭제된 채, 필요한 부분이나 결과만을 전달하니 신문사의 의도대로 사실이 왜곡돼서 전달되는 경우도 많고, 그냥 독자들이 오해를 하고 자기 나름대로 사실과는 다른 해석을 내릴 때도 많고요. 여하튼 이 기사도 그 사건의 결과만을 교통사고로 간단히 보도한 것 뿐이에요. 일이 그렇게 되기까지 어떤 일이 있었는지는 모르고, 아니 믿지 않고 말이죠. 사실 부끄럽지만 내 속 깊은 곳에서도 그렇게 교통사고로 처리되길 바랐어요. 그때는 그럴 수밖에 없다고 생각했죠. 제기랄!"

그는 다시 괴로워지는지 술을 찾았고, 한동안 아무 말 없이 뭔가 아픈 기억을 되씹는 사람처럼 담배연기를 깊이 들이마시고 가만히 있었다. 순간 그의 눈에서 눈물이 약간 보인 것 같았다. 그 사람은 나의 시선을 의식했는지 얼른 고개를 들고 한숨을 내쉬고는 정말 괴로운 듯이 얘기를 시작했다.

출발은 어느 여행보다 즐거웠어요.

그때 나와 경아 그리고 친한 친구들인 진수와 세영이는 설악산으로 여행을 가기로 했죠. 피서철이라 차가 막힐 것 같아 우리는 느지막하게 서울을 출발했어요. 모두 직장을 다니고 있었기때문에 일을 다 보고 밤 10시쯤 나선 거죠.

내 차를 가지고 떠났어요. 모두들 빡빡한 일상에서 탈출한다고 들뜬 분위기였고, 저마다 이번 여행에 많은 기대를 하고 있었어요. 대기업에 다니는 진수는 대리 진급을 했고, 외국 컴퓨터 회사를 다니는 세영이는 회사에서 능력을 인정받는 엘리트였어요. 나도 정말 간만에 얻은 휴가였고, 바쁜 기자 생활에서 벗어나 친한 친구들과 그리고 결혼을 약속한 경아와 여행을 가게 되었으니 즐거울 수밖에 없었죠.

아무리 늦은 시간이라고 해도 서울을 벗어날 때까지는 차가 많더군요. 하지만 곧 국도로 접어들자, 차는 눈에 띄게 줄어들었어요. 우리는 천천히 여유 있게 가기로 하고 휴게소에서 우동도 사먹으면서 여행을 즐기고 있었어요.

밤은 깊어갔고, 우리는 어느새 경기도를 벗어나고 있었어요. 희미한 별빛에 보이는 주변 산세는 점점 험해졌어요. 우리는 늦은 밤인데도 불구하고, 피곤함을 잊고 떠들었어요. 오랜만에 만났고, 각자 서로 다른 직장에 다녔기 때문에 직장 얘기만으로도 할 얘기가 많았어요. 세영이가 자기 회사의 최신 시스템에 대해 한참 떠들다가, 갑자기 으스스한 얘기를 꺼내기 시작했어요.

"너희들도 알다시피 우리 회사는 컴퓨터에 관해선 세계 최고라고 주장하잖아. 그래서인지 회사 내에서 접속할 수 있는 전산망이 일고여덟 개가 넘어. 더군다나 그 많은 전산망에 접속할 수 있는 아이디는 같은 것을 쓸 수 있지만, 비밀번호는 다른 것을 쓰게 하거든. 또 우리 회사는 보안에 거의 목숨 건 회사이기 때문에 그 많은 비밀번호를 육개월에 한 번씩은 바꿔야 해. 그러니 비밀번호 관리가 장난이 아니지. 잊어버리거나 수첩에 적어두지 않으면 엄청 고생해야해. 만약 틀린 비밀번호를 세 번 입력하면 사용자의 아이디는 취소되거든. 잊어버렸다고 메인 시스템 관리자에게 비밀번호를 물어봐도 소용없어. 요즘 비밀번호는 입력한 사람만 알고 있고 다른 사람은 알 수 없도록 코드화 돼있거든. 그러니 할 수 있는 것은 그 잊어버린 비밀번호와 해당 아이디를 취소하고 다시 발급받는 수밖에 없어. 그러니 우리 회사에서 제일 번거롭고 중요한 일이 비밀번호 관리야. 그런데 그 비밀번호에 얽힌 무서운 얘기가 회사에 떠돌고 있어.

벌써 한 사 년 된 얘기구나. 내가 신입사원 연수 때 들은 이야기인데, 그 일이 얼마 전에 일어나서 사람들이 엄청 충격을 받았지. 내가 입사하기 전에 어떤 과장이 있었대. 그 사람은 일은 잘 하는데 매번 비밀번호를 잊어버려 고생했대. 한두 번은 모를까 매번 그런 일이 발생하니까, 전산실은 물론 상급자도 비밀번호에 관해선 그 과장을 비난했대. 칠칠치 못하게 비밀번호도 늘 잊어먹고 다닌다며. 그 과장은 처음에는 그런 비난을 웃음으로 넘겼지만, 모든 회사 사람들이 비웃기 시작하고 자기가 그런 사람으로 찍히자 점점 이상해지기 시작했대. 어쩌면 주변 사람들이 그렇게 만든 것이지도 모르지.

여하튼 능력 있던 그 과장은 그런 이미지 때문인지 회사에서도 무시 받고, 사람들도 인정을 하지 않기 시작했대. 그는 실제로 업무도 제대로 처리하지 못했고, 항상 불안한 사람으로 보였대. 고민하다 못한 그 사람은 자기 책상 주위에 포스트잇에 패스워드를 메모해서 붙여놨지만, 회사 보안 검열에 걸려 시말서도 쓰고 엄청 깨졌대. 그까짓 거 수첩에 적어두면 될 것 같지만 그 과장은 수첩도 자주 잊어버려 말짱 헛일이었대.

왜 그런 사람 있잖아? 전화번호나 숫자 잘 까먹는 사람. 나도 그런 사람이긴 하지만, 그 과장은 좀 심했나봐. 여하튼 비밀번호 때문에 바보 취급받은 그 과장은 언제부턴가 비밀번호를 하나도 잊어버리지 않고 잘 쓰기 시작했대. 사람들은 의아하게 생각하면서도, 그 과장이 이제야 정신 차렸구나, 했대.

몇 개월을 잘 사용했대. 일도 제대로 하고. 하지만 이상하게도 그 과장은 야위어가고, 건강이 상해가는 것처럼 보였대. 성격이 점점 신경질적으로 변했고, 눈에는 이상한 광채가 번뜩이는 것 같았대. 그러다 비밀번호 변경 기간이 온거야. 그 과장도 물론 비밀번호를 바꾸었지. 비밀번호 변경하는 마지막 날이었대. 그날 마지막으로 퇴근하는 사람이 본 그 과장의 모습은, 당황한 표정으로 컴퓨터 앞에 앉아서 '이상하다 이상해. 분명히 맞는데…' 라고 중얼거리며 남아 있었다는 거야. 그것이 그 과장의 마지막 모습이었어.

다음날 아침, 그 과장은 회사에서 끔찍한 시체로 발견되었어. 모니터에 머리가 박혀서 죽어 있는 것이었어. 마치 머리 대신 모니터가 달려 있는 피투성이 괴물처럼 보였대. 회사에선 난리가 났고, 경찰이 와서 수사에 나섰지만 그날 밤에 그 사무실에 들어온 사람은 한 명도 없었다는 것이 감시 카메라를 통해 밝혀졌어. 경찰은 미궁에 빠진 이 사건을 사고사로 마무리 지었어. 책상 밑에 떨어진 무언가를 줍다가 머리 위로 모니터가 떨어져 생긴 사고로. 회사도 그렇게 받아들였지. 하지만 이상한 얘기가 많이 돌았대. 과장의 시체가 발견된 장소는 책상과 일 미터 이상 떨어진 곳으로 모니터가 날아와서 과장의 머리에 내리쳐진 격이라는 둥, 그때 사무실에서 사람 소리가 아닌 괴상한 소리가 들려왔다는 둥.

그런데 그 죽은 과장의 유품을 정리하다가 충격적인 사실이 발견되었어. 그 과장의 수첩에는 이제까지의 비밀번호들이 날짜별로 깨알같이 적혀있었대. 그런데 문제는 그 비밀번호들이 무시무시했다는 거야.

mOnster, Devil, EViL, DeAtH 등. 마지막에 적혀있던 번호는 'KILL_ME' 였다는 거야. 나를 죽여 달라는 얘기잖아. 각각의 비밀번호들이 단지 대문자, 소문자 차이만 있었을 뿐 무시무시한 단어였다는 거야. 그런데 죽기 전에 바꾸려고 했던, 그러니까 죽은 날짜에 수첩 제일 마지막에 적혀있었던 비밀번호가 바로 'Killed_Me' 였다는 거야.

너무 이상하지 않니? 자기를 죽여 달라는 것을 비밀번호로 쓰다니. 그 이후로 이상한 소문들이 떠돌았어. 흔한 귀신 얘기들 같은 것. 청소부 아줌마가 피투성이의 그 과장 유령을 봤다는 둥, 밤늦게 그 과장이 죽은 자리의 모니터에 비밀번호로 접속하다 실패하면, 모니터에 그 과장의 원망스런 얼굴이 보인다는 둥. 그 중 가장 압권인 소문이 'KILL_ME' 로 자기 비밀번호를 바꾸고, 세 번 'Killed_Me' 란 다른 비밀번호를 입력하면 죽게 된다는 얘기였어. 신입사원 연수 때 비밀번호를 잊어먹지 말라며 농담조로 이 얘기를 들려주곤 했지. 그런데 정말 이상한 얘기는 여기서부터야. 올해 입사한 신입사원이 우리 옆 부서로 왔어. 바로 그 과장이 죽었다는 사무실로. 그 신입사원은 나도 몇 번 점심을 같이 먹은 적이 있었는데, 착실하고 적극적인 청년이었어. 호기심이 많은지 이것저것 묻는 것이 많긴 많았지.

며칠 전 아침이었어.

신입사원답지 않게 늦게까지 혼자 일하곤 하던 그 친구가 아침에 사무실에서 싸늘한 시체로 발견된 거야. 바로 그 과장이 쓰던 책상 앞에서 심장마비로. 나도 직접 그 시체를 보았는데, 외상은 하나도 없었지만 왠지 모르게 끔찍했어. 공포로 가득찬 눈으로 허공을 응시하고 있는 상태로 죽어있었어. 마치 뭔가 무서운 것이나 끔찍한 것을 목격한 사람처럼. 그런데 그 신입 사원 시체 옆에 모니터가 켜져 있었는데 'Killed_Me' 라는 단어가 메모장에 적혀 있었어. 그 신입사원이 바로 그 비밀번호를 입력시키고 있었던 거야. 'Killed_Me' 라는.

오싹하지? 젊은 사람이 갑자기 심장마비라니. 그렇게 겁먹은 표정을 짓고 죽은 것하며… 더구나 그 소문의 비밀번호를 입력시키다가 말이야. 회사는 요즘 그 죽음의 비밀번호에 대한 얘기가 너무 많이 돌아서 아예 중앙 시스템에 'KiLL_ME'라는 비밀번호가 입력이 안 되게 해버렸어. 그리고 여러 개가 되는 비밀번호도 하나로 통합하는 작업을 하고 있대.

웃기지? 첨단의 컴퓨터 회사에 이런 불가사의한 일이 일어나고, 그것 때문에 회사 방침을 바꿔야 한다는 것이."

세영이의 섬뜩한 얘기로 차 안의 분위기도 그런 얘기가 화제가 되었어요. 겁이 많은 경아는 그런 얘기 그만하자고 했지만, 진수나 나는 경아가 겁을 내면 낼수록 무서운 얘기에 열을 올렸어요. 경아는 도저히 안 되겠는지 화제를 세영이의 여자 친구인 경희 씨 얘기로 돌렸어요.

"세영 씨, 경희 씨는 왜 이번 여행에 못 왔어요?"

"글쎄요. 나도 꼭 같이 오려고 했는데, 회사일이 너무 바쁜가 봐요. 덕분에 재혁이와 경아 씨 행복한 것만 구경하게 되었네요, 뭐."

"경희 씨 회사는 참 바쁜가 봐요. 그러고 보면 우리 회사가 훨씬 여유 있는 것 같기도 하네."

경희 씨라. 아직도 세영이를 못 잊어 하는 것 같던데. 경희 씨를 볼 때마다 나는 심한 가책을 받아요. 나 때문에. 제기랄! 다 지난 얘기지만 경희 씨마저 그 여행에 왔더라면 비극은 더 커질 뻔했죠. 이런 걸 불행 중 다행이라고 하는지. 여하튼 우리는 경아의 투정 때문에 더 이상 무서운 얘기를 못 하게 되었어요.

어느새 주위에 불빛은 거의 보이지 않고, 지나가는 차도 가끔 한 대씩 보이기 시작했어요. 더군다나 이상한 밤안개가 끼기 시작했어요. 삽시간에 안개는 짙어져 불과 십여 미터 앞도 제대로 보이지 않을 정도였어요.

나는 운전을 조심스럽게 했죠.

분위기가 괴기하고 음산해지기 시작하자, 농담하기 좋아하는 진수는 이때다 싶었는지 다시 무서운 이야기를 시작했어요.

"경아 씨, 이 길에 얽힌 무서운 얘기 알아요? 옛날부터 강원도에서 서울로 올라오려면 이 길을 지나야 했대요. 그런데 오늘같이 밤안개가 낀 날이면 항상 지나가는 사람이 죽어나갔다는 거예요. 그것도 잔인하게. 심장이 없어졌다는 둥 머리가 뽑혔다는 둥.

여기까지는 전설의 고향 같죠. 그런데 그 얘기는 지금까지 계속돼요. 늦은 밤에 이 길을 오가는 트럭 운전사들 사이에 전해지는 얘기인데, 이 길을 공사한 것은 군대 공병대였대요. 그런데 산세가 너무 험해 공사가 어려웠고, 길을 만들다가 많은 군인이 죽었대요. 그래서 한 맺힌 군인들의 영혼이 여기에 서려, 여름만 되면 원인모를 교통사고가 많이 발생한대요. 그래서 이 근처 마을사람들은 절대로 밤에 이 길을 지나가지 않는대요. 무섭죠? 경아 씨."

"진수 씨, 너무해요. 그런데 정말이에요?"

"그럼요. 내가 언제 거짓말하는 것 봤어요? 우리 회사 강원도 지사장님이 해준 얘긴걸요. 그 분이 이 근처 출신이거든요."

진수는 정말인 것처럼 얘기했지만, 워낙 장난기 있는 친구라 나와 세영이는 또 장난친다고 생각하고 가볍게 흘려들었어요. 그때는 몰랐죠. 제기랄.

우리는 무서워하는 경아를 놀리고 있었죠. 안개는 더욱 짙어 져서 차 창문에 습기가 꼈고, 앞을 보기 위해선 와이퍼를 켜야 될 정도였어요. 주위에는 여름이라 무성한 나무들이 음산하게 보였어요. 기분 나쁠 정도의 고요가 흘렀고, 드문드문 지나가 던 차들도 아예 안 보이기 시작했어요. 뭔가 튀어나올 것만 같 았어요.

그때였어요.

갑자기 '꽈광!' 하는 소리와 함께 차가 기우뚱하더니, 덜덜덜 거리며 길을 벗어나 길 옆 숲에 처박혔어요. 우리는 갑작스런 충격에 거의 정신을 잃을 뻔했죠.

나는 간신히 정신을 추스르고, 친구들을 돌아보았어요. 모두 들 괜찮다 했고, 다행히 가벼운 타박상 몇 군데 외에는 심한 상 처는 없어 보였어요. 경아는 좀 놀라고 왼팔에 작은 멍이 들은 것으로 그쳤어요. 차는 뒷바퀴는 도로에 걸치고 앞바퀴는 일 미터 정도 길 밖으로 처박힌 상태였어요. 기울어진 차에서 간 신히 내리는데, 갑자기 세영이가 '아악' 하면서 신음소리를 내 었어요.

세영이를 보니 고통에 얼굴을 잔뜩 찌푸리고 있었어요. 자세히 살펴보니, 세영이의 발목이 퉁퉁 부어 있었어요. 사고 날 때 발목을 좀 다친 것 같았어요. 뼈에 이상이 있는지 그쪽 발로는 걷지를 못하겠다고 했어요. 우리는 앞으로 기운 차에서 세영이를 부축해 간신히 문을 열고 나와 주위를 둘러보았어요.

자욱한 물안개에 인적이라고는 전혀 없는 깊은 산속이었어요. 설악산으로 가는 국도에 이런 길이 있었던가 싶을 정도로 한적한 곳이었어요. 우선 차의 상태를 살펴보았어요. 차는 말이 아니었어요. 바퀴는 앞뒤 하나씩 펑크가 나 있었고, 바퀴 축은 충격에 심하게 휘어 있었어요. 여기저기 찌그러져 마치 큰 교통사고라도 난 듯했죠.

나는 짐으로 꽉 차 있는 트렁크에서 간신히 비상 플래시를 하나 찾았어요. 다행히 배터리도 이상 없었고, 헤드라이트도 괜찮은지 불은 들어왔어요. 그때가 아마 밤 한시를 좀 넘었을 때였을 거예요. 내 휴대폰과 세영이 휴대폰은 무용지물이었어요. 바로 전까지만 해도 통화가 잘 되는 것 같았는데, 자욱한 밤안개가 방해가 되는지 어느 전화번호도 불통이었어요. 우리들은 주위를 살펴보았죠. 그때의 섬뜩함이란.

여름이라 무성해야 할 나무들이 이상하게도 가지만 남고 죽어있어요. 짙은 물안개는 그 음산한 분위기를 더했고, 주위에 불빛이라곤 하나도 보이지 않았어요. 숲속으로 들어갔다가는 길을 잃어버릴 것 같았고, 뭔가가 튀어나올 것 같았어요. 그런데 이상한 것은 나무들은 그렇게 죽어 있는데, 발에 밟히는 흙은 푹신하고 기름져 보였어요. 뭔가 양분을 듬뿍 빨아들인 것 같은. 우리는 갑자기 차가 왜 그렇게 되었나 알아보려 손전등 하나에 의지해 오던 길을 좀 올라가 보았어요.

길에는 사람 몸통만한 구덩이가 나란히 두 개 있었어요. 포장도로에 그런 구덩이가 아무런 표시도 없이 두 개나 위험하게 방치되어 있는 것에 대해 화가 치밀었지만, 이상한 생각도 들었어요. 구덩이 안은 이상할 정도로 날카롭고 뾰족한 돌이 많이 삐죽삐죽 튀어나와 있었어요. 이런 구덩이이라면 아무리 튼튼한 바퀴를 가진 트럭이나 지프차라도 사고 나기 십상으로 보였죠. 더구나 이런 구덩이가 길 가운데도 아니고, 바로 바퀴가 지나가는 부분에 있다는 것도 이상했어요. 마치 지나가는 자동차를 멈추게 하려는 덫을 친 것 같아 보였죠. 사냥꾼이 사냥감을 노리고 친 것 같은.

그런 생각이 들자 갑자기 온 몸에 소름이 쫙 끼쳤어요. 무언가가 저 어둠 너머에서 우리를 먹이로 생각하고 노려보고 있는 것 같았지만, 나는 애써 그런 생각을 떨쳐 버리고 대책을 생각해 보았어요. 우선 처박혀 있는 차의 라이트와 비상 등을 켜놓고, 주위를 밝게 했어요. 하지만 차의 헤드라이트는 주변의 우거진 나무에 가려 생각보다 주위를 밝게 하지는 못했어요. 어쨌든 처음에는 지나가는 차에게 도움을 구할 생각이었는데, 30분이 지나도록 차가 한 대도 지나가지 않는 거예요. 기다리다 지친 우리는 길가에 주저앉아 휴게소에서 사온 먹을 것을 펴놓고, 먹으면서 느긋하게 기다리기로 했어요.

그런데 발목을 다친 세영이가 점점 고통이 심해지는지 괴로워했어요. 웬만해선 자기 힘들거나 아픈 것 불평하는 친구가 아닌데, 그때는 정말 고통스러운지 괴로워하는 것이 티가 났어요. 이상하게도 발목만 상했는데, 갑자기 세영이의 온몸이 불덩이처럼 뜨겁게 열이 올랐어요.

경아는 걱정이 되었는지 나보고 어떻게 좀 해보라고 했지만, 지나가는 차를 기다리는 수밖엔 다른 방법이 없었어요. 단지 가지고 온 양주와 맥주를 꺼내 술을 마셔서 아픔을 잊으라며 독한 술을 권할 뿐이었어요. 세영이는 자기를 걱정하는 우리에게 미안해서인지, 진수에게 술을 한 잔 권하며 말했어요.

"야, 진수야, 나 괜찮으니까 걱정 말고, 그냥 기다리기도 지루하니 재미있는 얘기 좀 해봐라. 아니면 분위기에 어울리게 무서운 이야기라도."

그 얘기를 들은 진수는 자기 특기인 재미있는 농담을 하기 시작했어요. 하지만 분위기가 이러니 웃음이 잘 나오지 않았고 술만 들이켜게 되었어요. 주위에 차는 지나갈 생각도 않고, 우리는 점점 차에 대해서 포기하고 있었어요. 밤안개는 더욱 짙어졌고 숲은 살아있는 것 같은 느낌마저 들었죠. 숲 너머 어둠 속에서 무언가가 우리를 노려보고 있는 것 같았어요. 으스스한 기분이 들고 분위기가 계속 처지자, 진수도 어쩔 수 없다는 듯이 한숨을 내쉬더니 이야기를 중단하고 술만 마셨어요.

시간은 정말 지긋지긋하게 안 갔고, 지나가는 차는 이상할 정도로 나타나지 않았어요. 한동안 고통을 참고 있던 세영이가 아픔이 더욱 심해졌는지 신음소리를 내기 시작했어요. 그러더니 목이 타는지 물을 찾았지만 그때 물은 다 떨어지고, 양주 반 병 정도만 남아 있었어요. 세영이는 술이 아닌 물을 찾았지만 우리에겐 남아 있는 물이 하나도 없었어요. 세영이의 상태가 더 심각해지고, 몸의 열은 더욱 뜨거워졌어요.

보다 못한 진수는 물을 구해보겠다며, 세영이와 우리들의 만류에도 불구하고 하나밖에 없는 손전등과 빈병을 들고 어두운 숲으로 들어갔어요. 경아는 왠지 모르게 걱정되는 표정을 지었고, 진수의 뒷모습을 보니 나도 까닭모를 불안함이 엄습했어요. 순식간에 진수가 든 손전등의 불빛은 무성한 숲 사이로 사라졌어요. 마치 숲이 진수를 삼켜버린 것처럼 보였죠. 그런 생각이 드니 갑자기 온 몸에 소름 쫙 끼쳤어요. 애써 불길한 생각을 떨쳐버리고 불안해하는 경아를 안심시켰어요.

"뭘 그렇게 걱정하니? 진수는 언뜻 보기엔 덜렁대고 실없는 애 같지만, 알고 보면 담력도 세고 속 깊은 애야."

나는 얘기를 하고 나서, 내가 한 말에 이상함을 느꼈어요. 단지 물을 뜨러 간 것뿐인데 이런 걱정까지 하다니. 세영이도 상태가 더 심해졌어요. 의식이 오락가락 할 정도였으니까요. 이것도 너무 이상했어요. 사고 났을 때만 해도 발목만 아파했을 뿐 정신도 멀쩡하고 몸의 열도 없었는데, 갑자기 세영이의 몸이 이상할 정도로 나빠진 것이…

진수가 숲으로 물을 구하러 들어간 뒤, 죽음과 같은 적막이 흘렀어요. 우리도 가만히 숲만 바라보고 있었고 아무 소리도 들리지 않았어요. 간간히 세영이의 신음소리만이 그 적막을 깼어요.

시간이 얼마나 지났을까.

숲으로 들어간 진수는 나올 생각을 하지 않았어요. 점차 걱정되기 시작했어요. 죽은 듯한 분위기에 갑자기 바람이 불기 시작했어요. 그러더니 저 멀리서 웬 사람의 처절한 비명이 들려왔고, 경아는 그 소리에 깜짝 놀라 저에게 안겼어요. 나도·너무 겁이 나, 덜덜 떨면서 과일을 깎으려고 내 놓은 과도를 집어들었어요. 그 끔찍한 소리에 세영이도 정신이 들었는지 다급한 목소리로 어떻게 된 것이냐고 계속 물어봤어요.

나는 진수에게 무슨 일이 난 것 같아 걱정이 되고 무서운 생각이 들었어요. 경아는 내 옆에 바싹 붙어서 떨고 있었어요. 공포심은 전이되는 것인지 경아가 옆에서 무서워하자 나도 더욱 무서워졌어요. 그 처절한 비명소리가 들린 후 주위는 또 적막에 쌓였어요.

얼마나 지났을까.

실제로는 한 오 분도 안 될 시간이었지만, 당시 우리에게는 죽음과 같이 긴 시간으로 느껴졌어요. 그 적막을 숲속으로부터 들려온 이상한 소리가 깨버렸어요. 처음에는 잘 들리지 않아 어떤 소리인지 감도 잡을 수 없었어요. 하지만 그 소리는 점점 우리 쪽으로 다가오는 것 같았어요. 경아는 소리가 점점 가까운 곳에서 들리자 덜덜 떨었고, 나도 두려워하며 소리 나는 쪽을 응시했어요. 세영이도 겁이 나는지 불편한 몸을 움직여 숲쪽에서 최대한 멀리 떨어지려고 발버둥쳤어요. 그 소리는 점점 또렷하게 들려왔는데, 격렬하게 숲을 헤치고 뭔가가 우리에게 달려오는 것 같은 소리였어요. 나도 모르게 과도를 움켜진 손에 힘이 들어가고 식은땀이 흐르기 시작했어요. 우리는 두려움에 떨며 그 소리가 나는 깜깜한 숲속을 뚫어지게 쳐다보았어요. 그 소리는 점점 가까워오고, 숲을 헤쳐 오는 소리와 함께 헉헉거리는 기분 나쁜 신음소리마저 들려왔어요.

그 순간, 숲에서 뭔가 시꺼먼 물체가 '퍽' 하며 튀어나왔어요. 경아는 비명을 질렀고, 나는 본능적으로 그 튀어나온 물체를 향해 칼을 겨누었어요. 무서운 기세로 숲에서 튀어나온 그 물체는 우리 앞 삼사 미터에서 비틀거리더니 힘없이 쓰러졌어요. 우리는 그 쓰러진 물체를 살펴보았어요. 주위가 어두워서 잘 보이지 않았지만 사람 같아 보였어요.

나는 숨을 가다듬고 다가갔어요. 놀랍게도 그 쓰러진 사람은 진수였어요. 언뜻 봐도 크게 다친 것 같았어요. 옷은 무엇에 찢긴 것인지 너덜거렸고, 몸은 피투성이가 돼 있었어요. 나는 서둘러 쓰러진 진수를 뒤집고 부축했어요. 앞쪽은 더욱 처참했어요. 온 몸이 피투성이였고, 무슨 일을 당했는지 갈비뼈가 허옇게 드러날 정도로 심한 상처를 입고 있었어요. 자세히 보니 오른쪽 어깨에서 왼쪽 옆구리까지 날카로운 것에 찢긴 것처럼 긴 상처가 깊이 나 있었어요. 경아는 진수의 끔찍한 모습을 보고 비명을 질렀어요. 진수는 가냘프게나마 숨을 쉬고 있는 것 같았어요.

나는 당황하며 진수를 흔들어 깨웠어요.

"진수야! 무슨 일이야? 일어나봐!"

진수는 내 말에 간신히 정신을 추스르며, 못 알아들을 정도로 희미하게 말을 했어요. 그 말을 하는 진수 얼굴에는 왠지 모를 두려움으로 가득 차 있었어요.

"숲… 숲속… 에 뭔… 가. 빨… 리 가…"

숲속에 무슨 일이 있었던 것은 확실한데, 진수의 말은 도무지 이해할 수 없었어요. 어디로 가라는 건지. 상처를 봐서는 무시무시한 일을 당한 것 같은데, 알 수가 없었어요. 우선 가져온 수건으로 대충 상처를 감싸 맸어요. 진수가 신음소리를 내며 괴로워하는 것을 보니, 아무것도 모르는 나로서도 심각해 보였어요. 자기 상처에 괴로워하던 세영이도 진수의 심각한 상처를 보고 걱정하고 있었어요.

저는 나름대로 이유를 추측해 보았어요. 진수가 물을 찾는다고 숲에 들어갔다가, 손전등을 가지고 자고 있는 멧돼지나 산짐승을 깨워 상처를 입은 것 같았어요. 우선 그 산짐승이 다시 나타날지도 몰랐기 때문에 나와 경아는 진수를 부축해 차로 옮겼어요. 진수는 정신이 오락가락하는지 계속 알아듣지 못할 얘기만 했어요. 기울어져 있는 차의 뒷문을 간신히 열어 진수를 뒷자리에 겨우 눕혔어요. 그런데 진수를 자리에 눕히자, 갑자기 벌떡 일어나 겁에 잔뜩 질린 표정으로 숲을 바라보며 힘겹지만 필사적으로 뭔가를 말하려고 했어요.

"위험… 해. 빨리… 가. 빨리… 나를… 놔… 두…"

진수는 곧 정신을 잃었고, 우리는 어찌할 바를 몰랐어요. 세영이의 상태도 심각해지고, 진수는 우리가 보기에도 사경을 헤매는 것 같았어요. 이 길은 어떻게 된 것인지 지나가는 차는 하나도 보이지 않았고, 숲 저쪽 너머에는 불안하게도 뭔가가 도사리고 있는 것 같았어요. 진수를 그렇게 만든 그 무언가가.

여기서 앉아서 막연히 기다리기에는 진수의 상태가 너무 심각했어요. 누군가가 도움을 청하러 가야했어요. 경아와 나는 사태를 직감하고 서로를 쳐다봤어요. 세영이는 도저히 움직일 수 있는 상태가 아니었거든요. 세영이는, 진수는 자기가 돌볼 테니 우리보고 도움을 청하러 가라고 했어요. 하지만 움직일 수도 없고 고열에 시달리는 세영이에게 혼수상태인 진수를 맡기고 우리 둘만 여기를 떠날 수가 없었어요. 더군다나 숲에 무엇이 도사리고 있는지 알 수도 없는 상황에서는. 숲속에서 진수를 이 지경으로 만든 것이 멧돼지나 산짐승이라고 하더라도 몸이 온전치 않은 둘만 남기고 떠날 수는 없었어요.

결국 내린 결론은 경아와 나 둘 중 한 명만 남고, 한 명은 도움을 청하러 가야 한다는 것이었어요. 힘든 결정이었어요. 한

참을 망설이고 있는데, 경아가 갑자기 차분한 목소리로 내게
말했어요.

"재혁 씨가 도움을 청하러 가. 아무래도 재혁 씨가 뛰어가는
것이 내가 가는 것보다 빠를 거 아냐. 조금이라도 빨리 움직이지
않으면 진수 씨는 위험하게 될 거야. 나는 괜찮으니까 재혁 씨가
빨리 가. 무슨 일 없을 거야. 차 안은 안전하겠지. 짐승이라도 불
빛이 나오는 헤드라이트 근처로 접근하지 않을 거 아냐. 그리고
혹시 무슨 일이 있더라도 세영 씨가 지켜줄 거야. 그렇죠? 세영
씨. 그러니 재혁 씨 내 걱정 말고 빨리 가서 도움을 청해와."

"그래도. 경아야. 너를 여기 두고 가는 것은…"

"괜찮다니까. 대신 빨리 와야 돼. 나 오래 기다리게 하지 마.
서울에서처럼 많이 기다리게 하진 않겠지."

계속해서 경아는 망설이는 나를 설득했어요.

진수의 상태는 점점 심해지는 것 같았고, 빨리 결단을 내리
고 움직여야 할 것 같았어요. 하지만 경아를 여기다 놓고 간다
는 것은 쉽게 결단할 수 없는 일이었어요. 결국 나의 바보 같은
선택이 경아를 그렇게 만들었어요. 가끔은 어떤 선택을 했던
그렇게 될 수밖에 없었을 것이라고 스스로 위안을 하지만, 그
것은 내 편의대로 생각하는 것뿐이에요. 경아는 내가 그렇게
만든 것이니까, 내 책임이죠. 경아가 나 대신 도움을 구하러 갔
었다면… 변명 같지만 그때는 내가 도움을 청하러 가는 것만이
최선의 선택이라고 생각했어요.

경아는 나를 보챘어요.

"재혁 씨, 나는 무서워서라도 혼자 도움을 청하러 가지 못한단 말야. 여긴 진수 씨도 있고 세영 씨도 있으니 안심하고 빨리 갔다 와. 대신 나랑 약속해. 무슨 일이 있어도 꼭 돌아오기로."

나는 경아가 무서워하면서도 그것을 꾹 참고 있다는 것을 알아차렸어요. 결정하기 어려운, 하지만 빨리 결정해야 할 순간이었어요. 나는 그때, 이제는 돌이킬 수 없는 결단을 내렸어요. 내가 혼자 도움을 청하러 가기로 한 거죠. 경아의 손을 꼭 붙잡고 나는 맹세하듯이 얘기했어요. 결국 지키지도 못한 헛소리였지만.

"무슨 일이 있어도, 꼭 사람들을 데리고 돌아올게. 한 시간만 있으면 돌아올 수 있을 거야. 미안해. 그리고 고맙다. 친구들을 잘 돌봐줘. 야, 세영아, 경아 좀 부탁한다. 금방 다녀올게."

세영이는 그때만 해도 정신이 들었어요. 내 말을 듣고 미안해하면서 경아랑 같이 가라고 연신 권했죠. 진수는 자기가 보살피면 된다면서. 하지만 세영이도 말은 그렇게 했지만 점점 심각한 상태가 돼가고 있었어요. 발목을 삔 것 이외에도 머리를 다쳤는지 열은 자꾸 올라갔고, 가끔 기절하듯이 정신을 잃기까지 했으니까요. 그러니 이 친구들만 남기곤 떠날 수 없었죠. 아니 모르겠어요. 나만 살기 위해서 거기서 도망친 것인지도 모르죠. 하지만 나 역시 거기서 벗어날 수 없었어요. 결국엔…

여하튼 우리가 왔던 길을 돌아보니 불빛 한 점 안 보이고, 어두침침하고 안개가 짙게 껴 있어 경아 혼자 가기에는 너무 음침해 보였어요. 결국 나는 진수가 쓰러질 때 떨어뜨린 플래시를 들었어요. 경아와 세영이를 차에 태우고, 트렁크에서 쓸 만한 물건들을 앞으로 옮겨놨어요. 쓸 만한 물건들이라고 해봤자 혹시 모를 위험에 대비하기 위한 작은 과도 하나하고, 자동차에 실려 있는 스패너 같은 연장 따위였어요. 만약 멧돼지 같은 것이 덮친다면, 아무 쓸모도 없을 보잘 것 없는 무기들이었죠. 그래도 없는 것보다는 심리적으론 위안이 되었죠. 그리고 헤드라이트를 상향등으로 켜놓고 짐승이 접근 못할 정도로 환하게 해놨어요. 그리고 대충 나뭇가지를 모아 길에다 불을 피려고 했어요. 그런데 이상하게도 주워온 나뭇가지에 불이 안 붙는 것이었어요. 안개 때문에 젖었는지 아무리 불을 지피려 해도 불이 붙지 않았어요. 어쩔 수 없이 불을 피우는 것을 포기하고 경아에게 차문을 잠그라고 했어요. 사고로 조수석 유리창이 깨지긴 했어도 문을 잠그니 약간은 안심이 되었어요. 나는 가져온 운동화로 갈아 신고 끈을 맸어요. 그리고 떠나기 전에 차안을 보았죠.

경아는 무서움을 애써 참는 기색이 역력했지만 아무렇지도 않다는 듯이 내게 빨리 가라며 손을 흔들었어요. 헤드라이트에 비친 그 애의 얼굴이 왜 그리 마음에 걸리던지… 다시는 못 볼 것 같았어요.

나는 눈을 질끈 감고, 경아와 친구들을 뒤로 하고 뛰기 시작했어요. 한시라도 빨리 도움을 청해서 이 악몽 같은 밤과 이 음산한 숲에서 벗어나고 싶었어요. 그리고 남겨두고 온 경아에게로 빨리 돌아가야만 할 것 같았어요. 짙은 안개 때문에 뒤를 돌아보니 백 미터도 못 갔는데도, 차가 있는 곳이 불빛만 희미하게 보일 정도였어요.

나는 플래시를 한손에 들고 안개를 헤치고 자동차로 온 길을 따라 달렸어요. 사방에 불빛은 하나도 안 보이고 내 플래시 불빛만이 길을 밝혔어요. 하지만 그 불빛도 짙은 안개 때문에 거의 무용지물이었어요. 달리면서 왜 차가 한 대도 이 길을 지나지 않는지 다시 의문이 들었어요. 아무리 늦은 시간이라도, 서울과 설악산을 오가는 국도에 이렇게 차가 없을 리 없다는 생각이 들었어요. 무슨 요술에 홀린 것 같았어요.

여하튼 한 십 분쯤 달렸을까. 어느 순간 나는 구름 속을 헤치고 가는 것 같았어요. 그리고 내가 도대체 어느 방향으로 가는 것인지 알 수가 없었어요. 마음은 급했지만 아무리 달려도 아무것도 나타나지 않았어요. 마치 뫼비우스의 띠 위를 계속해서 달리고 있는 기분이었어요. 마음이 불안해서인지 자꾸 뒤를 돌아보게 되었고 무엇이 쫓아오는 듯한 기분마저 들기 시작했어요. 또 저 어둠 저편에서 무언가가 나를 감시하는 것 같았어요. 점점 무서워져서 숨은 가빠왔지만 더 빠르게 달릴 수밖에 없었어요. 잠시라도 멈추면 그것이 나의 목덜미를 나꿔챌 것 같았어요.

얼마를 그런 공포 속에 달렸을까.

저 앞에 희미하지만 불빛 같은 것이 보였어요. 얼마나 반가웠는지, 죽었다 살아난 기분이었어요. 그동안의 긴장이 풀렸는지 피로가 급격히 몰려왔고 숨이 더욱 가빠졌어요. 나는 뛰는 것을 멈추고, 헉헉대면서 걸어서 불빛을 향해 걸어갔어요. 불빛은 점점 가까워졌어요. 그런데 이상하게도 안개 속에서 희미하게 보이는 그 불빛은 길가가 아닌 길 위에서 나는 것 같았어요. 그러니까 길가 집이나 휴게소가 아닌 자동차에서 나오는 불빛 같았어요. 그래도 어쨌든 도움이 될 것 같아 걸음을 재촉했어요. 그 불빛이 움직이지 않는 것을 보니 서있는 것 같았어요. 불빛에 다가가면 다가갈수록 이상하게도 불안해졌어요. 뭔가 비정상적이고 이상해 보였어요.

안개를 헤치고 더욱 가까이 갔어요. 그 불빛은 자동차 헤드라이트가 맞는 것 같았어요. 하지만 그 헤드라이트 불빛은 정상적인 위치에 있는 것이 아니었어요. 나는 그 불빛의 실체를 보는 순간, 충격을 받고 걸음을 멈출 수밖에 없었어요. 머리가 멍해지는 것 같더군요. 차는 외국 벤 같은 미니버스였어요. 그런데 그 차는 옆으로 뒤집혀 있었고, 헤드라이트 불빛은 그 전복된 차에서 나오고 있는 것이었어요. 이 차도 교통사고가 난 것 같았어요.

나는 불길한 예감을 억누르며 차로 다가갔어요. 누구 없냐고 소리를 쳐보았지만 아무런 인기척도 들리지 않았어요. 단지 비상등이 깜박거리는 소리만이 들려왔어요. 좀 더 다가가니 차에서 기름이 새는지 휘발유 냄새가 풍겨왔어요. 차에 가까이 갈수록 이유도 모르게 온몸이 떨리는 것이 느껴졌어요. 차에 다다르자, 나는 그 끔찍한 광경에 정신을 잃을 정도로 충격을 받았어요. 몸이 얼어붙어 움직일 수 없더군요. 제기랄.

지금도 그때 생각만하면 잠을 못자고, 구역질이 나요. 여러 구의 시체가 차 주위에 토막 나거나 난도질당한 채로 널려져 있었어요. 차 주변은 피로 범벅이 되어 있고, 피비린내와 휘발유 냄새가 역겹기까지 했어요. 간신히 정신을 추스르고 구역질을 참으며 주위를 둘러보았어요. 처음에는 교통사고로 타고 있던 사람들이 심하게 다쳐있는 것으로 보였어요. 하지만 좀 더 자세히 둘러보자 그것이 아닌 것을 느꼈어요. 무섭고 구역질이 났지만, 기자라는 직업의식이 무의식중에 발동했는지 자세히 시체들-아니 그때는 이미 사람의 형상이라고 할 수 없을 정도로 처참한 시체도 있었지만-을 살펴보았어요. 혹시나 생존한 사람이 있을지도 몰랐으니까요.

시체는 차 주변에 대략 일곱 구가 있었는데, 대충의 체격을 봐서는 젊은 남자들 같아 보였어요. 외국 벤에 민조산악회라써 있는 것을 보니 등산을 가던 젊은이들이 변을 당한 것 같았어요. 그런데 도대체 무슨 일이 있었는지 어떤 시체는 머리가 아예 보이지 않았고, 어떤 시체는 팔과 다리가 잘려 있고, 어떤 시체는 머리에 화살 같은 것이 박혀 있고, 어떤 시체는 심장부위가 파져 있고….

　너무 끔찍했어요. 마치 악마가 이 자리를 휩쓸고 지나간 것 같았어요. 등산용 망치나 지팡이, 산악용 칼들과 텐트를 박는 데 쓰는 지주들이 여기저기 시체들의 몸에 잔인하게 박혀 있는 것을 보니, 서로가 죽이기 위해 싸운 것으로도 보였어요. 하지만 그 잔인함으로 보아 제 정신의 인간이 한 짓이라고는 도저히 생각할 수 없었어요. 이런 사건을 보니 두려움과 함께 기자의 호기심이 발동했어요. 바보같이.

　차는 가벼운 전복인지 생각보다 많이 상하지는 않아 보였어요. 그리고 차 안에 핏자국이 별로 없는 것으로 보아 차가 뒤집힐 때 다친 사람은 거의 없어 보였어요. 차 앞에 돗자리와 술병과 그릇들이 널려져 있는 것을 보니 이들도 우리처럼 도움을 기다리다 술판을 벌인 것 같았어요. 그러다 무슨 일이 난 것이고.

　갑자기 이들을 이렇게 만든 존재에 대해 생각이 미쳤어요. 만약 이들이 서로 싸우다 죽인 것이 아니라면… 무언가가 이들을 이렇게 처참하게 만든 것이라면… 점점 내 이런 생각이 맞는 것 같아졌어요. 왜냐하면 사람이 아무리 증오를 가지고 서로 죽이려 했다고 해도, 심장을 파내고 머리와 팔다리를 잘라낼 리는 없을 것 같았거든요.

　갑자기 온몸에 소름이 쫙 끼치고 여기를 벗어나야겠다는 생각이 들었어요. 뭔가가 숲에서 튀어나와 나를 이렇게 만들까 겁이 났어요. 다리가 후들후들 떨리기 시작했어요. 공포심이 극도에 달하자 어지럽기까지 했어요. 지금이라도 시체들이 벌떡 일어나 나를 덮칠 것 같았어요. 바로 그 순간, 무서워하면서 나를 애타게 기다리고 있을 경아가 떠올랐어요. 그리고 내가 이 길을 달려온 목적이 생각났어요.

나는 두려움을 억누르고 엎어진 차로 가 필요한 물건이 있나 살펴보았어요. 불행 중 다행으로 산행을 준비했던 사람들이라 쓸 만한 게 몇 개 있었어요. 우선 다친 친구들을 위해 구급가방을 하나 어깨에 들쳐 메고, 혹시 무슨 일이 날까 두려워 작은 손도끼를 집어 들었어요. 그런데 짐을 뒤지다 보니 시체들의 몸에 박힌 화살 같은 것들을 넣은 통이 보였어요. 통을 읽어보니 '사냥 석궁용 화살'이라고 쓰여 있었어요. 죽은 사람들은 등산뿐만 아니라 석궁을 이용해 사냥할 생각이었나 봐요. 나도 모르게 석궁을 찾아보았으나 차 안에는 없었어요, 그래도 혹시 모를 것 같아 화살 통은 손도끼와 같이 챙겼어요. 나도 참 대담하지 않아요?

그렇게 잔인한 시체들이 널브러져 있는 한복판에서 그런 물건이나 챙기고 있다니. 어쩌면 그때부터 나는 사람이 아니고 악마가 된 것인지도 모르죠. 여하튼 이렇게 필요한 짐을 챙겼어요. 그리고 경아 있는 데로 돌아갈까, 아니면 도움을 청하러 계속 갈 것인가 망설였어요.

그런데 갑자기 근처에서 부스럭거리는 소리가 나는 것이었

어요. 얼마나 놀랐는지 정신을 잃을 뻔했어요. 나는 손도끼를
쥔 손에 힘을 주고, 그 소리 난 쪽으로 플래시를 비추었어요.
바로 내가 서있는 데로부터 한 오 미터 떨어진 곳에 널브러져
있는 시체에서 난 소리 같았어요. 나는 한 걸음 한 걸음 천천히
다가갔죠. 그 시체의 바로 앞까지 다가갔을 때, 갑자기 그 죽은
시체가 팔을 번쩍 드는 것이었어요. 너무 놀랐어요. 죽은 줄 알
았던 사람이 살아있던 것이었어요. 그 사람 옆에 무릎을 꿇고
상태를 살펴보았어요. 그 전에 둘러볼 때, 상처가 너무 심해 죽
은 것으로 착각했던 거예요. 갈비뼈가 드러나고, 내장이 흘러
나올 정도로 가슴과 복부 부분에 심한 상처가 있었고, 한쪽 다
리는 뭐에 물어뜯긴 것처럼 너덜너덜해 보였어요. 그 사람은
그런 상처에도 불구하고 살아있던 것이었어요.

신음소리를 내는 그 사람을 흔들었어요. 그는 간신히 눈을
뜨고 나를 바라보았어요. 이십대 중반으로 보이는 그 사람의
얼굴은 피범벅이 되어있었어요. 그는 나를 알아보려고 한참을
힘겹게 쳐다보았어요. 그러더니 알아듣기 힘들 정도로 작은 목
소리로 얘기를 시작했어요.

"당… 신. 누… 구… 요?"

"저도 저 앞에서 교통사고가 나서, 도움을 청하러 가다가 불
빛이 보여서 왔어요. 도대체 무슨 일이 있던 거죠?"

"당신… 도 교… 통… 사고…"

그러더니 그는 필사적으로 고개를 들어 사방을 둘러보려 했

어요. 보다 못한 내가 고개를 부축해 주자, 주위에 널브러져 있는 시체들을 살펴보더군요. 나는 그의 상처를 어떻게해서든지 치료해볼까 생각해 보았지만, 구급가방 하나로 의학지식이 전혀 없는 내가 이렇게 심각한 상처를 입은 사람에게 손 댈 엄두가 나지 않았어요. 그는 자기 상처는 개의치 않는 듯 얘기를 했어요.

"다들 죽… 어 있… 나… 요."

"예, 대충 보았지만, 상처로 보아 다들 죽어 있는 것 같아요."

그는 다 죽어 있는 것 같다는 내 대답을 듣자 고개를 세차게 가로저었어요.

나는 처음에는 그 사람이 친구들이 죽은 사실을 부정하려고 그러는 줄 알았죠. 하지만 곧 깨달았어요. 고개를 젓는 것의 본래 의미는 부정이라는 것을.

"아니오. 곧 움직일 테니. 빨리 도망… 가요. 당신도 교통… 사… 고 숲에… 는 절대… 들어가지… 마요. 만… 약 누군가가… 숲에… 들어… 가… 서 다쳐… 왔… 다면… 그… 사람이… 아무리… 소중한… 사람… 이라도… 죽여… 요. 늦기 전에… 무슨… 수를… 써서라도. 그… 사람… 다치… 게… 한… 사람… 들도. 모두… 늦… 으면… 우리처럼… 돼요. 서두… 르세… 요…."

나는, 그때는 그가 당장이라도 숨이 넘어갈 것처럼 어렵게 말하는 것이 도대체 무슨 의미인지 이해할 수 없었어요. 진수가 떠올랐고, 그 자식이 숲에서 다치고 들어온 뒤 한 헛소리가 떠올라 기분이 찜찜했지만, 그래도 무엇을 얘기했는지 감을 잡을 수 없었어요.

그는 간신히 몸을 뒤척여, 자기가 깔고 있었던 피 묻은 석궁을 보여주며 가지라고 하더군요. 필요할 것이라며.

"이것이라도… 가져… 가요. 도움 되지… 는 않… 겠… 지만… 없는… 것… 보다 나… 을 거요. 그리고 라이… 터… 좀… 주… 시… 오."

나는 석궁을 집어 들면서, 그에게 라이터를 쥐어줬어요. 이런 상황에서 그가 라이터를 찾는 이유가 이상하긴 했지만 죽기 전에 담배나 필 생각인가 했어요.

순식간의 일이었어요.

그는 누워서 간신히 라이터를 켰어요. 그러더니 자기 몸에 불 켜진 라이터를 갖다대는 것이었어요. 그 순간 불이 확 붙더니 사방으로 퍼지는 것이었어요. 그 사람의 몸과 사방에 휘발유가 묻어 있었나 봐요. 너무 순식간에 일어난 일이라 나는 멍하니 바라볼 수밖에 없었어요.

나는 그 사람에 붙은 거센 불을 어떡해서라도 꺼보려고 했어요. 하지만 불은 잡히지 않고, 그는 살이 타들어가는 고통 속에서도 나에게 처절하게 절규했어요.

"빨… 리 여기서… 벗… 어나… 요. 내… 말… 명심… 하고."

그가 붙인 불은 사방의 모든 시체에까지 붙었어요. 그리고 그가 일부러 그랬는지, 휘발유를 따라 불길은 뒤집혀있는 자동차에게도 옮겨 붙었어요. 나는 연료통이 곧 터질까봐 뒷걸음질 쳤어요.

그때 믿을 수 없는 일이 일어났어요. 죽은 줄만 알았던 시체들이 불이 붙자 괴로운 듯이 움직이며 일어났어요. 나는 처음에는 그 사람처럼 죽지 않은 사람들이 몸에 불이 붙자 고통 때문에 정신을 차리고 일어난 것으로 생각했어요. 하지만 그 불길에 싸인 일어난 사람들을 자세히 보자 나는 온몸에 소름이 쫙 끼쳐 발길을 뗄 수가 없었어요. 그 일어난 사람들은 목이 없고, 심장이 뽑혀 있었어요. 죽은 것이 분명한 시체들이 불길 속에 일어나 움직이기 시작한 거예요.

나는 두려움과 공포로 움직일 수 없었어요. 그 불에 타고 있는 시체들은 내 쪽으로 움직여왔어요. 나는 뒤를 돌아 도망치고 싶었지만 무서워서 뒷걸음질조차 힘들었어요. 있을 수 없는 일이었고 악몽인 것 같았죠. 하지만 불길의 뜨거운 열기는 이것이 현실이라는 것을 인식시켜 주었어요. 움직이던 시체들 중 두세 개는 불에 심하게 타 쓰러지기도 했지만, 나머지는 계속해서 내게로 천천히 다가왔죠.

순간, '꽈꽝' 하는 소리와 함께 차가 폭발했어요. 나는 그 충격에 공중에 붕 떴다가 뒤로 내동댕이쳐졌어요. 내게 걸어오던 시체들은 산산조각이 나버렸고요. 아무리 연료탱크가 터졌다 하더라도 차의 폭발치고는 너무 위력이 컸어요. 나중에 안 일이지만 차에 실려 있던 부탄가스 한 박스가 같이 폭발했대요. 그래서 그 시체들과 함께 모든 증거들은 날아가 버렸죠. 덕분에 나중에 경찰은 단순 밴 전복사고에 운 나쁘게 휘발유가 새어나가 부탄가스와 함께 폭발해, 타고 있던 사람들이 형체를 알아볼 수 없게 사망한 것으로 처리했죠. 내 말은 하나도 믿지 않고. 여하튼 폭발로 한 삼 미터 날아간 나는 오른쪽 무릎이 약간 아플 뿐 멀쩡한 편이었어요. 정신을 추스르니, 그 불속에서 움직이던 목 없는 시체들이 생각났어요. 소름이 쫙 끼쳤죠.

그런 와중에 아직도 나를 기다리고 있을 경아를 생각했어요. 죽어가던 그 사람이 했던 경고와 숲에 들어가 다쳐왔던 진수의 일도 떠올랐어요. 불길한 예감이 엄습해 옴을 느꼈어요. 여기의 끔직한 일이 거기서도 발생한 것 같았어요. 그래서 나는 대충 석궁과 손도끼 그리고 구급 가방을 메고 우리 차를 향해 뛰기 시작했어요. 도움을 청하러 가기도 해야 했지만, 무슨 일이 발생한 것 같은 불안함이 강하게 느껴졌어요. 아마 근처에 사는 사람이 이 폭발을 보고 올지도 몰랐지만, 그때는 한가하게 앉아서 사람들을 기다려서는 안 될 것 같았어요. 무슨 일이 일어나기 전에 한시라도 빨리 차로 돌아가야만 할 것 같았어요. 내가 보고 듣고 한 것을 나 자신도 믿을 수 없었지만, 그래도 빨리 돌아가 경아를 구해줘야 할 것 같았어요. 올 때는 한 삼십 분 남짓 걸린 길이 돌아갈 때는 훨씬 오래 걸리는 것 같았어요. 숨은 가빠왔고, 차가 나타나지 않아 점점 초조해졌어요.

어느새 짙게 깔려 있던 안개는 걷혔어요. 길 양편으로 늘어선 나무들이 음산하게 보이기 시작했고, 그 나무들이 플래시 불빛에 비쳐 보여주는 기분 나쁜 그림자는 악마의 벌린 입처럼 느껴졌어요.

나는 그 악마의 입속으로 자진해서 뛰어 들어가는 것 같았어요. 생각이 거기까지 미치자 뛰면서도 소름이 끼쳤어요. 한동안 무슨 체력으로 그렇게 뛰었는지, 저 멀리 불빛과 함께 경아가 있는 차가 보이기 시작했어요. 나는 혹시나 하는 불안함과 이제 다 왔다는 안도감을 동시에 느꼈어요. 하지만 다가갈수록 뭔가가 발생했을 것 같은 느낌이 자꾸 들었어요. 가뿐 숨을 몰아쉬며 나는 마지막 남은 힘을 다해 차로 뛰어갔어요.

멀리서 보이는 차는 내가 떠날 때와 별로 달라 보이지 않았어요. 그런데 가까이 다가가자 이상한 것이 눈에 띄었어요. 차안에 누워있어야 할 애들이 길에 나와 있는 것이었어요. 켜 놓은 자동차 헤드라이트의 희미한 불빛아래 언뜻 멀리서 보니, 누워있는 사람에 다른 사람이 올라타 인공호흡이라도 해주고 있는 것처럼 보였어요. 발걸음을 더욱 빨리 했어요. 가까이 다가가 올라탄 사람의 뒷모습을 보니 진수 같았고, 누워서 인공호흡을 받고 있는 사람은 세영이 같았어요. 나는 진수가 그렇게 심한 상처인데도 움직일 수 있으리라고는 상상도 못했어요. 그런데 세영이가 무슨 일을 당했는지 인공호흡까지 해주고 있는 것이에요.

50

경아는 아직 보이지 않았지만, 진수가 괜찮은 것 같아 그래도 좀 안심이 되었어요. 숨을 가다듬고, 나는 좀 더 다가가 인공호흡하고 있는 진수의 등에다 대고 물었어요.

"진수야, 뭐하고 있는 거야? 세영이에게 무슨 일 생겼니? 그리고 경아는 어디 있는 거야?"

진수는 내 질문에 인공호흡을 멈추고 나를 천천히 돌아보았어요. 그 순간 나는 등골이 오싹함을 느끼며 엄청난 충격을 받았어요. 천천히 돌아보는 진수의 입에는 핏물이 뚝뚝 떨어지고 있었어요. 진수의 눈에는 악마의 눈에서 밖에 나올 수 없을 것 같은 무시무시한 광기가 흐르고 있었어요. 진수는 세영이를 인공호흡하고 있던 것이 아니었어요. 세영이의 살점을 물어뜯고 있던 거였어요. 나는 그 끔찍한 광경을 보고 얼어붙은 듯이 움직일 수 없었어요. 처음에는 설마 했죠. 갑자기 주위는 쥐 죽은 듯이 조용했고, 나의 가쁜 숨소리와 진수의 사람 목소리 같지 않은 그륵그륵 거리는 소리만 그 적막을 깼어요. 그 순간은 실제로 일 분도 되지 않았을 거예요. 하지만 나에게는 영원과 같이 느껴졌어요. 그 불안한 평행상태를 깬 것은 진수의 끔찍한 울부짖음이었어요. 인간의 목소리라곤 생각할 수 없는 끔찍한 괴성을 하늘을 향해 내짖더군요. 마치 먹이를 먹다 방해받은 야수처럼.

그 소리에 나는 정신을 차렸죠. 그리고 소리쳤어요.

"진수야! 왜 그러는 거야? 정신 차려! 임마!"

그때만 해도 나는 진수가 심한 상처 때문에 무슨 충격을 받아 그런 이상한 행동을 하는 줄 알았어요. 하지만 진수는 내 말에 대꾸 대신 몸을 일으켜 순식간에 나를 덮쳐왔어요. 플래시에 비친 진수의 얼굴은 정말 끔직했어요. 쩍 벌린 입 주변에는 피가 시뻘겋게 묻어 있었고, 눈은 광기어린 흰자위만 허옇게 보였고, 짐승처럼 네 발로 기어서 내게 다가왔어요. 피 묻은 진수의 이빨은 사람의 이빨이라고 할 수 없을 정도로 날카롭게 보였어요. 마치 네 발 달린 짐승같이 빠르게 나를 덮쳐왔어요. 입에 피 칠을 하고 네 발로 뛰어오는 모습이란! 순간적으로 내가 공포영화 속에 들어가 있는 것 같은 착각마저 들었어요.

진수가 달려드는 것은 순간이었어요.

나는 본능적으로 덮쳐오는 진수를 피하려 했으나, 너무 빨라서 피하지 못했어요. 큰 충격과 함께 어느새 진수는 나를 쓰러뜨리고 내 위에 올라탔어요. 진수는 괴성과 함께, 피 묻은 입을 쫙 벌리며 나의 목덜미를 물어뜯으려 했어요. 나는 필사적으로 그의 얼굴을 밀어냈죠. 하지만 진수는 어디서 그런 힘이 났는지 내 손을 가볍게 밀어젖혔어요. 나둥그러진 플래시 불빛에 반사된 진수의 얼굴은 정말 무시무시했어요.

나는 미친 듯이 소리쳤어요.

"진수, 이 새끼야! 뭐 하는 거야. 정신 차려!"

하지만 진수는 아랑곳하지 않고 나의 목덜미를 물어뜯으려 했어요.

나는 그때 순간적으로 희멀건한 진수의 광기어린 눈에서, 슬픔 같은 것을 느꼈어요. 나의 착각 같았지만, 자기를 용서해달라는 것 같았죠. 아마 그 다음에 내가 진수에게 저지른 일에 대한 죄책감에서 나온 상상일지도 모를 거예요. 여하튼 진수의 피 묻은 짐승같이 날카로운 이빨은 나의 목덜미에 점점 다가왔어요. 우습지만 나는 흡혈귀에 물리는 희생자가 된 기분이었죠. 그런 생각을 하면서도, 나는 오른손으로 진수의 얼굴을 막고, 왼손으로는 더듬으면서 진수가 덮쳤을 때 어딘가에 떨어졌을 작은 손도끼를 찾았어요. 진수를 막고 있는 오른손의 힘은 점점 빠지고, 피 묻은 이빨은 거의 내 목을 물어뜯을 것 같았어요.

정신마저 혼미해졌죠. 악몽을 꾸는 것 같았어요. 꿈에서는 이러다가 깨기 마련인데… 점점 억눌린 몸이 아파왔어요. 이렇게 괴상하게 모든 게 끝이구나 생각했는데, 왼손 끝에 뭔가가 건드려지는 것이었어요. 간신히 고개를 돌려보니, 손도끼가 손 끝에 닿을 듯 보이는 것이에요. 정말 죽을 힘을 다해서 손을 뻗었죠.

그때는 이미 진수의 이빨이 내 목에 거의 닿았죠. 손도끼 손잡이가 왼손에 잡히자마자 나를 억누르고 있는 진수의, 아니 괴물이라고 하는 것이 마음 편하겠죠, 그의 어깨를 힘껏 내리찍었어요. 순간 내 얼굴과 몸은 피범벅이 되었고, 진수는 옆으로 나동그라졌어요. 나는 가쁜 숨을 몰아쉬며 간신히 지친 몸을 일으켰어요. 내가 찍은 곳은 진수의 오른쪽 어깨였어요. 거기서 철철 흘러나오는 피를 보니 내 자신이 격양되는 것을 느꼈어요. 좀 부끄럽긴 하지만, 살았다는 쾌감과 이유 모를 통쾌함을 느꼈어요.

이상하죠. 하지만 다음 순간 피를 흘리고 있는 진수를 보자 너무 당황스러웠어요. 내가 친구를 도끼로 내려친 거예요. 아무 영문도 모르고 인간 속에 내제된 야수의 공격 본능이 폭발한 것처럼, 무자비하게 친구를 도끼로 찍은 거죠.

나는 친구의 피가 묻은 손도끼를 떨어뜨리고, 쓰러져있는 진수에게 다가갔어요.

"진수야, 괜찮니? 미안해. 나도 모르게. 이제 정신 좀 차려."

진수는 대답 대신에 괴성과 함께 벌떡 일어나 오른 팔을 크게 휘둘러 나를 쳤어요. 사람처럼 주먹으로 나를 친 것이 아니라, 무슨 짐승처럼 팔을 휘둘러 쳤어요. 무슨 괴력이 생겼는지, 나는 진수에게 얻어맞는 순간 큰 충격을 받고 몸이 붕하고 날라 갔어요. 한 이삼 미터 공중으로 떴다가 아스팔트 바닥에 호되게 내동댕이쳐졌어요. 온몸이 부서지는 듯한 아픔을 느꼈지만 특히 무릎에 큰 통증을 느꼈어요. 움직일 수 없을 정도였죠. 차가 터질 때 다쳤던 그 다리를 또 다친 거예요.

아픔 때문에 일어서지도 못하고, 무릎의 통증을 이를 악물고 참고 있는데, 진수가 방금 전보다 더 끔찍해진 모습으로 내게 기어오는 것이었어요. 어깨에서는 피가 철철 흐르고, 입에는 아직 피가 묻어있고, 그 눈에는 나에 대한 증오가 가득했어요.

나는 필사적으로 몸을 일으키려고 했으나 다친 다리 때문에 일어나기가 힘들었어요. 진수는 점점 다가오고, 짐승과 같은 거친 숨소리는 점점 크게 들렸어요. 발버둥을 치면서 진수에게서 멀어지려고 했어요.

주위를 둘러보았지만, 손도끼는 보이지도 않았어요.

진수는 순식간에 몸을 날려 나를 덮쳤어요. 다리가 다시 충격을 받으면서 엄청난 통증이 느껴졌어요. 진수는 어느새 나를 타고 올라 괴성을 지르며 목을 물어뜯으려 했어요. 다리의 뼈가 뒤틀리는 듯한 통증으로 저항할 수도 없었어요. 진수는 자기의 얼굴을 막으려는 내 손을 무시무시한 힘으로 비틀었어요. 엄청난 고통과 함께 내 왼팔은 '우드득' 소리가 나며 비틀어졌어요.

나는 아픔에 비명을 질렀어요. 진수, 아니 이제부턴 괴물이라고 하죠. 그 진수의 탈을 쓴 괴물은 내 왼팔을 무자비하게 비틀고 나서, 고통스러워하는 내 모습을 즐기는 듯 천천히 바라보았어요. 오른팔은 이미 강철 올가미 같은 그놈의 왼손에 잡혀있었기 때문에 더 이상 반항할 수 없는 상태였어요. 그놈은 더 이상 내가 저항할 수 없다는 것을 알고 천천히 나를 바라보았어요. 왼팔은 탈골되고 인대가 끊겼는지 힘을 줘도 움직일 수 없었어요. 그놈은 나의 무기력한 모습을 보고 즐기는 듯 했어요. 마치 뱀이 개구리를 구석에 몰고 혀를 낼름거리며 삼키기 전에 응시하는 것처럼. 그러더니 피 묻은 입을 커다랗게 벌리고, 날카로운 이빨을 번뜩이며 목을 물으려 했어요.

나도 모르게 무서워서 눈을 감았어요.

그런데 다음 순간 '퍽' 하는 소리와 함께 그놈의 머리에 도끼가 박혔어요. 그놈은 피를 흘리면서 내 몸 위에서 저쪽으로 쓰러졌어요. 그놈의 머리에서 피를 뿜어대는 것과 쓰러지면서 온몸의 맥이 풀어지는 것을 보니 죽은 것 같았어요.

놀라서 보니, 세영이가 헉헉거리며 힘겹게 서있는 것이었어요. 그러곤 힘없이 내 옆에 쓰러지는 것이었어요. 세영이가 어느새 손도끼로 나를 구해준 것이었어요. 나는 몸을 간신히 일으켜 세영이에게 기어갔어요. 세영이의 몸은 엉망진창이었어요. 온몸이 피투성이였고, 오른쪽 가슴 부분은 진수, 아니 그놈에게 심하게 물어 뜯겼는지 뼈가 다 보일 정도였어요. 얼굴도 무엇인가에 심하게 긁혔는지 피가 흘러나오고 있었고요.

나는 세영이를 흔들며 소리쳤어요.

"세영아! 도대체 어떻게 된 일이야? 진수는 어떻게 된 거야? 무슨 말 좀 해봐!"

세영이는 나의 외침에 간신히 눈을 뜨고 도저히 믿을 수 없는 이야기를 해줬어요.

"재혁아. 다행이구나. 너는 괜찮은 것 같구나. 저건. 진수가 아냐. 그냥 짐승… 같은… 괴물… 일뿐야. 빨리… 도망가. 빨리. 나는 이제 틀… 렸으니까. 나를 버리고… 빨리…"

나는 세영이의 얘기를 이해할 수 없었어요. 세영이는 너무나 고통스러운지 신음소리만 계속 낼 뿐 말을 잇질 못했어요. 나는 경아의 모습이 안 보이는 것이 너무 불안해 미칠 지경이었어요. 짧은 순간이었지만, 온갖 나쁜 상상이 머릿속에 가득 찼어요. 나는 계속해서 정신이 혼미해 보이는 세영이를 다그치면서 외쳤어요.

"야, 임마, 정신 차려! 어떻게 된 일이냐니까? 경아는 어디 있어? 무슨 일 난거야? 경아는 어떻게 된 거냔 말야!"

세영이는 간신히 정신을 추스르는 듯하더니, 이번에는 무슨 말인지 못 알아들을 정도로 부정확하게 말을 이었어요.

"경희… 경아… 잘 있지. 경희… 가… 보고… 싶… 다. 나… 이제… 못… 보겠… 지. 경아 씨도… 못… 보겠지. 재… 혁아. 살… 아… 줘…"

"정신 차리란 말야! 경희 씨 말고 경아가 어떻게 됐냔 말야. 제발! 얘기 좀 해보라니까. 제발!"

세영이는 거의 정신을 잃어가고 있었어요. 내가 경아에 대해서 물어보는데도 자기 여자 친구인 경희에 대해서 대답하는 것이었어요. 아니면 부정확한 발음에 내가 헷갈렸는지도 모르죠. 여하튼 나는 답답해서 미칠 지경이었어요. 계속해서 세영이를 흔들어 대며 경아에 대해 물어보았죠. 지금 생각해보면 내가 세영이에게 못할 짓을 한 셈이죠. 제기랄.

세영이의 상처가 깊고 처참했다는 것을 알았지만, 그 정도로 위독할지는 경아 생각 때문에 미처 생각하지도 못했어요.

"세영아! 경아 어딨어?"

세영이는 대답대신 신음 소리를 내더니 마지막 힘을 쥐어짜듯이 한마디 하려고 했어요.

"경… 아… 씨는 차… 트… 러엉…"

그것이 마지막이었어요.

세영이는 힘없이 고개를 떨구었어요. 나는 그때까지만 해도 세영이가 그렇게 죽어 가리라고는 믿지 않았어요. 나는 설마 하고 세영이를 힘차게 흔들었어요. 경아가 차 어디에 있다고 말했지만, 잘 알아듣지 못했어요. 세영이는 아무런 대답이 없었어요. 나는 세영이를 흔들다 지쳤어요. 다친 다리와 탈골된 왼팔은 점점 아파왔어요. 세영이를 내려놓자 머리가 힘없이 돌아가는 것이었어요.

나는 무서움을 느끼며 세영이의 가슴에 귀를 대보았어요. 아무런 소리가 안 들렸어요. 그때의 충격이란. 친구 둘이 생각할 수도 없는 일로 순식간에 죽어버린 것이었어요. 그때 내가 느낀 감정은 슬픔이라기보다는 공포심이었어요. 무언가가 우리를 서로 죽이게 만들었고, 그것으로 벌써 둘이나 죽은 것이었어요. 나는 무서움에 떨며 나도 모르게 세영이의 시체에서부터 떨어지려고 몸부림쳤어요. 친구의 죽음을 보고 내가 그런 행동을 하다니. 미친놈이나 다름없죠. 나는 내가 그렇게 이기적인 놈인 것 그때 깨달았어요. 극한 상황이 되니, 친구의 죽음도 아랑곳하지 않고 내 살길만 찾았던 거예요. 인간의 이기심이 얼마나 무서운 것인지 알게 되었어요. 그동안 내가 말하고 행동했던 것이 얼마나 위선적이었고, 내가 썼던 기사들이 위선으로 가득 차 있었는지 깨달았어요.

그때 내 머리에 가득 찬 생각은, 빨리 경아를 찾아 이 지옥에서 도망치는 것이었어요. 간신히 몸을 일으켰어요. 세영이의 마지막 말을 생각해보니 자동차 트렁크라는 것 같았어요. 왼쪽 다리의 통증 때문에 제대로 걸을 수 없었어요. 비틀거리며 차로 향했어요. 적막함과 숲의 어두움이 나를 말할 수 없을 정도의 공포심으로 몰아넣었어요. 뭔가가 절뚝거리는 나의 뒤에서 나타날 것 같았어요. 최대한 빨리 걸었죠. 혹시나 하고 손도끼를 찾았지만 생각해보니 세영이가 진수의 머리에 찍어 놓은 것 같았어요.

언뜻 진수가 쓰러져있는 곳을 봤어요. 이상하게도 진수의 시체는 원래 쓰러진 곳에서 약간 내 쪽으로 가까워진 것처럼 느껴졌어요. 갑자기 섬뜩함이 느껴졌어요. 애써 나의 겁에 질린 착각으로 생각하고, 차로 향했어요.

자꾸 뭔가가 뒤에서 따라오는 것 같아 걸음을 빨리 했어요. 쫓기는 사람처럼 차로 다가갔어요. 가까이 갈수록 차에선 무슨 소리인가 들리는 것 같았어요. '쿵쿵' 하는 소리 같았어요. 무슨 소리인가 궁금해하며 차로 다가가는 순간, 뭔가가 바로 내 등 뒤에 서있는 것 같았어요. 두려운 마음과 함께 뒤를 돌아보았어요.

세상에! 내 뒤에는 진수가 머리에 도끼를 박은 채 피를 흘리며 서있는 것이었어요. 내 눈을 믿을 수 없었어요. 소름이 쫙 끼치고 움직일 수 없었어요. 헛것을 보는 듯 했어요. 온몸에 피를 뒤집어쓰고, 머리에는 분명히 도끼가 박힌 채 퀭한 눈으로 나를 똑바로 응시하고 있는 것이었어요. 다음 순간, 무시무시한 힘으로 나를 번쩍 들어 땅에 던졌어요. 세상이 거꾸로 돌더니 엄청난 고통과 함께 떨어져 나갔어요. 왼팔과 다리의 아픔 때문에 정신을 차릴 수가 없었어요.

정신을 추스르고 있는데, 철거덕거리는 소리가 가까워지는 것이 들렸어요. 간신히 눈을 뜨고 보니, 괴물 같은 진수가 비틀거리며 천천히 나를 향해 다가오는 것이 보였어요. 이번엔 네 발이 아닌 두발로 걸어오는 것이었어요.

나는 몸을 필사적으로 일으키면서 주위에 무기될만한 것을 찾아보았어요. 쓸 만한 것은 보이지도 않았고, 전에 먹다 남은 음식과 술병들이 보였어요. 그 중에 우리가 마시고 남긴 보드카 병이 보였어요. 우리는 그 술이 너무 독하고 맛도 없어 몇 잔 마시지 않아 거의 가득 찬 상태였죠. 그 술을 보자, 아까 차 앞에서 움직이던 시체들이 불에 타던 것이 떠올랐어요. 그놈을 태워버리면 되겠다는 생각이 들었어요. 죽기 아니면 살기다, 라는 생각으로 술병을 거꾸로 집고, 몸을 일으켜 세웠어요.

그놈은 어느새 내 앞에 다가가 섰어요. 그리곤 피가 묻은 입을 크게 벌리며 나를 씹어 먹겠다는 듯이 포효했어요. 나는 모든 것을 포기한 셈치고, 있는 힘껏 보드카 병으로 그놈의 머리위를 내리쳤어요. 병은 기분 좋게 깨지고, 보드카가 그놈 몸에 흠뻑 튀었어요. 그놈은 그 충격에 아랑곳하지 않고 나를 왼손으로 휘갈겼어요. 이번에도 예외 없이 큰 충격과 함께 차 있는 쪽으로 나가 떨어졌어요. 다시 한 번 뼈가 으스러지는 고통이 느껴졌어요. 하지만 이번에는 미리 각오하고 있던 터라 전보다 일찍 정신을 차리고 몸을 일으켰어요. 그놈은 천천히 내 쪽으로 다가오고 있었어요. 나는 아픔을 참으며 오른손으로 주머니에서 라이터를 찾았어요. 하지만 있어야 할 라이터는 없었어요. 순간, 아까 차에서 불을 붙일 때 내 라이터를 썼다는 것이 생각났어요. 절망감으로 휩싸였어요.

불을 붙일 것이 없다니. 이제는 정말 끝이라는 생각이 들었어요. 그놈은 점점 다가오고 있었어요. 나는 주위를 둘러보며 필사적으로 불을 붙일 만한 것이 있나 찾아봤어요. 아무 것도 보이지 않았고, 찾을 수도 없었어요. 그놈이 일 미터 정도 앞으로 다가올 때까지 아무 것도 찾질 못했어요.

순간 자동차의 헤드라이트가 켜진 것이 눈에 들어왔어요. 그리고 차 안의 시거 잭이 떠올랐어요. 시동을 걸고 시거 잭을 누르면, 불을 붙일 수 있을 것 같았어요. 그 생각이 떠오르자마자 시간을 벌기 위해 온몸으로 그놈에게 부딪쳤어요. 그놈은 갑작스런 내 공격에 충격을 받고 뒤로 벌러덩 자빠졌어요. 나는 간신히 중심을 잡고, 재빨리 몸을 돌려 절뚝거리며 차를 타기 위해 갔어요. 뒤를 돌아보니, 그놈도 버둥거리며 일어나려고 하고 있었어요. 간신히 차로 갔지만 차의 앞부분이 숲에 처박혀 있어 우선 뒷문으로 올라탔어요. 문을 닫고 잠그자마자 핸들 쪽으로 손을 뻗어 시동을 걸었어요. 그런데 시동이 잘 안 걸리는 것이었어요. 밤새 헤드라이트를 켜놔 배터리가 거의 다 방전됐었나 봐요. 미친 듯이 키를 돌리려 했지만, 무서움 때문인지 손이 덜덜 떨리고 키마저 잘 안 잡혔어요. 그놈은 지금이라도 차문을 열고 나타나 내 목을 물어뜯을 것만 같았어요.

몇 번 실수하고 나서, 간신히 키를 잡았죠. 그리고 다시 시동을 걸었죠. 시동 걸리는 소리가 얼마나 경쾌하던지. 차가 시동이 걸렸어요. 나는 몸을 구부려 시거 잭을 눌렀어요. 하지만 시거 잭은 금방 달궈지는 것이 아니잖아요. 초조하게 시거 잭이 달구어지기를 기다리는데, 창문에 그놈이 나타난 것이 보였어요. 그놈은 주저하지 않고, 주먹으로 차 유리를 깼어요. 그리곤 나를 잡으려 했어요. 나는 움직일 수 있는 오른발로 필사적으로 발길질하며 그놈에게 저항했어요. 그놈은 내 저항을 개의치 않고 깨진 차창으로 손을 넣어 잠긴 문을 열려고 했어요. 나는 있는 힘을 다해 그놈의 손을 발로 찼지만, 자세도 불안정하고 해서 저항이 될 수 없었어요.

그놈이 문을 여는 순간, '척' 하는 소리와 함께 시거 잭이 튀어나왔어요. 나는 오른 손을 뻗어 시거 잭을 빼서, 나의 다리를 물어뜯으려던 그놈의 얼굴을 지졌어요. 다음 순간 '확' 하는 소리와 함께 불이 붙었어요. 나도 그 열기에 몇 군데 살이 뎄지만, 그런 것을 상관할 때가 아니었죠. 그놈은 불이 붙자 괴로운 듯 몸부림쳤어요. 하지만 내 발을 잡은 손은 끝까지 안 놓았어요. 내 발에도 불이 붙는 듯 했죠. 나는 힘껏 발을 뿌리치고 체중을 실어 그놈이 기대고 있던 차문을 열었어요. 그놈은 문에 밀려 불이 붙은 채로 이삼 미터 아래인 도랑으로 넘어져 굴러갔어요. 도랑에 굴러 떨어진 그놈은, 몸부림치면서 내게 다시 기어 올라오려고 했어요. 하지만 웬일인지 그놈에 붙은 불은 더욱더 활활 타올랐어요. 마치 누군가가 기름을 붙고 있는 것 같았어요. 모르죠. 숲에서 무언가가 우리가 서로 죽고 죽이는 것을 즐기며 도와주고 있었는지.

몇 분이 지났을까. 괴성을 지르며 몸부림치던 그놈은 온몸을 태우고 힘없이 쓰러졌어요. 나는 그 모습을 보면서 움직일 수 없었어요. 이윽고 그놈이 쓰러지자 내면 속에서 나도 모르게 환희를 느꼈어요. 미움, 증오, 복수 등의 감정이 살았다는 기쁨과 뒤엉켜 이상 야릇한 느낌이 들었어요. 하지만 솔직히 고백하면, 그 당시 내가 느꼈던 가장 큰 감정은 그놈을 처치했다는 통쾌함이었어요. 내 몸속에 흐르던 짐승 같은 무자비함이 친구를 죽여 놓고도 즐거움을 느끼게 했나봐요. 지금 생각하면 한없이 부끄럽습니다. 제기랄.

여하튼 나는 진수를 태워버리고 나서, 갑자기 몰려오는 피로에 그 자리에 주저앉았어요. 잊었던 온몸의 고통이 다시 느껴졌어요.

차에 기대어 한숨을 쉬었어요. 경아를 찾아야겠다는 생각이 들었어요. 이대로 있다간 또 무슨 일을 당할지도 몰랐어요. 그런데 이유 모를 서늘한 기운이 느껴졌어요. 그 기운과 함께 갑자기 섬뜩한 생각이 떠올랐어요. 간신히 몸을 일으켜 세영이가 쓰러져있던 곳을 보았어요. 나는 전율과 함께 섬뜩함을 느끼고, 움직일 수가 없었어요.

세영이의 시체가 사라졌던 거예요. 머리에 한 대 얻어맞은 느낌이었어요. 분명히 거기 있어야 할 세영이의 시체가 감쪽같이 사라진 것이에요. 주위를 둘러보았지만 어디에도 안 보이는 것 같았어요. 온몸이 덜덜 떨리면서 무서워지는 것이었어요. 우리 말고 여기에 누군가가 있다는 의심이 점점 강해지는 것이었어요. 그것도 무시무시한 그 어떤 것이. 분명히 내가 확인했을 때 세영이의 심장은 뛰지 않았고 겉으로만 봐도 죽은 것이 분명했는데, 없어진 것이에요. 왼팔과 다리에 고통은 점점 심해졌지만 여기서 한시라도 빨리 빠져나가야 한다는 생각은 더욱 강해졌어요. 주위를 경계하며 경아를 찾아볼 생각을 했어요. 마음 속 깊은 곳에 불길한 생각마저 들기 시작했어요. 진수도 저런 꼴로 날뛰었고, 세영이도 그렇게 되었는데 경아라고 무사할 리는 없었어요.

경아에 대한 불안한 생각으로 머리가 복잡해지고 있는데, 갑자기 차에서 쾅쾅하는 소리와 함께 흔들림이 느껴졌어요. 얼마나 놀랐던지. 놀란 나는 소리 나는 쪽을 바라보았어요. 트렁크에서 나는 것 같았어요. 나는 차 안에서 무기될 만한 것과 키를 찾으려 했어요. 아까 차 안에 들어올 때는 너무 급박한 상황이어서 잘 몰랐는데, 실내 등을 켜보니 차 안도 끔찍할 정도로 엉망이었어요. 내가 도움을 청하러 갈 때만 해도 멀쩡했었는데, 지금 보니 사방에 피가 튀어 범벅이 되어있고 혈투가 있었던 것처럼 시트도 여기저기 날카롭게 찢겨 있었어요. 섬뜩함이 느껴지더군요. 경아에 대한 희망도 사라져가는 것 같았어요.

간신히 자동차 키를 뽑고 바닥에서 피 묻은 스패너를 찾아냈어요. 겁을 억누르고, 스패너를 집어 들고 트렁크 앞으로 다가갔어요. 심호흡을 하고 키를 트렁크에 꽂았어요. 가만히 들어보니 안에서는 쿵쾅거리는 소리와 여자 목소리가 들리는 것 같았어요. 경아일 거라는 생각이 들어 한편으로는 안심이 되었지만, 미쳐 날뛰던 진수의 모습이 머리를 스쳐 한편으로는 몹시 불안했어요.

긴장이 되었는지 트렁크를 열기도 전에 온몸이 땀에 젖는 것 같았어요. 키를 쥔 손에 나도 모르게 힘이 들어가는 것이 느껴졌어요. 스패너를 들고 대비를 하고 싶었으나 왼팔을 못 써 할 수 없이 오른 겨드랑이에 껴놓고 오른손으로 트렁크를 열어야 했어요.

심호흡을 하고, 트렁크를 열었어요. 열리는 순간, 나도 모르게 뒤로 물러섰어요. 트렁크가 열리자 뭔가가 벌떡 일어섰어요. 순간 놀랐지만, 경아였어요. 경아는 나를 보고 다짜고짜 안겼어요. 그러곤 막 울더군요.

"재혁 씨! 흐흑. 어디 갔다 온 거야. 얼마나 무서웠는데. 죽는
줄 알았어. 소리만 들리고. 난 흐흑. 재혁 씨만 기다렸어. 꼭 올
줄 알았어."

"괜찮아, 이제 다 괜찮아. 무서웠지? 어디 다친 데는 없니?"

이렇게 말하고 경아를 살펴보았어요. 얼마나 울었는지 눈은
통통 부어있었고 얼굴은 아직도 겁에 질린 모습이었어요. 경아
도 호된 일을 겪었는지 온 몸에 피가 범벅이 되어 있었어요. 다
행히 큰 상처는 없는 것 같았어요. 경아는 나의 엉망이 된 몸을
보고 놀랐지만, 나는 진수와 세영이의 그 끔찍한 죽음에 대해서
는 말하지 않았어요. 우선 내가 없는 동안 무슨 일이 있었는지
궁금했어요. 잘못 생각했죠. 우선 거기서 벗어났어야 했는데.
바보같이. 여하튼 우리는 서로의 궁금증을 해결하려 했죠.

"걱정 마. 난 괜찮아. 그건 그렇고, 내가 떠난 다음에 도대체
무슨 일이 일어났던 거야?"

경아는 아직도 무서운지 덜덜 떨면서 얘기를 시작했어요.

"재혁 씨가 떠난 후 처음에는 괜찮았어요. 세영 씨는 자기가
아픈 와중에서도 나를 안심시키려 했어요. 그리고 앞자리에 누
워 조수석의 진수 씨를 돌보았어요. 나보고는 걱정 말고 뒷자
리에서 눈 좀 붙이라고 했어요. 재혁 씨가 곧 돌아올 테니.

진수 씨는 계속해서 신음소리를 내며 고통스러워했어요. 점
점 심해지는 것 같아 무척 걱정되었어요. 점점 심해지더니, 헛

소리까지 하기 시작했어요. 그런데 무슨 말을 하는지 잘 알아듣기 힘들었어요. 발음이 부정확하기도 했지만, 난생 처음 듣는 것 같은 무슨 말을 내뱉기도 했어요. 점점 진수 씨는 큰 소리로 헛소리하기 시작했어요. 세영 씨도 자기 몸도 그렇게 아팠지만 진수 씨가 너무 심각하니 걱정이 되는지 안절부절 못해 하는 것 같았어요. 진수 씨는 마치 누군가와 심하게 다투는 것처럼 격하게 소리치기 시작했어요. 죽음이라는 단어와 숲이라는 단어가 언뜻 들린 것 같았어요. 또 다 죽는다,라는 얘기도 많이 했어요.

  점점 무서워졌어요. 진수 씨의 헛소리는 심해지기 시작했어요. 딴 사람의 목소리가 나기 시작하더니 급기야는 짐승 같은 소리도 내기 시작했어요. 가래 끓는 듯한 야수의 소리도 냈어요. 그리고 전혀 딴사람의 목소리로 소름끼치는 얘기를 했어요. 그 얘기는… 아니, 아무 것도 아니었어요. 세영 씨도 당황한 것 같았어요. 진수 씨를 진정시키려 했으나 막무가내였어요. 그러더니 그 끔찍한 일이 시작된 것이예요. 누워서 헛소리하던 진수 씨가 갑자기 그 심한 상처에도 불구하고 벌떡 일어난 거예요. 급격히 움직이니 진수 씨의 상처는 터져서 피가 튀기 시작했어요. 우리는 너무 놀랐어요. 그러나 그 다음 진수 씨의 행동은 너무 끔찍했어요. 갑자기 듣기만 해도 소름끼치는 소리로 울부짖더니, 옆에 놀라서 보고 있던 세영 씨의 팔을 물어뜯는 것이었어요. 흐흑.

지금도 그 장면만 생각하면 너무너무 놀라 기절할 것 같아요. 나도 모르게 차문을 열고 나왔어요. 뒤에서는 세영 씨의 처절한 비명소리와 기분 나쁜 그르렁거리는 소리가 들렸고, 차는 심하게 요동쳤어요. 간신히 차 밖으로 나왔지만 발이 후들후들 떨려 움직일 수 없었어요. 차 안에서는 무슨 일이 일어났는지, 차창에 사방으로 피가 튀었어요. 너무 무서워서 죽을 것 같았어요. 그런 상황이 계속되다가 갑자기 '퍽' 하는 소리가 나면서 문이 열리더니 피투성이가 된 세영 씨가 쓰러지듯이 나왔어요. 그러더니 나보고 빨리 피하라고 외쳤어요. 하지만 나는 계속 움직일 수 없었어요.

간신히 트렁크 있는 데까지 움직였어요. 그르릉 소리가 들리더니 진수 씨가 세영 씨를 따라 나오는 것이 보였어요. 그때 진수 씨의 모습은 평소에 그렇게 밝던 모습이 아니라 악마의 모습 그 자체였어요. 몸은 만신창이가 되었고, 입에서 피가 뚝뚝 떨어지고 굶주린 짐승처럼 세영 씨를 쫓아 나왔어요. 기절하는 것 같았는데, 어느새 세영 씨가 내 옆으로 와서 나를 트렁크에 밀어 넣었어요. 나는 엉겁결에 트렁크에 밀려 들어갔어요. 마침 트렁크는 아까 먹을 것 꺼낸다고 열어놓은 상태였거든요. 트렁크가 닫히기 전에 마지막으로 내가 본 모습은, 진수 씨가 세영 씨를 고양이가 쥐를 잡아채듯이 덮치는 것이었어요. 그리고 세영 씨의 처절한 비명소리를 들으면서 깜깜한 트렁크에서 기절했어요.

얼마큼 지났는지 모르겠지만, 정신이 들었어요. 그리고 진수 씨의 그르릉 소리가 가까이 들려왔고, 누군가가 차에 탔는지 차가 흔들리고 뭔가가 타는 듯한 소리가 들렸어요. 소름끼치는 울부짖음이 길게 메아리치고 조용해졌어요. 나는 재혁 씨가 온 것 같은 생각이 들어서 트렁크를 열심히 두들긴 거고, 재혁 씨가 트렁크를 열고 나를 구해준 거예요. 그건 그렇고 재혁 씨는 왜 그렇게 심하게 다친 거죠? 진수 씨와 세영 씨는 어떻게 된 거예요?"

나는 대답을 해줄 수가 없었어요. 경아의 얘기를 들어도 도대체 이것이 무슨 일인지 알 수가 없었어요. 그리고 왠지 모르게 경아가 내게 무언가 숨기고 있는 듯한 느낌마저 들었어요. 경아의 무서움과 충격을 줄이기 위해, 진수와 세영이의 얘기는 나중에 하자며 빨리 여기를 떠나자고 했어요. 하지만 경아는 진수와 세영이가 어떻게 된 거냐고 집요하게 물었어요.

그때였어요.

경아의 표정이 갑자기 끔찍한 것을 본 것처럼 일그러졌어요. 그리고 찢어질 듯한 목소리로 비명을 질렀어요.

"까야악! 재혁 씨!"

경아의 갑작스런 반응에 놀라기도 했지만, 뒤에서 싸늘한 느낌이 들어 돌아서는 순간 온몸에 소름이 쫙 끼쳤어요. 눈앞에 피투성이가 된 세영이가 서있는 거예요. 분명히 죽은 것을 확인했는데. 그런데 세영이의 눈빛은 아까 미쳐 날뛰는 진수의 눈빛을 하고 있었어요. 나는 가슴이 옥죄는 듯한 공포를 느껴 움직일 수 없었어요. 세영이는 이미 인간이 아니라는 것을 직감적으로 느낄 수 있었어요. 경아의 비명소리는 계속에서 내 귀에 울리고 있었지만, 부끄럽게도 나는 손끝 하나 움직일 수 없었어요. 겁에 질린 겁쟁이일 따름이었죠.

세영이, 아니 그 괴물은 등골이 오싹한 표정과 괴성을 지르고 나를 집어던졌어요. 저항은커녕 그냥 붕 하고 떨어져 나갈 뿐이었어요. 뼈가 으스러지는 듯한 고통을 느끼며 아스팔트 바닥에 심하게 내동댕이쳐졌어요. 정신을 잃을 뻔 했으나, 그런 와중에도 경아가 걱정돼서 간신히 몸을 추스렸어요. 필사적으로 몸을 일으키면서 충격으로 흐릿해진 눈의 초점을 맞췄어요. 그때 정말 가슴을 찌르는 듯한 경아의 비명소리가 메아리쳤어요. 경아 쪽을 바라보니, 제기랄, 그 괴물이 경아의 어깨를 물어뜯고 있는 것이었어요.

머리에 피가 치밀고 눈에 불이 튀는 것 같았어요. 눈에 보이는 것이 없다는 말이 맞을 거예요. 아무 생각 없이 다짜고짜 그 괴물을 향해 몸을 날려 덮쳤어요. 그때 다리와 왼팔의 통증은 까맣게 잊고 있었죠. 강하게 부딪히자 그놈은 경아를 놓치고 내 몸에 밀려 열려진 트렁크 안으로 상체가 들어갔어요. 그놈은 괴성을 질러댔죠. 나는 정신없이 그놈의 다리를 들어 트렁크 안으로 밀어 넣고 있는 힘을 다해 트렁크를 닫으려 했어요. 하지만 그놈은 그 와중에도 손을 틈 사이로 집어넣어 트렁크가 닫히지 않게 했어요. 트렁크가 닫히지 않자 나는 너무 무서웠어요. 그놈이 튀어나와 나와 경아를 물어뜯어 죽여 버릴 것만 같았어요. 당황한 나머지, 그놈의 힘에 밀려 트렁크가 열릴 뻔했어요. 하지만 그놈이 그 무시무시한 힘을 쓰기 전에, 그놈의 손가락이 틈 사이에 껴있는 것을 보고 나는 있는 힘껏 뚜껑을 다시 한번 부서져라하고 닫았어요. 트렁크가 제대로 닫히면 내 바지로 피가 튀었어요. 그놈의 손가락이 잘려져 나간 거예요.

안도감도 잠시뿐, 그놈은 트렁크를 부서질 듯이 두들겨 댔어요. 그놈의 힘이 얼마나 센지 트렁크가 곧 열릴 것 같았어요. 무슨 방법을 찾아내야 했어요. 트렁크가 열리면 나와 경아는 끝장이었어요. 트렁크는 계속 쿵쾅대고 당장이라도 부서져 나갈 것 같았어요.

다급한 순간 휘발유 냄새가 나는 것이 느껴졌어요. 차 밑을 보니 휘발유가 새는지 흥건하게 고여 있었어요. 사고 날 때부터 조금씩 새고 있었나 봐요.

차를 통째로 태워야겠다는 생각이 들었어요. 그런데 불이 없는 거예요. 라이터도 없고, 성냥도 없고. 트렁크는 충격을 받아 벌어지기 시작했어요. 그놈의 소름끼치는 소리도 코앞에서 들렸어요. 뭔가 방법을 찾아야 하는데 불을 지를 방법이 없었어요.

"제기랄! 불! 불이 필요해!"

너무 다급해서 나도 모르게 소리를 쳤어요. 하지만 답답하기만 할뿐, 방법은 도저히 생각나지 않았어요.

그때였어요.

"재혁 씨, 이것 써 봐."

쓰러져 있던 경아가 자기 상처의 아픔도 참고, 당황해 하고 있는 내게 무언가를 건네주었어요. 나는 놀라 무엇인가 하고 받아 보았죠. 성냥이었어요. 의아해하고 있는 나에게 경아가 힘겹게 설명해주었어요.

"아까 휴게소에서 불꽃놀이 하자며 샀던 것에 들어 있던 거야."

그 딱성냥 하나가 얼마나 반가운지. 나는 제발 켜져라 마음속으로 빌면서 성냥을 그었어요. 트렁크는 거의 부서져 나가고 있었어요. 불이 확하고 붙었어요. 나는 오직 불을 붙이자는 생각밖에 없었어요. 성냥불을 고여있는 휘발유에 떨어뜨렸어요. 불은 '쉭' 소리를 내며 빠르고 아름답게 차를 태우기 시작했어요. 나는 타오르는 불을 보며 경아를 부축하고 뒤로 피했어요.

불타는 차에서는 그놈의 고통스런 비명소리가 귀에 거슬릴 정도로 찢어지게 들렸어요. 쾅하는 소리와 함께 불꽃이 치솟았어요. 그놈의 비명소리가 지워졌지요. 차의 연료통이 터지는 소리가 같았어요. 우리는 다 끝났다는 생각에 한숨을 내쉬었어요. 차는 활활 타오르고 있었어요. 그런데 갑자기 트렁크 뚜껑이 쾅하고 열리더니, 그놈이 온몸에 불이 붙은 채 소름끼치는 괴성을 지르며 우리를 향해 걸어오는 것이었어요. 나와 경아는 그 끔직한 모습에 두려움을 느끼며 뒷걸음질쳤어요.

그놈은 몇 발짝 우리를 향해 비틀비틀 걸어오다가 무릎을 꿇더니 힘없이 쓰러졌어요. 불은 그놈을 끝없이 태울 것처럼 타고 있었어요. 그놈이 쓰러지자, 긴장이 풀려서인지 온 몸에 피로가 몰려오고 다친 곳이 아프기 시작했어요. 맥이 탁 풀리면서 주저앉았어요. 경아도 그놈에게 물린 곳이 아파오는지 내게 기대며 주저앉았어요. 활활 타는 차와 그놈의 시체를 바라보면서 이제 모든 것이 끝났다는 생각했죠. 하지만 그것은 나의 어리석은 착각이었어요.

경아는 세영이에게 물린 어깨가 아픈지 신음소리를 내기 시작했어요. 그렇게 많은 일이 있었는데, 아직도 해가 뜨려면 몇 시간은 있어야 될 것 같았어요. 우선 경아 어깨 상처에서 나오는 피를 멈추게 하기 위해서 누더기가 된 내 옷을 찢어 묶었어요. 자세히 보니 상처가 심해 보였어요. 다리와 팔만 괜찮으면 내가 업고서라도 여기를 벗어나고 싶었지만, 어쩔 수 없었어요. 우선 경아를 앉히고 방법을 생각해 보았어요. 아까 가져온 구급가방을 생각해 봤지만, 격투를 하느라 약병들은 다 깨지고, 붕대는 땅에 떨어져 흙이 묻어 지저분했어요. 쓸 수 없었죠.

경아는 아파서 걸을 수 없다고 하더군요. 그때 어떻게 업고서라도 거기서 빠져나와야 하는 건데. 경아는 피를 너무 많이 흘렸는지, 긴장이 풀리니 정신을 제대로 못 차리는 거였어요.

몇 마디 못하고 이내 정신을 잃고 내게 쓰러졌어요. 걱정이 되었어요. 원래도 몸이 약한 애였는데, 그런 심한 일과 상처를 입고 견딜 수 없을 것 같았거든요. 어떻게든 도움을 청해 경아를 치료해야 할 것 같은데 방법이 생각나지 않았어요. 내 상처도 심하게 아파왔어요. 답답해 죽을 지경이었죠. 그런데, 갑자기 정신을 잃고 있었던 경아가 꿈틀하고 움직이는 것이었어요. 놀라서 경아를 보니, 아직도 정신을 차리지 못한 것 같은데 움찔거리고 움직이는 것이었어요. 처음에는 상처 때문에 아파 경련을 일으키는 줄 알았어요.

하지만 그것이 아니었어요. 경아의 꿈틀거림은 계속되었고, 점점 심해졌어요. 나는 경아에게 무슨 일이 일어난 것 같아 겁이 나 흔들어 깨우려했어요. 하지만 경아의 눈은 떠질 줄 몰랐어요. 대신 신음소리를 내기 시작했어요. 그런데 그 신음소리는 경아의 목소리가 아닌 굵직한 짐승의 소리 같았어요. 소름이 끼치기 시작했어요. 경아는 이제 심하게 부들부들 떨기 시작했어요. 걱정도 되었지만 솔직히 겁도 나기 시작했어요. 경아는 평소의 경아 같지 않았어요. 도저히 한 팔로는 경아의 심한 움직임을 안정시킬 수 없었어요. 목이 터져라 경아 이름을 불러댔지만 아무런 반응이 없었어요.

그러다 갑자기 움직임을 딱 멈추었어요. 너무 갑작스런 일이라 나는 경아의 숨이 멈춘 것 같아 걱정되었어요. 그래서 몸을 기울여 경아의 가슴에 귀를 대보았어요. 깜짝 놀랐어요. 박동

소리가 하나도 안 들리는 것이었어요. 정신이 아득해지는 것 같았어요. 경아가 여기서 이렇게 숨을 멈추다니 상상도 할 수 없었어요. 다시 한번 제대로 들어보려고 하는데, 박동소리는 여전히 들리지 않았어요. 충격이 컸지만 믿기지는 않았어요. 다시 확인하기 위해 몸을 일으키는데, 갑자기 꼼짝도 안하던 경아가 상체를 벌떡 일으키는 것이었어요. 갑작스런 움직임에 나는 나둥그라졌어요.

나가떨어지면서 나는 다행스럽다는 생각부터 들었어요. 하지만 몸을 일으켜 경아를 보는 순간, 그 생각은 공포로 바뀌었어요. 경아의 얼굴은 사람의 얼굴이 아니었어요. 눈과 입은 위로 쫙 찢어졌고, 눈은 핏빛으로 빛났어요. 짐승처럼 포효하는 그 모습을 보니 경아라는 생각은 하나도 들지 않았어요. 아까 진수나 세영이가 변했던 그 괴물 그대로였어요. 도망쳐야겠다는 생각밖에 안 들었어요.

그 괴물은 이미 몸을 일으켰어요. 나는 일어나지도 못하고 앉은 채로 뒷걸음질만 쳤어요. 그 괴물은 나를 보고 괴성을 한 번 지르더니 한번에 뛰어 내 앞에 섰어요. 그때 이미 내 머릿속엔 그것이 경아라는 것이 깨끗이 지워졌어요. 단지 그것은 나를 물어뜯어 죽이려는 괴물이고, 내가 살기 위해서는 처치해야 한다는 생각밖에 없었어요.

입을 벌리자 무시무시한 이빨이 보였어요. 무시무시한 얼굴에 머리도 길게 늘어뜨린 모습이 등골이 오싹했어요. 본능적으로 손으로 주위를 더듬다가, 뭔가가 집히는 것이 느껴졌어요. 아까 가져온 석궁이었어요. 그것을 집어 들고, 나를 향해 덮치는 그 괴물의 얼굴을 휘갈겼어요. 있는 힘을 다해 휘둘렀는데 정통으로 맞았는지 그 괴물은 옆으로 넘어졌어요. 나는 그 틈을 타 활을 찾아 석궁에 장전하려 했어요. 하지만 왼손을 못 쓰는 상태에서 한 손으로 활을 끼기가 너무 힘들었어요. 한 손으로 활을 가지고 씨름하고 있는데 그 괴물은 아까보다 더 무시무시한 모습으로 몸을 일으켰어요. 그 끔찍한 모습을 보고 너무 당황한 나머지, 입을 이용해 활을 석궁에 꼈어요. 다음 순간 덮치는 그 괴물의 얼굴을 향해 석궁을 쐈어요.

멋도 모르고 처음 쏴 본 것인데, 가까운 거리인지 정통으로 얼굴을 꿰뚫었어요. 그 괴물은 고통스러운지 하늘을 향해 비명을 질렀어요. 나는 다시 다음 활을 장전하고 괴로워하는 괴물을 향해 쐈어요. 이번에는 몸통 부분에 박혔어요. 나는 이유 모를 쾌감을 느껴가고 있었어요. 다시 한번 괴성을 질러대더군요. 나는 다음 활을 꼈어요. 괴물은 무시무시하게 자기 얼굴과 몸통에 박힌 활을 뽑아냈어요. 피가 튀기고 끔찍했어요. 너무 무시무시하더군요. 그러곤 나를 향해 덮쳐왔어요. 나는 너무 놀라 엉겁결에 석궁을 놓쳤어요. 순식간에 피를 흘리며 나를 덮치는 그 괴물의 끔찍한 모습을 보고 나도 모르게 눈을 질끈 감고 몸을 옆으로 굴렸어요. 아슬아슬한 차이로 내 몸을 비껴가는 것이 느껴졌어요.

옆을 막 더듬어보니 과도가 잡히더군요. 생각할 겨를도 없이 다시 나를 향해 덮치는 그 괴물의 목에 칼을 쑤셔 박았어요. 순간적으로 피가 팍 튀면서 눈앞이 핏빛으로 가려졌어요. 있는 힘을 다해 내 몸을 타고 있는 그 괴물을 밀쳐냈어요. 그 괴물은 내게 찔린 칼이 치명적이었는지, 그륵그륵 신음소리를 내며 움직이지 못하고 있었어요. 나는 얼굴에 묻은 피를 손으로 대충 훔치고 그 괴물을 바라보았어요. 내가 찌른 칼은 그 괴물 목의 동맥을 찔렀는지 아직도 피가 콸콸 흘러나오고 있었어요. 그러더니 이내 움직임을 멈추었어요. 죽은 것 같았어요.

나는 아직도 두근거리는 숨을 가다듬지도 못하고 축 늘어진 그 괴물을 끌고 아직도 타고 있는 차로 다가갔어요. 힘들고 지쳤지만, 이 괴물을 태워버리지 않고는 다시 살아날까봐 겁이 났어요. 간신히 그 괴물을 끌고 가는데… 그 괴물, 아니 사실은 경아였죠. 제기랄! 경아의 목소리가 들리는 것이었어요.

"재혁… 씨. 괜찮… 지. 그리고… 날… 죽여… 줘. 태워… 서라도… 제발…"

난 그 목소리를 듣는 순간 움직일 수가 없었어요. 그리고 경아 쪽을 돌아볼 수도 없었어요. 내가 그렇게 처참하고 잔인하게 찌르고 죽인 괴물이 사실은 경아였다는 것을 그제서야 깨달은 것이죠. 미칠 것 같았어요.

나는 그때 인간이 자기 생명을 위해 얼마나 잔인하고 이기적인 동물이라는 것을 뼈저리게 느꼈어요. 내가 그렇게 사랑한다

고 한 경아를 죽이다니. 너무 괴로웠어요. 하지만 그때도 제 정
신을 차릴 수 없었어요. 사실 그때 내 정신 상태는 정상이 아니
었다고 자위하기도 하죠. 하지만 그것은 나의 잔인한 행동에
대한 변명에 불과한 거지요. 그땐 그렇게 생각했어요. 괴물이
나를 혼란시키려고 경아의 목소리를 내는 것으로. 나는 혼란으
로 괴로워하며 안 돼, 하고 소릴 질렀어요. 그때 나는 한 가지
방법을 택했어요. 그리고 그것을 실행하려고 했어요. 바로 그
것이 경아가 아닌 괴물이므로 태워 죽여야 한다는 것이었죠.
그래서 멈췄던 발걸음을 다시 불타는 차를 향해 옮겼어요. 경
아, 그 괴물은 계속해서 얘기했어요.

"재혁⋯ 씨⋯ 나⋯ 아파⋯"

미칠 지경이었어요. 하지만 나는 이를 악물고 그 괴물을 끌
고 갔어요. 불타는 차 바로 앞에 서자 불길의 뜨거움이 느껴졌
어요. 나는 눈을 감았어요. 내가 죽이고 불태우려는 것이 괴물
이 아닌 경아일까 겁났어요. 똑바로 볼 용기가 나지 않았어요.
그리고 그 괴물을 불에 집어넣었어요. 환청인지 뭔가가 들렸어
요.

"재혁 씨⋯ 안⋯ 녕⋯"

나는 눈을 감은채로 뒷걸음질쳤어요. 눈을 떴어요. 눈앞에는
경아가 타고 있었어요. 괴물이 아닌⋯ 하지만 구할 생각은 안
났어요. 엄두가 나지 않았죠. 눈물은 하염없이 내 볼을 흘러내
렸어요. 나는 절친한 친구들과 이 세상에서 가장 사랑하는 여

인을 죽인 것이에요. 그것도 태워서… 제기랄!

나는 무너지듯이 주저앉았어요.

그때 문득 무언가가 숲에서 나를 보고 있는 것이 느껴졌어요. 비웃으면서!

그제서야 나는 모든 것이 느껴졌었어요. 어쩌면 정말 괴물은 된 사람은 진수, 세영, 경아가 아니라 바로 나일지도 모른다는 것을. 누구를 죽인다는 것을 아무런 망설임 없이 쾌감까지 느끼면서 자행하다니. 불에 타고 있는 차와 경아를 바라보면서 나는 머리가 복잡해지는 것을 느꼈어요. 괴로움에 머리가 터질 것 같았어요. 그리곤 세상이 깜깜해졌죠. 정신을 잃은 것이죠.

제가 정신을 차린 것은 두런두런 주변에서 사람 소리가 들렸을 때였어요. 눈을 뜨니 주위는 환해있었고, 사람들이 많이 보였어요. 나는 악몽을 꾼 것이길 바랬어요. 하지만 앰뷸런스며 경찰차들과 검게 그을린 내 차를 보니, 꿈이 아니란 것을 알게 되었어요. 다시 충격을 받고 다시 정신을 잃었죠.

다음번에 깼을 땐 병원이었어요.

거의 일주일 동안 혼수상태였더군요. 모든 일은 이미 황당하게 마무리 지어졌죠. 그 끔찍했던 일은 교통사고로 처리되었죠. 제 증언도 없이 교통사고에 이은 화재로 마무리되었다더군요. 물론 거기에는 이 사건을 조용히 덮으려는 정부 고위층에 계시는 아버지의 개입이 있었겠죠. 그날 얼마나 호된 경험이었는지 하룻밤 사이에 머리카락이 하얗게 변했어요. 그래서 이렇게 나이보다 늦게 보이는 것이죠.

나중에 알고 보니 우리가 그 일을 당했던 길은 원래 폐쇄된 길이었대요. 군대가 나서서 하던 국도건설 중 이상하게 많은 군인들이 사고로 죽거나 다쳐서 공사를 중단하고 다른 쪽으로 현재 길을 냈대요. 우리가 들어갔던 길은 폐쇄된 길이었고. 그래서 밤새도록 차 한 대도 안 지나간 것이죠. 그런데 이상한 것은 분명히 길을 막아놨는데, 우리 차와 그 밴이 어떻게 들어갔는지 이상하다고 경찰에서도 그랬대요.

어쨌든 나는 그 일로 미친 사람 취급당했죠. 그날 있었던 일을 아무리 설명해 봐도 믿어주지 않고 미친놈으로 보더군요. 자기들 나름대로 내가 교통사고로 친구와 애인을 잃어 감당 못할 충격을 받아 정신이 돌아버린 것으로 본 것이죠. 그래서 육 개월간 정신병원에 갇혀있었죠. 의사며 간호원이든 아무도 나를 안 믿어주더군요. 실제로 미쳐가는 줄 알았어요. 그 끔찍했던 밤과 나의 잔인했던 행동, 그리고 경아의 죽음. 어쩌면 나로서는 도저히 감당할 수 없었던 일이었죠. 그런데 병원에서 내 얘기를 믿어주는 사람을 하나 만났어요. 그 사람도 환자였죠. 가족을 교통사고로 잃고 미쳐서 병원에 들어온 환자였죠.

"나도 그 숲 가본 적이 있죠. 집사람, 딸애와 아들놈도 거기서 죽었죠. 교통사고가 아니었죠. 내가 죽인 것이죠. 당신도 그렇게 했겠죠. 그 숲에서 살아나와 여기에 있는 것을 보니. 거기에는 옛날부터 악령이 살고 있는데요. 그래서 많은 희생자가 나오죠. 특히 안개가 짙게 깔린 여름밤에는 흐흐흐… 당신도 사람들을 죽일 때 쾌감을 느꼈을 거야. 더 죽이고 싶어. 당신도 그렇지?"

그 사람은 정말 돌아버린 것 같았어요. 아니면 악귀가 씌었든지. 결국 그 사람은 내가 퇴원하기 전에 동료 환자 둘을 죽이고 자살했어요. 퇴원한 후로 이날 이때까지 내가 한 것은 불가사의한 일에 대한 공부였죠. 오늘처럼 그런 영화를 찾아가 보기도 하고. 하지만 연구만으로는 아무런 소득이 없었어요. 분명히 그 숲에는 뭔가가 있어 사람들의 피를 부르는 것이 확실한데… 기록을 조사해보니, 그 길이 폐쇄된 지 15년 동안 120명이 교통사고로 죽었어요. 거기서. 모든 사고는 7월과 9월 사이에 일어났고 기상기록에 의하면 그 부근에 안개가 꼈던 밤이었죠.

뭔가가 있죠. 나는 그것을 밝혀 내야 해요. 그렇지 않고는 눈을 감을 수 없어요. 요즘도 눈만 감으면 악몽 같던 그날 밤이 생각나요. 경아의 목소리와 진수와 세영이의 무시무시한 모습과 내게 죽어가던 그 모습들이… 정말 미치겠어요! 아니, 죄송합니다. 휴…

그 사람은 이렇게 믿기 힘든 긴 얘기를 끝냈다. 나는 그 사람의 얘기를 도저히 믿을 수 없었다. 어떻게 그런 일이. 그 얘기를 듣고 나니 그 사람이 무서워졌다. 그 얘기가 사실이라면 그는 사람을 죽인 사람이었다. 그 사람은 나의 그런 생각을 아는지 모르는지 자리에서 일어났다.

"오늘 제 믿기지 않는 얘기 들어주셔서 감사합니다. 안 믿으시겠죠. 하지만 전 사실을 얘기했습니다. 결심했어요. 그날 그 숲에 왜 그런 일이 있었는지 그리고 무엇이 있었는지 알아내기로. 그리고 그것을 없애버릴 거예요. 원수를 갚아야죠. 모두의 원수를… 그리고 내 원수도."

그리곤 술값을 내고 비틀거리며 사라졌다. 나는 찝찝함을 느끼며 멍하니 앉아있었다. 머리를 한 대 얻어맞은 기분이었다. 믿을 수도 없는 얘기였지만, 그 사람의 진지함과 그 무언가가 정말 있었던 일같이 느껴졌다. 며칠간 그 사람 생각 때문에 찝찝한 기분이 사라졌다. 하지만 그것도 며칠이었다. 곧 그 사람의 모든 일은 잊혀졌다. 일 년이 지난 지금까지.

그 사람의 일이 다시 떠오른 것은 영화제도 끝나고 다가온 여름이었다. 우연히 신문기사에서 그 사람의 이름을 본 것이다.

〈산불 방화 해프닝〉

어젯밤 강원도 **군 *번 국도 주변 산에서 방화사건이 발생했다. 범인 이재혁(30살 무직) 씨는 현장에서 검거되었고, 다행히 산불은 번지지 못해 십 여 미터 정도 태우고 저절로 꺼졌다. 이씨는 기름을 준비하고 밤시간을 택하는 등, 치밀한 계획을 세운 것으로 보였다. 이씨는 2년 전 그곳에서 교통사고로 친구와 약혼녀를 잃고 6개월간 정신병원에 입원한 경력이 있다. 주변사람에 따르면 이씨는 그 근방에 악귀가 있어 교통사고가 났다고 주장했다고 한다.

한편 이씨는 어제 방화를 저지르려다 자기 몸에도 불이 붙는 사고가 발생해, 현재 병원에서 치료중이나 혼수상태이다.

결국 이렇게 되는구나.

그 사람의 광기어린 슬픈 눈빛이 떠올랐다. 불쌍한 사람… 그 사람의 처절한 사투가 이렇게 끝나는구나, 라는 생각이 계속해서 들었다. 뭔가 이상하다는 생각도 들었다. 기름까지 준비했는데 산불이 저절로 꺼지는 것 하며 자기가 불에 탔다는 것도 마음에 걸렸다.

정말 뭔가가 그 숲에 있나 생각을 하고 있는데, 갑작스런 전화벨 소리가 울려 깜짝 놀랐다. 과 후배 용일이의 전화였다. 나는 큰 충격을 받을 수밖에 없었다.

"일한이 형! 지금 빨리 병원 영안실로 와요. 최 교수님이 가족과 함께 설악산으로 피서 겸 세미나 가다가 교통사고가 났어요. 차가 뒤집히고 불까지 나서 네 가족 다 돌아가셨대요. 최 교수님만 빼고. 그런데 최 교수님이 사고가 난 후, 발견 당시 얼이 빠져 있었대요. 심하게 상처도 입고. 소름끼치는 얘기지만 들리는 얘기로는 교수님이 한 손에 피 묻은 칼을 들고 있었대요. 그래서 교수님은 정신도 온전치 않은데도 지금 경찰의 조사를 받고 있다는 거예요. 그러니 교수님 가족 상가는 우리라도 지켜야 하잖아요. 되도록 빨리 오세요. 자세한 얘기는 영안실에서 하죠. 참, 세상에 별일이 다 있죠. 안 그래요?"

* 이블 데드(EVIL DEAD)

영화 화면을 온통 피바다로 만들어 달라는 어느 극장주의 주문에 따라 만들어졌다는 공포영화로, 주말을 보내기 위해 산 속의 외딴 집으로 놀러갔다 우연히 지하실에서 악령을 불러내는 주술을 발견하고 장난삼아 외운 주문으로 살아난 악령과 하룻밤 사이의 처절한 사투를 잔혹하게 그린 영화. 열아홉 살의 나이로 공포영화의 거장 반열에 들어선 셈 레이미의 걸작. 저예산의 엉성한 영화지만 공포영화가 갖추어야할 모든 점을 지니고 있다. 국내 극장 개봉 시 심장마비로 한 관객이 죽는 바람에 서울 다모아(현재 뤼미에르 극장)에는 예고편까지 틀었지만 상영이 중단됨.

비디오로 힘들게 구할 수 있으나 약간 삭제됨. 뒤이어 2, 3편도 출시되었지만 약간의 코미디 풍이 가미됨. 공포 마니아에게 추앙받는 대표적인 영화. 밤에 혼자 보면 으스스.

스마일

술은 악마가 바쁠 때 인간에게
사용하는 첫 번째 무기이다.

— Beat 중에서

술을 즐기는 사람이라면 누구나 단골 술집이 하나쯤
은 있을 것이다. 단골 술집은 언제나 푸근하고 편한 분위기를
제공해 주며, 가끔은 주머니가 빈 상태라 할지라도 외상으로도
술을 마실 수 있도록 배려해 준다. 사람들은 그런 술집에서 수
많은 추억과 무용담을 만들어내기도 하며, 취한 자신의 모습과
타인의 모습을 보곤 한다. 때로는 한 번도 상상해 보지 못한, 절
대로 자신은 볼 수 없고 또 기억할 수도 없는 자기 모습을 만들
기도 한다.

이 세상에는 천사가 있는가 하면 악마도 내려와 같이 산다. 그들은 아주 오랫동안 인간과 함께 살아 왔다. 여러 가지 직업으로 자신을 감춘 채… 천사들은 상담소나 거지, 거리의 부랑아, 선물가게, 꽃집 등을 하며 자신의 신분을 감춘다. 그래야만 여러 사람들의 사연을 들을 수 있고 그들에게 기쁨을 안겨줄 수 있기 때문이다. 반면, 악마들은 술집이나 여관, 카바레, 나이트클럽 같은 곳을 선호한다. 인간이 방탕할 때야말로 손쉽게 인간을 파멸시킬 수 있는 절호의 기회이기 때문이다.

반포대교를 건너 강남 쪽으로 건너와서 구 반포 쪽으로 우회전을 하면, 이수교차로 때문에 항상 정체를 이루는 3차선 도로가 나온다. 그 길을 따라 육교를 두 개 정도 지나면 단층으로 된 구 반포 상가가 시작된다. 눈이 그리 나쁘지 않은 사람이라면 쉽게 구 반포 상가가 시작되는 곳쯤에서 '스마일'이라고 쓰여 있는 자그마한 입간판을 발견할 수 있을 것이다. 실내 포장마차 치고는 안주가 맛있고 고급스러운 편이지만, 그만큼 비싼, 어쩌면 평범한 서너 평 남짓한 작은 술집이다. 이 술집은 언젠부턴가 이곳에서 자리하고 있었다. 정확히 언제부터인지는 아무도 모른다. 한 가지 분명한 것은 어찌 보면 평범하지만, 파고 들어가 보면 예사롭지 않은 일들이 이 술집에서부터 시작된다는 것이다.

지금부터 이 술집에 들렀던 손님들이 어떤 최후를 맞이했는지 간단하게 살펴보자. 만약 이 글을 읽는 사람 중에서 이 술집에 들를 일이 있으면 술집을 잘 관찰해 보기 바란다.

외눈박이 고양이가 탁자 밑에 웅크리고 있는지, 주방에서 가끔 무시무시한 소리가 들려오는지, 체리 소주에서 피 맛이 나는지… 당신 또한 언제 이런 술집에 들어갈지 장담할 수 없는 일이다. 결코…

1.

그날은 아침부터 비가 억수로 퍼부어 대던, 끈적끈적한 여름날이었다. 왁자지껄한 술자리에서 안광수(安光守)는 자신의 지난날을 돌아보았다. 요즘은 그에게 있어서 인생의 황금기였다. 광수는 젊은 날을 사법고시에 다바쳐야 했다. 남들이 축제다 연애다 서클 활동이다 해서 대학 생활을 만끽할 때, 도서관의 딱딱한 의자에 앉아 두터운 법전과 씨름해야만 했다. 중고등학교 때 친하게 지냈던 친구들도 연락이 뜸해지자 서서히 멀어져 갔고, 이내 타인이 되어 갔다.

광수는 개의치 않고 사법고시에 매달렸다. 2학년을 졸업하고 군대에 갔는데 군대에 가서도 결코 책을 놓지 않았다. 화장실에도 그냥 가는 법이 없었다. 형법이나 민법 책을 들고 가서 다리가 저리도록 읽고 또 읽어 다 암기했다 싶으면 비로소 밑 닦는 휴지로 사용하곤 했다.

광수는 복학을 하자마자 다시 사법고시에 매달렸다. 죽자사자 공부했지만 시험 운이 따라 주지 않았다. 일차에 붙으면 이차에 떨어졌고, 이차만 붙으면 되는 데도 다음 해에 또 떨어졌다. 대학을 졸업하고 이듬해에 광수는 마침내 그토록 원했던 사법고시 일이차에 전부 합격할 수 있었다. 면접에서 떨어지면 어떡하나 조마조마하며 시험을 치렀는데, 며칠 지나자 마침내 합격증이 날아왔다. 이제 남은 것은 사법연수원에 들어가는 것뿐이었다. 합격증을 받아 쥐자 부모님은 좋아서 어쩔 줄을 몰라 했다. 아버지는 광수를 끌고 자동차 대리점으로 가서 멋진 차를 한 대 뽑아줬다. 마침내 대학교 일학년 때 따놓기만 한 운전면허증을 써먹을 기회가 온 것이었다.

다음날부터 여기저기서 축하 전화가 날아들었다.

친지들은 물론이고 광수의 이름조차 잊고 사는 줄 알았던 친구, 선배, 후배들이 자신의 일처럼 축하해 주었다. 그동안 서먹서먹했던 감정은 눈 녹듯이 사라졌다. 그러다 보니 열흘 동안에 여섯 번이나 술자리에 불려 다녀야 했다. 오늘은 일곱 번째 술자리로써, 상대는 고등학교 동창들이었다.

친구들은 카페에 다 모이자 나이트나 가라오케를 가자고 제안했다. 하지만 광수는 오늘만은 '스마일'이라는 술집에서 술을 마시고 싶었다. 광수가 '스마일'이라는 술집에서 술을 마셔야겠다고 마음먹은 것은 아주 오래 전부터였다. 학교 도서관을 나와 버스 정류장으로 가다 보면 학교 앞에 즐비하게 늘어선 술집들이 유혹하곤 했다. 광수는 이를 악물고 유혹을 뿌리쳐야 했다. 버스에 지친 몸을 싣고 가다 보니 언제부턴가 '스마일'이라는 작고 빨간 간판이 보이기 시작했다. 광수는 입간판을 보면서 나중에 사법고시에 합격하면 꼭 저 집에서 꼭지가 돌도록 술을 마셔야겠다고 다짐하곤 했다. 그러다 보니 아무리 힘들고 지친 날도 '스마일'이라는 술집 간판을 보면 알 수 없는 힘이 솟아났다. 광수의 뇌리 속에 문신처럼 박힌 술집.

'스마일'

스마일에서 술을 마신다는 것은 바로 광수가 원했던 그 모든 것이 이루어졌음을 뜻했다. 그런데 마침내 그날이 왔다. 오늘이 비로소 그 소원을 푸는 날이었다. 광수가 좋은 술집이 있다고 하자, 잔뜩 기대에 부풀어서 따라온 친구들은 광수가 스마일에 들어서자 처음에는 몹시 실망했다. 다른 데로 가자는 걸 광수가 다음에 가자며 가까스로 설득했다. 술자리의 주인공이 좋다고 하자 모두 마지못해 자리에 앉았다.

입간판은 무수히 보았지만 술집 안까지 들어와 보기는 광수로서도 처음이었다. 친구들이 이것저것 술과 안주를 시켰다. 술을 마시다 보니 규모는 작지만 광수가 그려왔던 바로 이상적인 술집이라는 생각이 들었다. 안주도 아주 다양했다. 싱싱한 아나고 회서부터 맛있는 계란말이, 이름부터 신기한 오징어 스파게티…

주인아주머니도 아주 친절했다. 둘이서 술집을 운영하는 모양인데 둘 다 인상이 좋고 싹싹했다. 오늘따라 술이 잘 받았다.

분위기 때문인지도 몰랐다. 친구들은 고등학교 시절의 즐거웠던 추억들을 탁자 위에 늘어놓았다. 술을 마시다 보니 자랑하느라고 차를 가져온 것이 은근히 마음에 걸렸다. 세워 놓고 내일 가져가지, 뭐. 광수는 마음 편하게 생각했다. 그러자 술자리가 점점 흥겹게 느껴졌다. 이상할 정도로 술은 달콤했고 안주는 입에 짝 달라붙었다. 또한 아주머니들이 간간이 가져 오는 서비스 안주는 술자리를 뜨게 할 생각을 잊게 할 정도로 허전한 입맛을 채워주었다.

광수는 점점 술에 취해 갔다. 다른 술자리 같지 않고 속도 편했으며 기분도 갈수록 좋아졌다.

술을 마시다 보니 뭔가가 광수의 다리를 건드렸다. 탁자 밑을 내려다보았다. 고양이 한 마리가 웅크리고 있었다. 광수는 술김에 고양이의 목덜미를 들어올렸다. 순간, '캬웅!' 하며 고양이가 광수의 손등을 할퀴었다. 놀라서 떨어뜨리자 고양이가 주방 쪽으로 재빨리 달아났다. 친구들이 '와아' 하는 웃음소리와 함께 고양이를 가로막았다. 병훈이가 고양이를 들어올렸다. 지저분한 검은 고양이었다.

"하핫! 이놈 애꾸눈 잭인데!"

병훈이가 고양이를 쳐다보며 말하자 모두들 웃어댔다.

"너 여자야, 남자야? 이 오빠하고 연애 한번 할래?"

병훈이가 고양이의 입에 입을 맞췄다.

"야옹아, 절대 연애 같은 것 하지 마라. 저놈 장래가 아주 불투명한 놈이다. 이왕 연애하려면 장차 법관이 되실 광수하고 해라."

정호가 한 마디 하자 다시 모두들 술집이 떠나가라 웃음을 터 뜨렸다. 고양이는 한쪽 눈으로 광수를 유심히 노려보았다. 광수 는 고양이의 눈빛이 예사롭지 않게 느껴졌지만 태연히 술잔을 들었다. 고양이가 할퀸 손등에서 피가 조금씩 흘러내렸다.

"나비야, 여기서 기웃거리지 말고 주방으로 들어가!"

주인아주머니가 오이와 홍당무를 썰어 가지고 나오며 말했 다. 그제야 병훈이는 고양이를 놓아 주었고, 고양이는 쏜살같이 주방으로 달려갔다. 고양이가 사라지고 나자 술자리 분위기가 갑자기 썰렁해졌다.

"광수야, 나 먼저 일어날게. 오늘 미국에서 삼촌이 돌아오시 는 날이라서 일찍 들어가 봐야 해."

"어, 정호 너 일어날 거니? 그럼 나도 가야겠다. 나 졸업 논문 도 준비해야 하거든. 광수야, 사시 합격 진심으로 축하한다."

일한이도 뒤따라 일어나며 말했다.

"야, 우리 오늘 끝까지 가기로 했잖아. 너 치사하게 이러기 야?"

광수가 만류했지만 두 친구는 기어코 자리를 뜨고 말았다.

두 사람이 가고나자 술자리 분위기는 더 썰렁하게 느껴졌다. 두 사람의 빈자리를 메우기 위해서 더 빨리 술을 마시고, 더 크게 떠들었지만 허전함은 채워지지 않았다. 모두들 빨리 마신 때문인지 시간이 지날수록 술자리는 난장판으로 변해갔다. 결국 아무것도 아닌 일 가지고 말다툼을 하다 다시 한 친구가 떠나갔다.

술을 마시는 사람들은 조금도 의식하지 못했지만, 술자리가 엉망으로 변해 가는 것을 지켜보고 있는 다섯 개의 눈이 있었다. 그 눈은 두 명의 아주머니와 고양이 아니, 살쾡이의 눈이었다. 머리에 빨간 핀을 꽂은 아주머니는 체리 소주를 만들면서 노란 핀을 꽂은 아주머니에게 인사불성이 되어 가는 광수를 턱으로 가리켰다.

"오늘 사냥감으로는 저 자식이 알맞은 것 같은데… 저 자식은 지금 인생의 환희를 맛보고 있어. 저놈의 영혼은 한껏 들떠 있지. 우리가 가까이 있다는 사실조차도 인식하지 못할 정도로… 어때? 재미있을 것 같지 않아?"

그녀는 살쾡이를 들어올렸다.

"나비야, 네 피를 다오. 인간의 영혼을 혼탁하게 할…"

그리곤 예리한 칼끝으로 살쾡이의 다리를 그었다. 더러운 털을 타고 붉은 피 한 방울이 체리 소주에 떨어졌다. 술은 이내 붉게 변해 갔다.

"난 저놈을 택하겠어. 저놈도 요즘 애인하고 한창 재미가 좋지. 한껏 들떠 있던 계집이 절망하는 모습을 보는 것도 괜찮을 것 같지 않아? 호호홋!"

노란 핀을 꽂은 아주머니가 목젖을 드러내고 웃었다.

광수는 친구들과 주방에서 들려오는 여인의 웃음소리를 들었다. 그 소리를 듣는 순간, 심장의 맥박이 빨라지며 빨리 집으로 돌아가야겠다는 생각이 들었다.

조급해 할 것 없어. 오늘은 실컷 마시는 거야!

광수는 의자에 상체를 기대며 다시 술잔을 들었다. 병훈이 잔을 부딪쳐 왔다. 병훈은 상당히 취해 있었다. 그는 몸을 가누기 힘들 정도로 잔뜩 취한 상태임에도 불구하고, 술이 전혀 취하지 않는다며 맥주와 체리 소주를 한 잔씩 번갈아가며 마셨다.

12시가 가까워지자 친구들이 그만 일어서자고 재촉했다. 광수는 밤새 마시자고 제의했지만 모두들 하나씩 변명을 해댔다.

"야야, 오늘 너무 과하게 마셨어."

"그래! 이제 우리도 대책 없이 술 마실 나이는 지났잖냐? 오늘만 날이냐, 다음에 마시자!"

"치사한 자식들! 좋아, 가려면 가!"

광수는 친구들을 붙잡기 위해서 소리쳤다. 설마, 갈까 싶었는데 친구들은 미안하다며 하나 둘씩 자리를 떴다. 친구들은 우산을 받쳐 들고 쏟아지는 빗속으로 멀어져갔다.

"너희들은 인마, 친구도 아냐!"

광수는 멀어져 가는 친구들의 뒷모습을 보며 중얼거리다 술자리를 둘러보았다. 여덟 명이서 마셨는데 모두 가버려서 이제 남은 사람은 병훈이뿐이었다. 병훈은 의자 등받이에 몸을 기댄 채 졸고 있었다. 병훈의 벌어진 입을 타고 침 같은 것이 흘러내렸다.

"야, 일어나. 너랑 나랑 이차 가자!"

광수가 상체를 흔들며 소리치자 병훈이 한참 뒤에 눈을 떴다. 눈동자에서 파란 광채가 뿜어져 나왔는데, 아까 보았던 외눈박이 고양이의 눈빛 같았다.

"얼마예요?"

병훈을 일으켜 카운터로 가며 광수가 물었다.

"친구 분이 계산하고 가셨어요. 안녕히 가세요!"

아주머니가 싱긋 웃으며 말했다.

광수는 병훈과 어깨동무를 하고 술집을 나왔다. 쏟아지는 비를 맞으니 술이 깨는 것 같았다. 몸도 전에 없이 개운했다. 술을 많이 마시면 으레 속이 느끼하거나 메슥거렸는데 오늘은 그런 증상도 전혀 없었다. 술병이 빌 때마다 아주머니들이 재빨리 치워주곤 해서 몇 병을 마셨는지는 모르겠지만, 하여튼 무지막지하게 마셔 댄 것만은 분명한 것 같았다.

"병훈아, 우리 이태원에 가서 이차할까?"

"이태원? 좋지?"

술을 많이 마신 때문인지 병훈의 음성이 잠겨있었다. 흡사 군대 있을 때 몇 번 들었던 살쾡이 울음소리 같았다. 택시를 타려고하니 귀찮게 느껴졌다. 정신도 맑아서 운전해도 별 문제 없을 것만 같았다. 재수 없이 경찰에게 잡히지만 않는다면…

광수는 세워 놓은 승용차를 향해 몸을 돌렸다. 병훈이 군소리

없이 따라왔다. 운전석에 오른 광수는 음악을 틀었다. 퀸의 '보헤미안 랩소디'가 흘러나왔다. 아름다운 곡이라고 생각했는데 그날따라 프레디 머큐리의 목소리가 차창에 떨어지는 빗소리에 섞여 으스스하게 들려 왔다.

술을 마셨으니 조심해서 운전해야지.

광수는 안전벨트를 매며 속으로 다짐을 했다. 시동을 켜고 빗속으로 조심스럽게 나아갔다. 늦은 시간이어서인지 차량은 그리 많지 않았다. 광수는 반포대교 쪽으로 진입하기 위해 좌회전 신호가 떨어지기를 기다렸다.

그때, 갑자기 '콰과광!' 하는 소리와 함께 번개가 쳤다. 번개가 잠시 번쩍 했을 때, 광수는 앞 유리에 비친 병훈의 모습을 보고는 깜짝 놀랐다. 그건 병훈이 아니라 날카로운 이빨을 드러낸 살쾡이의 모습이었다. 광수는 재빨리 옆을 돌아보았다. 병훈은 의자에 기댄 채 자고 있었다. 술김에 헛것을 본 모양이었다.

창문을 내리고 잠시 비를 맞았다. 후텁지근하고 끈적거리는 빗물이 얼굴 위로 떨어져 내렸다. 갑자기 좋았던 기분이 나빠지려 했다. 신호등이 바뀌었다. 이태원 가면 좀 나아지겠지. 광수는 핸들을 꺾어 반포대교로 진입했다. 반포대교는 텅 비어 있었다. 좌우로 늘어선 가로등과 확 뚫린 도로를 보니 속도를 내 보고 싶은 충동이 일었다.

광수는 정면을 바라보며 액셀러레이터를 지그시 밟기 시작했다. 가로등이 빠르게 좌우로 스쳐지나갔다. 아찔한 쾌감이 느껴졌다. 속도계의 바늘이 조금씩 상승하기 시작하더니 순식간에 150킬로미터를 넘어섰다. 반포대교를 거의 다 넘었을 때였다. 광수는 속도를 줄이기 위해 액셀러레이터에서 발을 서서히 뗐다.

그때였다.

옆에서 얌전히 자고 있던 병훈이 갑자기 일어나더니 핸들을 잡고 있는 광수의 손을 붙잡았다. 100킬로미터가 넘게 달리는 차는 순식간에 비틀거렸다.

"얀마! 장난치지 마, 위험해!"

광수는 놀라서 병훈에게 소리쳤다.

"*끄끄그*… 네 친구는… 이미 죽었어. 이번에는… 네 놈 차례야…"

소름 끼치는 음성이 들려 왔다. 광수는 재빨리 고개를 돌렸다.

병훈은 어디로 갔는지 보이지 않고 검은 털이 징그럽게 난 외눈박이 살쾡이가 파란 눈으로 광수를 노려보고 있었다. 도부지 믿을 수 없는 일이었다. 광수는 재빨리 눈을 깜박였다. 그 순간, 자동차는 다리 난간을 들이받으며 밑으로 떨어져 내리기 시작했다. 얼굴에 엄청난 충격이 왔다.

아, 안 돼!

순간적으로 죽음을 느낀 광수는 필사적으로 소리쳤다. 의식이 끊기면 끝장이라는 생각이 들었다. 도서관에서 보냈던 날들이 빠르게 스쳐지나갔다.

이대로… 허망하게… 죽을… 수는… 없어…

하지만 광수의 의사와는 상관없이 의식은 점점 멀어져 갔다.

반포경찰서 교통계 박 순경은 월별 교통사고 통계를 내고 있었다. 나흘 전에 있었던 사고 보고서를 유심히 보고 있는데 안 순경이 점심 먹으러 가자며 다가왔다.

"아무래도 이상해…"

"뭐가?"

박 순경이 고개를 갸우뚱거리며 말하자 안 순경이 물었다.

"벌써 이번 달 들어서만 네 번째야. 전에는 이런 적이 없었는데 말야. 요즘은 술 마시고 운전하다가 반포대교 난간 들이받기가 유행인가?"

"음주 운전이 문제는 문제야."

"그런데 한 가지 이상한 것은 말이지, 원래 사고가 나면 옆 좌석에 앉은 사람이 크게 다치고 운전자는 덜 다치게 되어 있거든."

"그렇지. 앞에 장애물이 다가오면 본능적으로 핸들을 꺾게 되어 있으니까."

"그런데 네 건 모두 운전자가 사망했어. 옆 좌석에 앉은 사람만 살아난 경우는 두 건이고 말야."

"참 나흘 전에도 빗길에 사고가 났었잖아. 그 두 사람 부검 결과 나왔어?"

"응. 예상했던 대로 음주운전이었어. 그때 운전했던 친구가 사법고시를 패스했더라고."

"아까운 친구가 죽었군. 꽃다운 나이에…"

"그런데 한 가지 이상한 것은 말이지, 옆 좌석에 탔던 친구는 혈중 알코올 농도를 측정해 본 결과 사고가 나기 전에 이미 사망했다는 거야."

"그럼, 죽은 사람을 태우고 운전했다는 거야?"

"모르지, 뭐. 하도 요상한 세상이니까."

"박 순경, 고민 그만하고 우리 밥이나 먹으러 가자고. 다 먹고 살자고 하는 짓인데…"

2.

전에 없이 긴 장마가 계속 되고 있었다. 태풍을 동반한 장마 전선은 물러날 줄을 모르고 남부지방과 중부지방을 끊임없이 오르내렸다.

"술…"

문 씨는 술병을 기울여 봤지만 한 방울도 흘러내리지 않았다.

"개자식!"

문씨는 술병을 쓰레기통에다 내동댕이쳤다.

이봐, 내가 김씨를 떠밀었어, 때렸어? 발을 헛디딘 사람이 누군데 나한테 이제 와서 보상금을 달라는 거야. 다들 내가 집장사해서 떼돈 번 줄 아는데 그건 뭘 몰라도 한참 몰라서 하는 소리라고. 나, 집장사하다 까먹은 돈이 자그마치 삼 억이야, 삼억! 법대로 하든지 주먹 가지고 하든지 난 모르겠으니까 문 씨 꼴리는 대로 하라고!

홍 목수의 음성이 귓가에서 메아리쳤다.

"나쁜 놈! 내가 누구 때문에 허리를 다쳤는데 오리발이야, 오리발은…"

문씨는 비틀거리며 걸어갔다. 다시 홍 목수의 음성이 들려왔다.

돈? 돈을 빌려 달라고? 옛말에도 있어. 새벽에 발기 안 되는 놈하고 허리 병신에게는 절대 돈 빌려 주지 말라고. 돈도 없을 뿐더러, 설령 있다 해도 내가 문씨를 뭘 믿고 빌려 주겠어? 도대체 문씨가 가진 게 뭐 있어?

문씨는 비틀거리며 공원을 나섰다. 집을 나와 구멍가게에서 산 소주 세 병을 공원 벤치에 앉아 비워 버렸지만 술에 대한 갈증은 갈수록 심해졌다.

젠장! 로또복권만 사지 않아도 소주 몇 병은 더 마시는 건데… 행여나 하는 마음으로 로또복권을 산 게 후회스러웠다. 주머니에는 술 한 병 값은 고사하고 여섯 살짜리 딸 진아가 기다리고 있을 집으로 돌아갈 차비마저 없었다.

문씨, 아무래도 축대가 위험해. 금이 심하게 갔잖아. 축대가 무너지면 어떡하려고 이렇게 버티고 있는 거야? 장마가 끝날 때까지만이라도 잠시 집을 옮기라고…

반장의 음성이 불쑥 떠올랐다.

"미친년! 누가 위험한지 모르나? 당장 먹고 살 돈도 없는데 이사는…"

문씨는 세상이 야박하게 느껴졌다. 모두들 말은 번지르르하게 잘했다. 위해 주는 척, 걱정해 주는 척… 하지만 어느 누구도 자신의 것을 내놓으려 하지 않았다. 아주 작은 손해도 보려고 하지 않았다. '함께 사는 이웃'이니 '돕고 사는 사회'는 말뿐이었다. 모두들 자신들의 사리사욕을 챙기기에 정신이 없었다.

망할 놈의 세상!

문 씨의 머릿속에는 오로지 술 생각밖에 없었다. 아니, 가끔씩 진아의 천진난만한 눈빛이 떠오르곤 했는데 그때마다 술 생각이 더 간절해졌다.

젠장! 쌀 사려고 남겨 놓은 돈으로 복권을 사고 술을 마셔 버렸으니… 죽어야 해! 어린 딸년 하나 돌보지 못하는 무능한 놈은…

문씨는 쏟아지는 비를 고스란히 맞으며 길을 걸었다. 어둠이 깔린 거리는 인적이 뜸했다. 차들이 가끔씩 고인 빗물을 튀기며 질주해 갔다. 술이나 한번 원 없이 마셔 봤으면… 비틀거리며 빗속을 걸어가며 문 씨는 사방을 살폈다. 문을 연 가게라도 있으면 술을 훔쳐서라도 마실 생각이었다. 걷다 보니 붉은 입간판이 눈에 들어왔다. 술집 간판 같았다. 문씨는 술집을 향해서 걸음을 옮겼다. 아니, 이상한 힘이 문씨를 끌어당기고 있었다. 좀 더 가까이 가자 '스마일'이라는 간판이 보였다. 옆에는 '실내 포장마차'라고 쓰여 있었다. 퍼뜩 술을 더 마실 수 있다는 생각이 들었다. 주머니에는 한 푼도 없었지만 그건 먹고 나서 고민할 문제였다.

문씨는 문을 열고 들어섰다. 술집에 앉아있던 사람들이 일제히 문씨에게 시선을 돌렸다. 그들의 눈초리에는 경멸이 묻어 있었다. 문씨는 그제야 거울에 자신의 모습을 비춰보았다. 가뜩이나 옷차림이 후줄근한 데다 비까지 맞아 영락없는 거리의 부랑자가 거울 속에 서 있었다.

"비 한번 지랄 맞게 오네."

사람들의 시선을 피해 슬그머니 의자에 걸터앉으며 문씨가 중얼거렸다. 나가라고 하면 어떡하나, 조마조마해 하고 있는데 주인아주머니가 메뉴판을 갖다 줬다.

"여기, 대합 탕하고 소주 주슈."

문 씨는 슬쩍 메뉴판을 들여다보고는 곧바로 주문했다.

안주보다 술이 먼저 나왔다. 문씨는 술을 잔에 따라서 입안에 털어 넣듯이 마셔댔다. 술맛이 기가 막혔다. 잔이 너무 작아서 양이 차지 않았다. 주머니에 돈만 있다면 맥주 글라스를 달라고 해서 술을 마시거나 병나발을 불 텐데 주머니에 돈이 없으니 위축이 돼서 그럴 수도 없었다.

술을 새로 시켜 반병 남짓 비웠을 때 안주가 나왔다. 대합 탕

맛은 기가 막힐 정도로 맛있었다. 인생에서 가장 행복했던 시기에 아내가 끓여 주었던 바로 그 맛이었다. 술도 술 같지 않고 시원한 샘물 같았다. 안주로 빈속을 덥히며 마시다 보니 순식간에 세 병을 비웠다.

"이건 서비스요. 천천히 마시구려. 술은 얼마든지 있으니…"

머리에 빨간 핀을 꽂은 후덕하게생긴 아주머니가 닭똥집을 갖고 왔다.

문씨는 고맙다는 의미로 고개를 끄덕였다.

"술 마시는 게 예사롭지 않구려. 무슨 일이라도 있수?"

그녀는 맞은편 의자에 슬그머니 걸터앉으며 물었다. 부드러운 그녀의 음성을 듣자 마음이 흔들렸다. 이토록 다정한 음성과 부드러운 미소를 띠울 수 있는 여자라면 모든 고민을 털어놓아도 결코 경멸하거나 천대할 것 같진 않았다.

"휴우. 나처럼 재수 없는 놈도 없을 거요. 제기랄!"

문씨는 술을 한 잔 쭉 들이켜고 나서 이제까지 가슴에 붙어두었던, 쌓이고 쌓인 한을 꺼내 놓기 시작했다.

내 인생은 한마디로 개 같았수다. 행복했던 시기는 노루 꼬랑지처럼 아주 짧았지요. 아주머니가 보기에 내 나이가 몇이나 된 것 같수? 아마 마흔대여섯은 먹어 보일 거요. 내 본래 나이가 몇인지 아슈? 서른셋이요, 서른셋. 온갖 고생이란 고생은 모조리 이고지고 살다 보니 나이 서른셋에 이렇게 팍삭 늙었수다.

난 솔직히 태생도 모르는 놈이우. 아비가 버렸는지 어미가 버렸는지 백 일 갓 넘어서 남의 집 앞에다 버렸지 뭐요. 문호엽이라고 적은 쪽지 하나 덜렁 강보에 넣어 가지고… 그런데 주은 년 놈들도 마찬가지지, 주웠으면 키우면 될 일이지 날 고아원에다 맡겼지 뭐요. 나도 보면 복도 지지리도 없지… 고아원에서 고생만 무지무지하게 했소. 구두닦이, 신문 배달, 껌팔이… 안 해본 게 없었수. 맞기도 더럽게 많이 맞았지.

그래서 초등학교 졸업하자마자 고아원에서 도망쳐 나왔죠. 그런데 어디 갈 데가 있어야지. 설탕 공장에 취직했어요. 거기서 한 삼 년 일하다가 불현듯 공부도 해야겠다는 생각이 들어서 때려치우고 고물장사를 했어요. 낮에는 손수레 끌고 다니면서 고물을 수거하고 밤에는 공부를 했지요. 그러다가 중학생 애한테 자전거를 한 대 샀는데 근마 아비한테 도둑놈으로 잡혔어요. 내가 샀다고 해도 안 믿는 거예요. 그러다 결국 자전거를 판 놈하고 대질 심문을 했는데, 그 자식은 나에게 판 적이 없다고 오리발을 내미는 거지 뭐요. 결국 파출소로 갔죠. 그런데 순경이란 것들이 내가 고아에다 고물장수라고 내 말은 믿지 않고 그쪽 말만 믿는 거요.

결국 절도죄로 감옥에 갔는데 너무도 억울해서 그때는 정말 눈에 보이는 게 없습디다. 매일 복수할 계획만 세우다가 나중에는 다 부질없다는 생각이 들어 복수도 포기했죠. 억울하기는 하지만 어쩌겠소? 돈 없고 빽 없는 놈의 설움이려니 해야지…

내가 살면서 억울하게 당한 이야기만 모두 늘어놓아도 밤샐 거요. 하여튼 난 정말 열심히 성실하게 살았소. 내가 고아원에서 살면서 원장에게 배운 것은 딱 한 가지뿐인데 그건 빵잽이가 되지 말라는 거였소. 한 마디로 나쁜 짓하고 살지 말라는 거요. 빵잽이가 되지 말자! 웃을지 모르지만 이 말이 나의 좌우명이오. 사실 나 전과 3범이오. 별 두 개는 누명으로 단 거고, 하나는 폭력 전과요. 난 어디 가서도 떳떳하게 이야기할 수 있소. 나 별 세 개뿐이 없다고…

만약에 내가 '빵잽이가 되지 말자!'는 좌우명도 없이 닥치는 대로 살았다면 아마도 별 열댓 개는 달았을 거요. 그만큼 범죄에 대한 유혹도 많았소. 하지만 이 문호엽이 비록 가난하게 살지언정 여태껏 남의 물건 한번 탐해 본 적 없고, 내 배 부르게 하고자 사기 한번 쳐 본 적 없수다. 내 딴에는 열심히 산다고 살았지만 운이 안 따른 건지 돈도 못 모았수다. 그러다 내 나이 스물여덟에 함바집에서 일하던, 나보다 열 살 연상의 여자와 눈이 맞아 살림을 차렸수. 그 여자가 나 같은 놈 뭘 보고 같이 살겠소? 오로지 튼튼한 몸뚱이 하나 본 거겠지.

난 그 여자를 실망시키지 않으려고 정말로 열심히 일했소. 살림을 합친 지 일 년 지나 딸도 낳고 해서 어깨가 무거웠지요. 낮에는 노가다 판에서 일을 하고 밤에는 군밤이나 오징어 장사를 하며 돈을 모았지요. 그때는 앉기만 하면 졸 정도로 힘들고 피곤한 시기였지만 돌이켜보면 내 인생에서 가장 행복한 시기가 아니었나 싶소.

한 삼 년 죽자사자 매달리니까 돈이 제법 모이더라고요. 한 이년만 더 모아서 생맥주집이나 식당 같은 걸 차릴 생각이었는데, 그만 공사장에서 일을 하다 발을 헛디뎌 삼층에서 떨어지고만 거요. 다행히 바닥에 모래가 깔려 있어 생명은 건졌지만 허리 병신이 된 거요. 아내는 침이다 뜸이다 해서 사방팔방으로 뛰어다니며 용하다는 한의사를 데려왔지만 한번 어긋난 허리는 회복될 조짐이 보이지 않았죠.

그러다 어느 날 아침, 눈을 떠 보니 아내가 보이지 않는 거요. 옆집 홀아비와 눈이 맞아 애도 버리고 튀었지 뭐요. 난 애 때문이라도 더이상 누워 있을 수가 없었소. 아픈 허리를 끌고 거리를 돌아다니며 껌이나 초콜릿을 가지고 다니며 팔곤 했소. 그러다 며칠 전에 같이 공사장에서 일했던 가리봉동 김씨를 만났지 뭐요. 이야기 도중에 김씨가 보상금은 어디다 쓰고 이러고 다니냐고 하지 않겠소? 순간, 귀가 번쩍 뜨입니다.

지난 가을인가? 중을 우연히 만났는데 여기 왼쪽 팔뚝에 그려진 불상 모양의 하얀 점을 보더니 아 글쎄, 조만간 내가 엄청난 부자가 된다고 하지 않겠소? 난 그때는 그냥 흘려버리고 말았는데 가리봉동 김씨의 말을 들으니 바로 이거구나 싶더라고요. 그래서 보상금이나 두둑이 뜯어내려고 집 장사를 하던 홍목수를 찾아갔지 뭐요. 그런데 그 썩어 문드러질 놈이 내게 뭐라는 줄 아슈? 나 때문에 공사 망쳤다면서 맞고소를 하겠다는 거요. 성질 같아서는 고발을 해 버리고 싶지만 당장 입에 풀칠할 돈도 없는 내가 무슨 돈으로 변호사를 부르겠소?

한 가닥 남아 있던 희망마저 사라지자 더이상 살고 싶은 마음이 싹그리 사라집디다. 어린 딸년만 아니면 진작에 뒈져 버렸을 텐데… 그 어린 것이 뭔 죄가 있겠소? 부모 잘못 만난 죄밖에… 라면 한 개 사 놓고 나왔는데 끓여 먹었는지 모르겠구만…

아줌마, 나 미리 자수하겠는데 나 돈 한 푼도 없수다. 하지만 술은 더 마시고 싶소. 이 문호엽이 은혜 모르는 놈 절대 아니오. 돈 생기면 반드시 갚을 테니 오늘 나 술 좀 마시게 해 주슈. 참, 나한테 돈은 없지만 여기 로또복권이 있소. 만약 혼자 당첨된다면 아마 백 억까지는 받을 수 있을 거요. 얼마 전에 뉴스를 보니까 고스톱 치다가 받은 천 원짜리가 일등에 당첨됐습디다. 혹시 아오, 아주머니에게 그런 행운이 올지…

문씨는 긴 이야기를 끝내고 주인아주머니를 보았다. 나가라고 하면 어떡하나 조마조마 하고 있는데 그녀는 싱긋 미소를 띠었다. 다 이해한다는 듯이…

"댁도 참으로 박복하구려. 좋은 인생 제대로 한번 살아보지도 못하고…"

"언젠가는 좋은 날이 있겠지요."

"호홋! 물론 그렇겠죠. 하지만 그 날이 과연 올까요."

"네?"

"아, 아뇨. 이야기 잘 들었소. 내 오늘 문씨에게 술 한잔 사리다. 복권하고 당신의 생명을 담보로 해서…"

"고맙수다. 이 문호엽이가 생명이 살아 있는 한 오늘 마신 술값은 반드시 갚겠소."

"술값 걱정은 조금도 하지 말고 많이 마시구려."

머리에 빨간 핀을 꽂은 아주머니는 빈 접시를 걷어 가지고 주방으로 들어갔다. 나비가 한쪽에서 피 묻은 고기를 뜯어먹고 있었다.

"어떤 놈이야?"

노랑 핀을 꽂은 아주머니가 칼질을 하며 물었다.

"인생의 쓴맛이란 쓴맛은 모조리 핥은 놈팽이야. 더이상 떨어질 데도 없는 밑바닥까지 내려간 놈이지."

"그럼 이제는 인생의 단맛을 볼 차례겠군."

"그렇지! 하지만 놈은 아직 그걸 모르더라고."

"흐흐흐! 놈은 영원히 인생의 단맛을 못 보겠군. 아주 재밌는 놈이 제 발로 기어들어 왔군. 내가 놈을 요리하지."

"나비가 먹고 있는 저건 뭐야?"

"어디선가 털 복숭이 개 한 마리를 물어 왔더라고. 나비야, 이리와! 고양이가 개를 잡아먹는 걸 남들이 보면 얼마나 놀라겠어? 내가 그런 짓 하지 말라고 했지?"

노랑 핀을 꽂은 그녀는 나비의 목덜미를 들어올렸다. 나비의 입가는 피로 붉게 물들어 있었다. 칼을 들어 나비의 허벅지를 굿자 피 한 방울이 술병 안으로 떨어졌다. 나비가 아픈지 '캬오옹!' 하며 살점이 묻어 있는 날카로운 이빨을 드러냈다.

"그래, 알았다. 내가 오늘 저 놈을 너에게 넘겨주마. 실컷 먹어라."

빨간 핀을 꽂은 아주머니가 문씨의 술상으로 나비의 피가 섞인 술을 안주와 함께 가져다주었다.

문 씨는 술을 갖다 주는 대로 마셨다. 아무리 마셔도 취하는 것 같지 않았다. 가끔씩 떠오르곤 하던 딸아이 진아 생각도 이내 잊혀졌다. 술에서는 약간의 피비린내가 나는 것 같았으나 맛은 기가 막혔다. 독하지도 않고, 그렇다고 싱겁지도 않았다.

문씨는 기분이 좋아져서 술을 따라서 입 안에 단숨에 털어 넣기를 수없이 반복했다. 그리곤 한 방울이라도 흘렸을까 봐 혀로 입술 전체를 핥곤 했다.

얼마의 시간이 지났을까?

문씨는 아빠를 기다리다 배를 움켜쥐고 잠들어 있을 진아의 모습을 보았다. 너무도 애처로운 모습이었지만 문씨는 도저히 자리에서 일어설 수 없었다. 몇 잔을 연거푸 비우다 보니 진아의 모습이 사라졌고 헛웃음이 나오면 다시 기분이 좋아졌다. 오랜 시간 앉아 있었지만 허리의 통증도 느껴지지 않았다. 지금 같아서는 다시 노가다 판에서 일도 할 수 있을 것 같았다. 문씨는 부지런히 술잔을 비우다가 사물들이 하나씩 눈앞에서 사라지는 것을 느꼈다. 눈앞의 술잔마저 사라져 버렸을 때, 문씨는 탁자 위에 머리를 박았다.

　정신을 차렸을 때는 그렇게 많던 손님은 다 떠나가고 술집에는 문씨밖에 없었다. 건너편 탁자에 덩치가 큰 외눈박이 고양이가 뚫어지게 문씨를 쳐다보고 있었다. 문씨가 술을 마시고나서 그랬듯이 혀로 혓바닥을 핥으면서…

　문씨는 기분 나쁜 고양이를 쫓으려고 팔을 들어 올리려 했지만 어찌 된 일인지 꼼짝도 할 수 없었다. 일어서려 했지만 마찬가지였다. 정신도 말짱하고 모든 것이 제대로 보이는데 이상하게도 몸만은 움직일 수 없었다. 탁자에 고개를 박은 채로 고양이 뒤편에 서 있는 벽을 보았다. 메뉴가 붙어 있어야 할 자리에 검붉은 피가 묻어 있었다. '스마일'이라는 술집이 아닌, 아주 낯선 방이었다.

　악몽을 꾸고 있는 거야. 악몽을…

　문씨는 고양이의 타오르는 파란 눈동자를 보다가 눈을 감으려 했다. 하지만 눈꺼풀마저도 움직일 수 없었다. 외눈박이 고양이가 건너편 탁자에서 폴짝 뛰어왔다. 그리곤 날카로운 발톱을 세우더니 앞발을 들어올렸다.

　저, 저리 가!

　문씨가 다급히 외쳤지만 소리가 되어 나오지 않았다. 고양이는 아무 망설임 없이 날카로운 발톱으로 문씨의 눈동자를 할퀴었다. 문씨는 눈에 엄청난 통증을 느꼈다. 꿈이 아니었다. 꿈이라면 이렇게 아픔이 생생하게 느껴질 리가 없다는 생각이 스쳤다. 고양이는 재미있다는 듯이 입술을 씰룩거리며 날카로운 발톱으로 문씨의 얼굴을 그어댔다. 피가 튀었다. 남아 있는 한쪽 눈으로 핏물이 스며들었다.

사, 살려 주세요!

목청껏 소리를 지른다고 질렀지만 아무런 소리도 들려오지 않았다. 고양이는 이번에는 날카로운 이빨을 드러냈다. 입을 쩍 벌리고 다가오더니 문씨의 코를 턱석 물었다. 문씨는 바로 눈앞에서 고양이가 자신의 코를 쩝쩝거리며 먹는 모습을 봐야만 했다. 귀를 물어뜯으려는 순간, 귀에 익은 여자의 음성이 들려 왔다.

"나비야, 그만 먹어. 너무 많이 먹으면 의심받아. 문씨, 술 실컷 마셨어? 이제… 술값을 내야지! 흐흐흐…"

머리에 노랑 핀을 꽂은 여자가 눈앞에 모습을 드러냈다. 그녀는 유리접시를 번쩍 들어 사정없이 얼굴에 내리쳤다. 극심한 공포에 사로잡혀 있던 문씨는 얼굴에 예리한 것이 날아와 박히는 것을 느꼈다. 의식이 가물가물 멀어져갔다. 문씨는 죽음이 아주 가까이 다가왔다는 것을 느꼈다. 너무도 끔찍한 공포여서 어서 빨리 생명이 끊겼으면 하는 생각이 스쳤다. 진아의 얼굴이 한순간 어둠 속에 떠올랐다가 멀어져 갔다. 사방의 빛이 조금씩 꺼져 가고 있었다. 술집 아주머니의 목소리가 아득하게 들려 왔다.

"큰일 났어요! 손님 한 분이 술 드시다가 갑자기 쓰러졌어요.

110

유리접시에 얼굴을 다쳤는지 피투성이에요. 빨리 구급차를 보내 주세요! 여기요? 반포에 위치한 스마일이라는 술집이에요."

다음날.

저녁 여섯시 반이 되자 '스마일'이라는 술집 입간판에 불이 들어왔다. 가게는 텅 비어 있었다. 머리에 노랑 핀을 꽂은 여자는 석간신문을 뒤적이다가 무릎 위에 웅크리고 있는 나비의 머리를 쓰다듬었다.

"나비야, 오늘은 아주 재미있는 기사가 많이 실렸구나. 너도 볼래?"

그녀는 신문 사회면을 활짝 펼친 뒤 손가락으로 하나씩 짚어 나갔다.

한국 로또복권 사상 세 번째의 당첨금 116억 5천, 술값으로 지불!

42주 만에 처음으로 공동 당첨자 없이 혼자 당첨된 행운의 주인공은 모 술집 여주인으로 밝혀졌다. 그런데 놀랍게도 이 복권은 여주인이 구한 것이 아니라 술값 대신 받은 것으로 밝혀져 장안의 화제가 되고 있다.

사채계의 큰손 최 할머니, 32년 전에 버렸던 아들 찾아 나섰다!

사채계의 거부로 알려진 최 할머니가 임종을 앞두고 32년 전에 버렸던 핏줄을 찾겠다고 팔 걷고 나섰다. 최 할머니의 전 재산을 물려받게 될 행운의 상속자는 문호엽으로서, 왼쪽 팔뚝에 불상 모양의 흰점이 있다고…

최 할머니가 가지고 있는 정확한 재산은 밝혀지지 않고 있으나 수천억 원대에 이르는 것으로 추정되고 있다. 최 할머니는 자식을 찾아주는 사람에게 5억 원의 사례금을 주겠다고 정식으로 공고했다.

밤새 장마로 잇단 피해!

며칠째 계속된 장마로 전국에서 피해가 속출하고 있다. 어젯밤에도 XX동 산1번지에서 축대가 무너지는 바람에 축대 밑에 살고 있던 문진아(6세) 양이 흙더미에 깔려 죽는 불상사가 발생했다. 축대에 심한 균열이 생긴 것을 발견한 이웃 주민들은 잠시 피하라고 진아 양에게 여러 차례 권했으나, 어린 진아 양은 아빠를 기다린다며 끝끝내 말을 듣지 않다가 변을 당해 주위 사람들의 눈시울을 뜨겁게 했다.

P.S. 위의 글에 나오는 스마일이라는 술집은 실제로 있지만, 이런 괴기한 곳이 절대로 아닌 평범한 술집임을 밝힙니다.

투사의 죽음

이 사회가 올바르게 되기 위해
얼마나 많은 피와 생명을 요구하는 줄 아는가…

— 준석이 형과의 술자리에서

회의 중에 휴대폰으로 문자가 하나 도착했다. 너무 중요한 회의여서 회의가 끝나고 나서야 문자를 확인했다.

〈준석이 형 10주기 모임. 목요일 8시 신촌에서…〉

준석이 형이라… 바쁜 일상에 묻혀 한동안 머릿속을 떠났던 기억이었다. 형의 죽음을 연락받았던 날이 기억났다.

십 년 전 그날, 늦겨울비가 정말 지겹게 내리고 있었다. 밤에 추적추적 내리는 비는 사람을 감상적으로 만들곤 한다. 나도 창밖을 바라보며 오디오에 걸어둔 platters의 'Smoke Gets In Your Eyes'를 반복시켜 들으면서 옛 추억을 생각하고 있었다.

갑작스런 전화벨이 나를 옛 생각으로부터 빠져나오게 했다. 과 선배 동원이 형이었다. 의외였다.

"일한아, 집에 있었구나. 별일 없으면 지금 성모병원 영안실로 와라. 준석이 형이 돌아가셨다."

놀랐다.

준석이 형이라니… 이럴 수가…

어떻게 돌아가셨느냐는 나의 질문에 동원이 형은 말을 얼버무리면서 와서 얘기하자고 했다. 나는 검은 양복으로 갈아입고 황망히 집을 나왔다. 병원 가는 길은 비 때문인지 꽤 막혔다. 앞차의 브레이크 등을 보고 있으려니, 준석이 형에 대한 생각이 떠올랐다.

내가 준석이 형을 처음 본 것은 1학년 때의 일이었다. 여느 때와 마찬가지로 단과대 앞에서 작은 집회가 있었다. 나는 무심코 지나가는데 박수소리와 함께 한 사람이 소개를 받는 것이었다. 훤칠한 키에 준수한 외모, 수수한 옷차림에도 불구하고 눈에 확 띄는 사람이었다. 그 사람이 바로 준석이 형이었다. 나중에 알고 보니, 후배들을 격려하러 온 전설적인 우리 과 선배였다.

준석이 형과 직접 인사를 하고 대화를 한 것은 그로부터 며칠 후였다. 우리 과 1학년들은 위한 무슨 세미나가 있었다. 나는 그 자리에서 1학년의 설익은 열정으로 친일파 처단에 관해 비분강

개한 목소리를 토하고 있었다. 지금 생각해 보면 웃음이 나오지만, 그때의 나로서는 우리나라의 현대사의 왜곡은 친일파를 처벌하지 못한 것에서 출발했다고 생각했기 때문이었다.

세미나가 끝나고 뒷자리에서 어느 선배가 나를 부르는 것이었다. 술 한잔 살 테니 같이 가자고. 그때만 해도 선배는 하늘과 같은 존재라 나는 황송한 듯이 따라갔다. 그 형을 따라간 허름한 소주 집엔 낯설은 선배 서넛이서 벌써 술판을 벌이고 있었다. 그 중의 한 사람이 내가 들어가서 인사하자 반갑게 맞이하면서 자기소개를 했다.

"반갑다. 나 85학번 김준석이야. 너보다는 오 년 선배구나. 너무 어려워하지 마. 아까 세미나에서 네 얘기 훌륭하던데. 그래서 술 한잔 사줘야겠구나 생각하고 내가 널 부른 거야. 괜찮지?"

괜찮지 않을 리가 없었다. 하늘같은 선배들과의 술자리라 처음에는 불편했다. 하지만 형들은 여자 얘기서부터 교수들 뒷다마들을 장황하게 늘어놓으면서 편안한 분위기를 만들었다. 나도 긴장이 풀리면서 형들이 주는 술을 주는 대로 받아마셨다. 취한 와중에서도 준석이 형의 인상은 강렬했다.

호감 가는 외모와 서글서글한 성격, 엄청나게 똑똑한 것 같으면서도 결코 잘난 척 하는 것도 아니고, 왠지 모르게 분위기를 주도하는 듯한 힘을 가진 것 같았다. 그날 나는 준석이 형의 편안함에 취해 과음을 했다. 필름도 끊기고. 정신을 차려보니 밤하늘이 보였다. 옆에서 준석이 형의 목소리가 들렸다.

"일한아, 정신이 드니? 자식 어쩐지 술 잘 받아먹더라. 너 인사불성이 돼 여관에 데려가다가, 학교에 잠깐 들어왔어. 야, 하늘 좀 봐봐. 서울의 하늘이 아무리 더럽다 하더라도 가끔은 별이 보일 때가 있단다. 오늘이 그런 날 같구나. 아름답지 않니?"

별빛 아래의 준석이 형의 얼굴이 얼마나 멋있던지, 나도 형 같은 선배가 되고 싶었다. 그 이후로 가끔씩 준석이 형에게 술을 얻어먹으면서 많은 얘기를 들었다. 또 다른 선배들로부터 준석이 형의 '전설'도 많이 들었다. 경찰에도 많이 잡혔었고, 감격의 87년을 현장에서 주도했다고. 또한 아무리 고되고 힘들어도, 시위현장에서 공포에 떨 때도 준석이 형이 나타나면 왠지 모르게 힘이 나고, 뭔가 성취할 수 있는 것처럼 느껴지더라고. 여하튼 준석이 형은 많은 이의 존경과 사랑을 받고 있었다.

91년도에 한 학우가 곤봉에 맞아 죽는 일이 발생했다. 우리는 순수한 분노로 거리로 나갔다. 준석이 형은 이런 우리들의 실패를 예감하고 있었으면서도, 나타내지 않고 격려해 주었다. 좌절감과 실패감이 우리를 둘러쌌을 때 격려해 주던 사람도 준석이 형이었다. 그런데 검거 선풍이 불더니, 준석이 형이 시위 주동과 국가 보안법 위반으로 경찰에 연행되었다. 사실 형은 이번 일과 전혀 관계없었다. 그 후 나는 군대를 갔고, 문민정부 출범과 함께 형이 풀려났다는 얘기를 들었다. 복학해서 들은 형의 근황은 투옥 후유증으로 몇 달 고생하다가 이제는 취직 준비한다고 했다.

그리고 몇 달 전에 만난 준석이 형은 친구들과 함께 어느 작은 출판사를 만들었다고 했다. 형은 거기서 '좋은' 책들을 만들겠다고 호언장담했다. 많이 초췌해 보였지만 형의 눈은 아직도 빛나고 있었다.

문득 몇 달 전 형과의 전화 통화가 생각났다.

"일한아, 너 영화 좋아하니까 〈브레이브 하트〉 봤겠구나. 나도 어제 봤는데, 관객들이 너무 좋아하더구나. 물론 멜 깁슨이 멋있긴 하더구나. 하지만 하나의 유치한 영웅주의로 보이기도 했어.

또 한편으로는 우리나라에도 멜 깁슨 같은 멋있는 투사들이 얼마나 많았는데 하나도 기억 못하는 것 같아 서글퍼지기도 하고. 난 꼭 이 분들을 위한, 그리고 이분들의 신념을 위한 좋은 책들을 만들 거야. 오래 살 수만 있다면…."

영안실에는 많은 사람들이 와 있었다. 동원이 형은 나를 보더니 준석이 형의 영전으로 안내했다. 형의 해맑은 미소를 보니, 가슴이 콱 막혀왔다. 형의 약혼자인 주연이 누나도 검은 소복을 입고 있었다. 몇 번 본 적이 있어 서로 얼굴은 아는 사이였다. 준석이 형과는 유명한 커플로 결혼 날짜도 잡아놨다고 했다. 주연이 누나는 슬픔이 가득 찬 얼굴로 나의 인사를 받았다.

나는 영안실 주변을 둘러보며 동원이 형에게 도와드릴 것 없냐고 물어보는데, 뒤에서 민준이 형이 나를 불렀다. 옆에는 주연이 누나도 있었다.

"일한아, 너 마침 잘 왔다. 안그래도 내가 동원이에게 너에게 전화하라고 했어. 너 주연 씨는 알지?"

준석이 형과 같은 학번인 민준이 형은 주연이 누나에게 나를 정식으로 소개시켜주더니, 뜻밖의 한마디를 덧붙이는 것이었다.

"아 그리고, 너 귀신 공부하는 친구 있지? 지난번에 김 교수님 사건에 도움 준 친구 있잖아?"

"윤석이요. 그런데 갑자기 그건 왜요?"

나는 엉뚱한 민준이 형의 얘기에 순간 어리둥절했다. 그때 주연이 누나가 끼어들더니 나를 더 혼란시켰다.

"일한 씨, 부탁이 하나 있는데요. 혹시 제가 그 친구 좀 만나게 해줄 수 있나요. 뭐 물어 볼 것이 있어서요."

"예? 무슨 일이죠? 그 친구 지금 일본에 가 있는데…"

"아 그래요… 그럼 일한 씨라도 괜찮으니까 연락처 좀 주시겠어요. 장례식 다 정리되면 제가 연락하죠."

난 엉겁결에 내 전화번호를 적어주었는데, 주연이 누나의 얘기는 도무지 이해할 수 없었다. 그녀는 내 전화번호를 받기가 무섭게 자기 자리인 준석이 형 사진 옆으로 돌아갔다. 멍해 있는 나에게 민준이 형이 충격적인 말을 던졌다.

"준석이 이 자식, 너무 이상하게 죽었어. 직접적 사인은 심장마비이긴 한데… 주변에 이상한 일이 많았나 봐. 그래서 주연 씨가 네 친구에게 뭔가 물어보려고 하는 거지…"

무슨 일인지 궁금해졌다. 하긴 그토록 건강하고 굳건하던 준석이 형이 그렇게 쉽게 죽다는 것은 뭔가 석연치 않았다.

윤석이는 몇 달 전 일본에서 있었던 식인 사건의 결말을 받아들일 수 없다며 다시 일본으로 갔다. 아마 그 의대생이 다시 식인 사건을 저지르자 뭔가 이상한 느낌이 들었나 보았다. 이번에는 마쓰다 다까히로와 아주사 요꼬에 관계된 모든 의문을 풀어오겠다며 자기 돈을 들여 일본으로 떠난 것이다. 벌써 몇 달이 돼가는데 전화 한 통 없었다.

죽은 자는 기억에 잊혀지기 마련인지, 나도 바쁜 일과에 파묻혀감에 따라 점점 준석이 형의 죽음을 잊기 시작했다. 그러던 어느날, 생각지도 않게 주연이 누나로부터 전화가 왔다. 준석이 형의 죽음에 대해 얘기하고 싶다는 것이다. 나는 물어보고 싶은 것이 산더미 같았으나 만나서 얘기하기로 했다.

약속 장소는 압구정동의 한 카페였다. 주연이 누나는 먼저 나와 있었다. 창백한 얼굴에 슬픔이 가득 차 보였으나, 여전히 아름다웠다. 나를 보더니 얼굴을 약간 펴면서, 나와줘서 고맙다고 했다.

"말 편히 하세요. 제가 나이도 어리고, 준석이 형의 까마득한 후배인데요. 뭘…"

"그래도 될까… 그렇게 해요. 일한이를 만나 얘기하고 싶은 것은 사실 준석 씨의 죽음에 관해서야. 그 심령학 공부한다는 친구도 같이 있었으면 좋았을 텐데… 일한이한테 얘기하면 되겠지. 준석 씨가 제일 좋아하던 후배기도 했으니까. 준석 씨가 심장마비로 죽은 것으로 들었지…"

주연이 누나는 복받쳐 오르는 눈물을 잠깐 참더니 얘기를 계속했다. 슬픔에 가득 차 있는 주연이 누나의 모습을 바라보고 있으려니 은영이 생각이 났다. 부질없는 그 애의 모습이 떠올랐다. 주연이 누나의 괴로움을 어느 정도 알 수 있는 나는 가만히 그녀를 바라보고만 있었다. 주변에 앉아있던 사람들은 우리를 평범한 연인간의 다툼으로 여겼던지, 호기심 있는 눈길로 힐끔 힐끔 쳐다보았다.

"어쩌면 준석 씨는 자살한 것일지도 몰라. 아냐, 타살일 거야… 그렇게 쉽게 죽을 사람이 아닌데. 너무 이상하지? 심장마비로 죽은 사람 가지고 타살이니 자살이니 하는 것이. 그래서 남에게 함부로 얘기를 못 꺼내는 거야. 준석 씨 부모님도 단순한 심장마비로 알고 계시니까. 그것 때문에 그래도 이런 쪽에 관심이 많고 경험이 많은 일한이에게 얘기를 꺼낸 거야. 너는 유령이나 악령을 믿지?"

나는 주연이 누나의 말에 당황할 수밖에 없었다. 사실은 그렇게 절실히 그 존재를 믿는 것은 아니었지만, 아니라고 할 처지는 아니었다.

누나는 얘기를 계속했다.

"준석 씨나 나나 처음엔 안 믿었어. 사실 나는 아직도 잘 믿기

지 않지만. 너도 알듯이 준석 씨는 똑똑하고 합리적인 사람이잖
아. 그런데 그런 사람이 영의 존재를 믿게 되다니… 아마 준석
씨는 그 사악한 영에 의해 죽었을 거야. 끌려갔을지도 모르지.
아니면 준석 씨 뜻대로 준석 씨가 끌고 갔을지도 모르지… 일한
이는 이런 말 하는 나를 이상하게 생각하지 않겠지?"

　누나는 그 말을 마치며 드디어 눈물을 흘리기 시작했다. 나는
점점 무슨 얘기인지 감을 잡아갔다. 하지만, 어떤 악령이 하필
준석이 형을 대상으로 잡았을까 의문이 생겼다. 주연이 누나는
핸드백을 열었다. 나는 손수건을 꺼내는 줄 알았는데, 손수건이
아니라 편지였다. 누나는 편지를 건네주었다.

　편지봉투에는 받는 사람에 준석이 형 이름이, 보내는 사람에
는 아무것도 쓰여 있지 않았다. 단지 소인과 도장에 의하면 수
원 구치소에서 보내진 것으로 보였다. 봉투 안에는 편지지 한
장이 들어 있었다. 펼쳐보니 시 같은 것 한 귀절만 적혀 있었다.

　'만약 피에 주린 살인자가 스스로 살인을 했다고 생각하더라도,
　혹은 살인을 당한 자가 스스로 살인 당했다고 생각하더라도,
　그들은 그 미묘하고 불명확한 행위를 아주 잘 이해한 것은 아
니다.
　나는 살아 있다가, 그리고 죽어가다가, 다시 돌아온다…'

이것이 전부였다. 서늘한 기분이 드는 시였다.

누나는 설명을 해 주었다.

"이 시 아니? 이 시는 애머슨의 〈브라마〉란 시야. 어떤 의미를 가진 것 같니? 잘 모르겠지. 이렇게 얘기하면 쉬울까. 이 시는 죽은 사람으로부터 배달된 거야. 그것도 자기 몰락의 책임이 모두 준석 씨에게 있다고 굳게 믿은 어떤 악한 사람으로부터… 그러니까 준석 씨를 죽도록 미워하던 죽은 사람으로부터 온 시야…"

나는 그 말을 이해한 순간 온몸에 소름이 쫙 끼치는 것을 느꼈다. 나는 호기심과 두려움을 동시에 느끼며 주연이 누나에게 물었다.

"도대체 어떻게 된 일이지요?"

"어디서부터 시작해야 할지… 86년, 그러니까 거의 십 년 전으로 거슬러 올라가봐야겠네. 그때는 나도 아직 준석 씨를 만나기 전이었어. 준석 씨가 나중에 얘기해 주었던 일이야. 군사 독재의 서슬 퍼렇던 그때부터 준석 씨는 학생운동에 열심이었나봐. 그런데 그때의 학생운동은 거의 목숨을 내놓고 할 정도로 위험한 시절이었잖아. 많은 학생들이 의문사나 실종을 당했으니까. 준석 씨도 예외는 아니었어. 어딘가 점거 사건의 주동으로 체포되었대. 그 다음 순서는 뻔하지. 남산의 지하실로 끌려 갔데… 그 악명 높은 고문실로.

거기서 준석 씨는 그 악귀를 처음 만났대. 인간이 인간에게 상상할 수도 없는 가혹한 고통을 가하는 지옥에서… 그 사람은 운동권 학생들 사이에 '악귀'로 통하며 악명을 떨치던 고문 전문가 김인근였어. 그 악귀의 고문에 많은 사람이 병신이 되거나 식물인간, 때로는 시체가 되었대. 그때는 대충 실종 처리로 넘어갔으니까… 그놈 손에 걸리면 대부분 자기가 모르는 것도 사실처럼 말하고 시인할 정도였대. 언젠가 준석 씨는 그 만남의 순간을 이렇게 묘사했어.

'나는 지칠 대로 지쳐서 어느 지하실로 끌려갔지. 너무 어두워 하나도 안 보이는 방이었어. 그때 눈부시게 빛이 내 얼굴로 쏟아지더구나. 그리곤 음침하고 소름끼치는 목소리가 들려왔어. 마치 지옥에서 악마의 목소리처럼.

'다 포기해.'

그러곤 한참 아무 말 안하더라. 곧 불이 꺼지고 한동안 아무 소리나 인기척이 안 들렸어. 나는 꿈꾸는 것 같더구나. 그러다 갑자기 얼굴에 강한 충격을 느꼈어. 놀라고 너무 아프더구나. 뺨에 뭔가 박혔어. 흐르는 피와 함께 고통스러워 했는데, 갑자기 불이 켜지데. 그때 알았어. 뺨에 박힌 것은 양식용 포크였어. 나는 침묵과 갑작스런 공격에 아픔보다는 공포를 느꼈어. 그놈은 진짜로 악마 같았어. 손은 묶여 있어 아무런 저항을 못했고, 소리도 잘 안 나왔어.

그러더니 다시 불이 꺼졌어. 나는 극도의 공포심이 느껴졌어. 어디서, 어떻게 어떤 고통이 덮칠 것인지 너무 두려웠어. 뺨의 통증이 잊혀질 정도였으니까. 갑자기 휙 소리가 나더니 내 왼쪽 복숭아 뼈가 으스러지는 것을 느꼈어. 너무 고통스럽고 무서웠는데 다시 불이 켜지고, 내 발목을 부숴논 것이 보였어. 야구 방망이었어. 나는 통증과 두려움에 제정신이 아니었어.

그때 두 번째 말을 던지더구나.

'다 털어놔.'

순간 다 말하고 싶은 충동을 느꼈어. 내 영혼을 팔아서라도 이 두려움에서 해방되고 싶었어. 하지만 친구들과 선배들의 환한 얼굴들이 떠오르더라. 그네들에게 이런 고통과 두려움을 내가 줄 수는 없더라.

나는 반항했어. 그 다음의 고문들은 기억하기도 싫다. 여하튼 시간이 얼마나 지났을까… 내 몸은 문자 그대로 만신창이가 되었어. 혀와 온몸이 담배 불로 지져졌고, 뺨에는 아직 포크가 박혀있었고, 발목뼈는 으스러진 것 같고, 갈비뼈 서너 대 정도는 부러진 것 같았어. 그제서야 그놈이 처음 얼굴을 드러내더구나.

'여기까지 버틴 놈은 네가 처음이야. 점점 재미있어지는데.'

이런 말과 함께 나타난 그의 얼굴은 악귀 그 자체였다. 그 눈에는 광기와 희열도 엿보이더구나. 나는 순간 죽음을 예감했어. 그놈이 뭔가를 준비하고 있는데, 문이 열리면서 누군가가 그놈을 부르더구나. 그리곤 나는 다른 데로 끌려갔어.

상처를 치료해주더구나. 몇 주 이상한데다 입원시켜주더니, 대충 뼈들이 붙고 완쾌되니 내보내주더구나. 다른 친구가 다 불었대. 그리고 대통령의 특별사면이 내려졌대. 사실은 빌어먹을 미국의회의 압력 때문이라더구나… 여하튼 나는 그것이 그놈과의 마지막 만남일거라 생각했지. 그리고 그러길 바랬어. 하지만 악마는 우리를 질긴 인연으로 묶어놨더구나…'

준석 씨는 고문에서 풀려나고 한 달 동안 앓았대. 하지만 그때는 그런 일이 비일비재에 어디 하소연할 데도 없었고, 준석 씨는 몸이 채 낫기도 전에 다시 학생운동에 뛰어 들었어. 그때가 87년 초였어. 나도 그때 준석 씨를 처음 만났어…"

주연이 누나는 준석이 형과의 첫 만남 얘기가 나오려하자, 잠시 말을 멈추고 창밖을 바라보는 것이었다. 뺨에는 눈물이 흘렀다.

전에 준석이 형은 주연이 누나를 어떻게 처음 만났냐는 우리들의 질문을 쑥스러운 듯 얼버무리곤 했다. 그래서 우리들은 그 둘이 어떻게 만났는지 모르고 있었다.

"나는 아무것도 모르는 일학년이었어. 학교 앞에서 데모를 하길래 겁나서 옆길로 피해가고 있었어. 사방에서 최루탄은 터지고 너무 무서웠어. 그때 전경들과 백골단들이 달려오더니 몽둥이로 학생들을 막 때리는 거야. 나도 삽시간에 그 행렬에 휘말리게 되었어. 전경 서너 명에 잡혀 머리채를 끌리며 어딘가로 끌려가고 있었어. 나는 아무 상관 없다고 울부짖어도 개의치 않는 거야.

그때였어. 누군가가 나타나더니 전경들을 때려눕히고 내 손을 잡고 막 뛰는 거야. 한참 정신없이 뛴 다음에 주위가 조용해진 후, 나를 구해준 사람을 처음 쳐다봤어. 어깨에는 최루탄 파편이 박혔는지 피가 흐르던 그 사람은 나를 돌아 보더니 편안하게 미소 짓는 거야. 바로 준석 씨였어.

1학년 같은 여학생이 무자비하게 경찰에 끌려가는 것을 보고 못 참고 달려들었다는 거야. 그때 내 눈에 준석 씨가 얼마나 믿음직스러웠던지…

이게 우리의 첫 만남이었어. 나는 태어나서 처음으로 좋아하는 감정이 무엇이란 것을 느끼게 됐고… 왜 이 얘기가 나왔지…

하여튼 87년은 승리의 해였어. 한 학생이 고문 받다 죽고, 한 학생이 최루탄에 맞아 죽었어. 온 국민의 분노는 기적을 일으켰지. 국민들과 학생들은 승리의 기쁨으로 도취되었어. 그러나 준석 씨는 앞으로의 일들을 걱정했었어. 준석 씨 걱정대로 기쁨은 한순간, 양 김 씨의 배신으로 다시 나라는 어두워졌어. 준석 씨는 이듬해 다시 경찰에게 잡혀갔어. 통일관련 활동 때문이었어.

거기서 그 악귀를 두 번째로 만났대.

그놈은 준석 씨를 기억하고 있었대. 자기의 고문을 견디어낸 독종으로. 사실 준석 씨도 그놈의 이름을 많이 접했어. 진실 축소, 은폐 때문에 허사가 되었으나, 박종철 고문치사에도 그놈이 관련되었다는 얘기가 있었거든… 여하튼 그놈은 준석 씨에게 노골적으로 악의를 드러내고 고문을 하려 했대. 그 당시 고문은 거의 사라졌을 때인데도, 그놈은 대통령과 같은 고향 출신이라는 이유로 무자비한 고문을 개인적으로 자행하고 있었어. 그놈은 준석 씨를 게임 상대자로 여기고 고문을 시작했대.

이번에는 밝은 화장실에서 물고문과 전기고문을 가했대. 물어보는 것도 없었대. 그냥 이유 없이 새디스트처럼 고문을 즐기는 것 같더라는 거야. 준석 씨는 참았대… 질 수 없다는 생각에.

그 악마는 육체적 고문에 지쳤는지, 아예 준석 씨의 인격을 망가뜨리는 정신적 고문을 자행했대. 거기에는 내 사진도 쓰였데… 나쁜 놈. 준석 씨가 거칠게 항의하자 그놈은 더욱더 즐거워하면서 고문했대. 준석 씨 말로는 고문 자체의 고통보다 자기를 고문할 때 희열을 보이는 그놈의 모습이 더 무서웠다는 거야. 결국 그놈은 준석 씨를 죽이기로 결심했대. 다행히 어떻게 된 건지, 그놈이 이제 끝내겠다고 말한 다음날에 다른 데로 호송되었대. 형식적인 재판을 받은 끝에 준석 씨는 3년의 실형을 받았어. 재판정에 간 나는 왜 그리 눈물이 나오던지.

준석 씨는 그 모진 고문을 받은 후였는데도, 면회 간 나를 오히려 위로해 줄 정도였어. 나중에 알았는데, 그 악귀는 고문사실이 상부에 알려져 다른 데로 좌천되었다는 거야. 여하튼 우리들의 기억 속에서 그놈은 잊혀져갔어. 아니 준석 씨는 아니었어. 그 악귀 때문에 악몽을 꾸었던 적도 많았대. 끝나지 않을 것만 같던 3년의 시간도 지나가고, 드디어 준석 씨는 자유의 몸이 됐어. 준석 씨는 나와 약속했지… 이제 더이상 나를 가슴 아프게 안 하기로. 거짓말쟁이… 약속도 못 지키고…

준석 씨는 한 가지 일은 마무리하겠다고 했어. 바로 그건 그 김인근이라는 고문 기술자를 법의 심판대에 올리는 것이었어.

우선 준석 씨는 그에게 고문을 당한 사람들을 찾아다니면서 증언을 수집했어. 나는 헛된 일이지도 모른다고 말렸어. 그랬더니 이렇게 대답해 주었어.

'내가 개인감정으로 이럴 수도 있어. 하긴 한 사람에게 두 번 고문당한다는 것으로 그놈을 증오하게 되는 것은 당연하지. 하지만 절대로 개인적인 이유에서 출발하지는 않았어. 그놈은 분명히 큰 죄를 저질렀어. 인간의 육체를 파괴하고 정신을 파괴하는 끔찍한 일을. 그런 사람이 잘못을 처벌 못 받는다면 사회는 하나도 달라진 것 아니잖아. 더군다나 이제까지의 나의 노력은 무의미해지고. 많은 사람들이 그놈 손에 모든 것을 잃었어.'

불가능할 것 같아 보이는 그 악귀에 대한 기소도 점점 희망이 보이는 것 같았어. 그때 문민정부가 출범했어. 개혁의 본보기를 찾던 문민정부는 그 대상으로 악명 높던 고문 기술자 김인근을 희생양으로 잡았지. 물론 준석 씨의 집요한 노력도 일조를 했지. 재판 끝에 김인근은 직권 남용과 폭행죄로 7년형을 선고받았어. 결정적인 역할을 한 것은 물론 준석 씨가 수집한 자료와 증언이었어.

나도 그 판결 때 재판정에 있었는데, 그놈이 잊지 못할 말을 외치더구나. 판결이 나자, 고개를 숙이고 있던 그놈은 갑자기 방청석에 있는 준석 씨를 살기 띤 눈으로 쳐다보더니 말하는 거야.

'이것이 너의 승리라고 생각하겠지. 웃기지 마. 이건 단지 시작일 뿐이야. 너는 내 노리개였어! 결코 노리개는 주인을 이기

지 못해. 내가 끝난다면 너도 끝이야…'

무서웠어. 하지만 준석 씨는 담담하게 받아들였지. 그러곤 자기의 일을 하나 끝냈다며 홀가분해 했어. 그리고 준석 씨는 자기 일을 찾기 시작했어. 그러다가 마음이 맞는 후배와 친구들을 모와서 작은 출판사를 만들었어. 그때쯤 나와의 결혼 준비도 시작하고. 그때가 내 생애 중에 최고로 행복한 기간이었어. 매우 짧았지만…

그러던 어느 날 준석 씨가 피곤한 모습으로 내게 말했어. 요즘 그 악귀에게 고문당하는 악몽을 매일 꾼다는 거야. 나는 고문의 후유증으로 여기고 푹 쉬라고 했어. 그런데 그 악귀가 감옥에서 죽었다는 소식과 아까의 그 에머슨의 시가 도착한 거야. 형기를 1년도 채 못 채우고 자살했다는 거야. 좀 이상했어. 그런 희생양으로 잡혀 들어가면 곧 사면으로 풀려나갈 것이 거의 분명한데, 자살을 한 것이. 그리고 그것을 아니까 그 시가 끔찍해 보이더구나. 준석 씨는 그 시를 읽어보곤 꽤 유식한 놈이네, 하고 무시해 버렸어. 그런데 그건 정말 시작에 불과했어.

며칠 후에 준석 씨가 다급한 목소리로 만나자고 했어. 나도 놀라 약속 장소에 나갔지. 준석 씨는 잠을 한숨도 못 잔 푸석푸석한 모습으로 나타났어. 그리고 우리에게 닥쳐온 악몽을 얘기했어.

'그놈이 꿈이 아닌 실제로 나타났어. 주연아, 나 헛소리하는 것 아냐… 그놈이 실제로 내게 나타나기 시작했어. 다시 고문을 시작하는 거야. 며칠 전이었어. 나는 평상시와 같이 잠자리에 들어갔어. 눈을 감고 있는데, 왜 그런 거 있잖아, 갑자기 인기척이 느껴지는 거야. 나는 본능적으로 눈을 떴지. 아무것도 없는 거야. 다시는 눈을 감았는데 이번에도 느껴지는 거야. 그래서 다시 눈을 떴지. 처음에는 가로등의 반사라고 생각했어. 그런데 파란 불이 두 개 보이는 거였어. 소름이 쫙 끼쳤어. 그래서 일어나서 불을 켜려고 했는데 몸이 움직여지지 않는 거야. 마치 가위에 눌린 것처럼. 소리도 못 지르겠는 거야. 다시 자세히 보니 그건 단지 파란 불이 아니라 사람의 눈처럼 보이는 거야. 그것도 증오로 불타는.

점점 그것이 가까이 오며 전체의 형체가 드러나는데 나는 무서워서 기절하는 줄 알았어. 바로 그놈이었던 거야. 한손에는 갈고리를 들고 있었어. 침대 옆에 서서 나를 빤히 내려다보는 거야. 그러더니 그놈이 항상 고문할 때마다 보이는 희열의 미소를 차갑게 짓더니 갈고리를 높이 쳐드는 거야. 나는 악몽이라고 생각하고 눈을 감았어. 그러나 그건 악몽이 아니었어. '퍽' 하는 소리와 함께 그 갈고리는 진짜로 내 허벅지에 찍었어.

나는 말도 못하게 괴로웠어. 다시 눈을 뜨고 움직이려 했지만 소용없었어. 단지 허벅지에 찍힌 갈고리와 그 파란 눈의 악귀만이 보일 뿐이야. 아팠지만, 두려움이 먼저였어. 그놈은 갈고리로 서너 번 내 허벅지를 찍었어. 실제로 아팠어. 피도 튀고, 살점도 튀고… 나는 거의 실신 상태였어. 그놈은 내 얼굴로 다가

오더니 그 피 묻은 갈고리를 높이 쳐들더니 내려쳤어. 나는 생생하게 느껴졌어. 나의 왼쪽 눈을 꿰뚫고 들어온 갈고리의 싸늘함을. 나는 고통과 함께 죽음을 느꼈어. 그리고 정신을 잃었어.

다음날 아침에 깨어나 보니, 온 몸이 아무렇지도 않은 거야. 나는 생생한 악몽으로 생각했지. 그런데 그것은 그날 밤만의 일이 아니었어. 잠자리에 들기만 하면 그놈이 나타나는 거야. 그러나 나는 움직일 수도 없이 그놈의 고문을 당하는 거야. 나는 계속되는 악몽으로 생각했어. 하지만 나중에 깨달았지만 그것은 꿈일 수가 없었어. 왜냐하면 나는 잠들지도 않았거든…'

그 얘기를 하는 준석 씨에게서 나는 처음으로 준석 씨가 공포에 질린 모습을 발견할 수 있었어. 경찰에 끌려갈 때도, 전경에 포위당했을 때도 항상 미소를 잃지 않고 자신감에 넘치던 그였는데…"

나는 주연이 누나의 얘기를 듣고 서늘한 느낌이 들었다. 준석이의 형의 죽음에 대한 의문의 이유를 이해할 수 있었다.

주연이 누나는 얘기를 계속했다.

"나는 두려움에 떨고 있는 준석 씨를 병원으로 데려갔어. 그는 한사코 반대했지만, 나로서는 그가 신경쇠약에 걸린 것으로밖에는 여겨지지 않았어. 그러나 병원에서는 아무런 이상이 없었어. 준석 씨는 걱정하는 나와 헤어지면서 이렇게 말하더군.

'걱정 마. 솔직히 나도 무섭지만. 그놈이 원하는 대로 되지는

않을 거야. 이미 나는 그놈의 고문에 두 번이나 견디어 냈어. 이 번에도 질 수 없어.'

나는 그의 말에 혼란스러워지는 것을 느꼈어. 혹시 그가 미친 것이 아닌가 걱정도 되고. 하지만 얼마 안 가 나도 알게 되었어. 준석 씨는 결코 미친 것이 아니었다고…"

주연이 누나는 점점 얘기하기가 힘들어지는 것 같았다. 얘기하면 얘기할수록 준석이 형이 생각나는지, 자꾸 얘기를 멈추는 경우가 많아졌다.

"준석 씨는 정말 힘들어했어. 그 악귀에게 매일 밤마다 고통을 받으면서 낮에는 자기가 벌여 놓은 출판사 일들을 처리하느라고 고생했어. 나는 준석 씨가 하도 열심히 일하길래 그 악령이 사라졌는줄 알았는데, 그게 아니었어. 준석 씨 말에 의하면 더 심해졌대. 밤에 혼자 있을 때 뒤에 뭔가 느껴져 돌아보면 그 악귀가 자기를 노려보고 있다는 거야. 그리곤 준석 씨는 못 움직이고, 온갖 고문을 당하다 기절했다 깨어나면 그 악령은 사라지고 상처도 말끔히 나아져 있다는 거야.

무서워서 샤워도 잘 못했대. 머리를 감고 있으면 아무것도 안 보이잖아. 그리고 물소리 때문에 아무것도 안 들리고. 그런데 그때 갑자기 살기가 느껴지고 그 악귀가 나타난다는 거야. 여하튼 준석 씨에게 혼자 있는 시간은 공포 그 자체였어. 그런데도 잘 버티었어. 나는 수척해져가는 준석 씨의 모습을 보고 너무 걱정이 되었어. 하지만 함부로 남에게 얘기할 것은 아니잖아.

미친놈 취급받을 것 뻔한데…

　어느 날, 나를 만난 자리에서 준석 씨는 뭔가 결심한 듯이 보였어. 그때 준석 씨는 현실에 대한 회의를 가지고 있었던 것 같아. 자기의 젊음과 신념을 바쳐 노력한 결과가 그저 그런 모양으로 나타나고… 죄를 지은 자들은 아직도 떳떳하게 자기 목소리를 내고 있고, 소위 문민정부라는 것은 그 자들의 비호에 급급하고… 아마 자기 세대들에게 뿌리 깊게 심어져 있던 절망감을 준석 씨 자신도 느끼고 있었는지 몰라. 항상 정의는 꺾이고, 오직 권력자만이 승리자가 되는 세상…

　준석 씨는 적어도 이 세상에 옳고 그른 것에 대한 정의만은 제대로 세워지길 열망했던 사람이야. 그런데 죄 지은 자가 자기 합리화에 큰소리 치고, 피해자였던 국민은 다시금 기만당할 수밖에 없는 현실에 가슴이 찢어지는 것 같은 고통을 느꼈을 거야. 올바른 사회를 위해 자기의 모든 열정을 바쳤는데… 자기뿐만 아니라 온 사회가 김인근과 같은 일그러진 과거에 고통 받는 것으로 느껴졌을 거야. 여기서 가만히 김인근의 악령에게 고통 받는다는 것은 준석 씨에겐, 이 사회가 아무런 저항 없이 계속해서 잘못된 방향으로 가고, 정의가 실천되지 않아 당하고만 있는 것처럼 느껴졌을 거야. 그래서 그때 준석 씨는 자기만이라도 그런 비겁한 길을 걸을 수 없다는 그런 결심을 한 것 같아.

　'이대로는 도저히 안 되겠어. 우선 그놈이 원하는 것이 무엇인지 알아야겠어.

그리고 절대로 그놈 뜻대로는 되지 않게 할 거야. 이번에는 내 자신을 위한 투쟁을 해 볼 생각이야.'

그러더니 나를 데리고 대학로에 있는 허름한 술집으로 찾아 갔어. 이 일을 해결할 수 있는 사람을 찾아가는 것이라고 말했어. 준석 씨가 학생운동 할 때 풍물패 일로 만난 적이 있는 박수 무당이래. 그런데 이 무당은 여느 무당과 다르게 석사까지 마친 엘리트래. 어느 날 갑자기 신이 들려 그 길로 들어선 이상한 사람이라는 거야.

우리가 찾아간 술집은 대학로에 구석에 붙어 있는 작은 선술집이었어. 그 사람은 항상 거기에 있다고 들었대. 자욱한 담배 연기와 소란스러움을 뚫고 들어간 그 술집에는 내가 보기엔 무당처럼 생긴 사람은 하나도 없고 다 인생의 낙오자 같은 주정뱅이밖에 안 보였어. 나는 그 사람이 없는 줄 알고 나가려 하는데, 준석 씨는 그 무당을 찾은 듯이 어느 주정뱅이 앞으로 성큼성큼 걸어갔어. 그 주정뱅이는 옆에 있는 사람들에게 큰 소리로 주정을 하고 있었어.

'이 바보 같은 놈들아! 세상에 이런 나라가 어디 있니? 아무리 큰 죄를 저질러도 역사가 해결해 준다는 나라! 이봐, 주인 오늘 술값 없어! 수천 명을 죽여도 법이 아무런 소용이 없는데, 까짓 술값쯤이야. 우리가 뭐 예수교 광신자인가! 원수를 사랑하게. 하긴 하나님도 역겨울거야. 너희들이 일요일마다 해대는 그 위선적인 아첨들이 얼마나 더럽겠니… 아아, 더럽다! 더러워…'

나에게는 완전히 미친 사람 또는 술에 만취된 사람으로 보였어. 하지만 그 사람 주변에 있는 다른 사람들은 그를 재미있어 하더라. 준석 씨는 그 주정뱅이에게 정중하게 말을 걸었어.

'최 형. 저 김준석입니다. 기억하시겠어요. 옛날에 연대에서 집회관계로 제가 도움 청했을 때 만나 뵈었죠?'

나는 준석 씨가 말을 건 그 주정꾼을 유심히 봤어. 한 서른쯤 돼 보였을까. 한 손에 소주병을 든 게 완전히 알코올 중독자 같았어. 옷차림도 허름하고. 하지만 어딘지 모르게 지적인 분위기가 풍기긴 했어. 여하튼 준석 씨의 말을 들은 그 최 형이란 사람은 처음에는 어리둥절해 하다가, 준석 씨의 얼굴을 유심히 살펴보더니 알았다는 듯이 말하는 거야.

'아, 준석 씨. 오래간만이에요. 가석방되었다는 얘기는 들었는데. 여기는 웬 일이에요? 이 미친놈에게 술 한 잔 사려고 오셨나…'

'알아보시는군요. 예, 술도 사죠. 하지만 저 좀 도와주십시오.'

도와달라는 준석 씨의 말에 그 사람은 찬찬히 준석 씨를 살피는 거야. 그러더니 바로 전까지 술타령하던 사람이라는 것이 전혀 믿기지 않을 정도로 또렷한 목소리로 얼음물을 주방에 부탁하더니 자기 머리위에 끼얹는 거야. 놀라는 우리들에게 정신 차리기 위해 그런다며 아직도 서 있는 준석 씨를 살펴보는 거야. 한참을 보더니 입을 열었어.

'심각한 일 같군요. 언제부터죠? 내가 보기엔 준석 씨 주변에 죽음의 기운이 서려있어요. 아니면 준석 씨의 생명을 원하는 그 무언가의 사악한 기운이 맴돌고 있는 것 같은데… 도대체 무슨 일이죠?'

그의 질문에 우리는 자리에 앉아 자초지종을 상세히 얘기했지. 그랬더니 그는 고개를 절레절레 흔들더니 한숨을 쉬며 말했어.

'휴… 그런 일이었군요. 그 김인근이란 놈 나도 만난 적이 한 번 있는데. 정말 악독한 놈이던데. 우리식으로 말한다면 준석 씨에게 귀신이 든 거예요. 그것도 악귀가.'

'그럼 어떤 해결 방법이 없을까요?'

'글쎄요… 음… 오늘 밤은 이것 한번 써보세요. 그리고 내일 만나 한번 생각해 보죠.'

그러면서 그 무당은 주머니에서 누런 한지를 꺼내더니 잠깐 눈을 감고 뭐라고 중얼거리더니, 붓으로 뭔가 쓰더니 준석 씨에게 내미는 거야. 술집의 풍경과는 전혀 안 어울리는 모습이었어. 그러면서 덧붙였어. 오늘 하루의 임시방편이라고. 악귀를 쫓는 무당 고유의 부적인데 하루가 끝이고, 한 번 쓰면 더 이상 효과가 없다는 가장 일반적인 부적이래. 우리는 내일 약속을 정하고 그 사람과 헤어졌어. 준석 씨는 그날 헤어질 때 나에게 전혀 걱정하지 말라며 집까지 바래다주었어. 돌아서는 준석 씨의 모습에 왠지 모르게 비장함이 느껴졌어. 그때 왜 그렇게 눈물이 나던지…

다음날, 약속장소에 나온 준석 씨는 활기와 자신감이 넘쳐 보였어. 전날 밤 그 부적 때문인지 근 한 달 만에 처음으로 편안하게 잠을 잤대. 그 악령의 괴롭힘도 없이.

그 최 형이라는 무당도 전날과는 전혀 다른 분위기였어. 무당이라고 하면 대충 무슨 이상한 분위기에 이상한 옷차림에 요사스런 눈빛이 연상되었는데, 그 사람은 평범한 직장인처럼 보였어. 하지만 캐주얼한 차림에도 그의 눈빛은 좀 다르더라. 그 사람이 먼저 말을 꺼냈어.

'유령이나 귀신이란 것들은 일반적으로 알려진 것과는 달리 보통 사람들이 보기란 쉬운 게 아니에요. 우리 무당들은 이렇게 생각해요. 죽은 자는 죽은 자만이 볼 수 있다고. 다시 말하면 유령이나 귀신은 산 사람으로서는 볼 수 없어요. 죽은 사람이나 죽을 사람도 볼 수도 있어요. 가끔 몸의 기가 허한 사람이 보는 경우도 있긴 하지만.

솔직히 말하면 준석 씨처럼 주변에 귀신이 그것도 악귀가 자주 출몰한다는 것은 준석 씨의 생명이 얼마 안 남았다는 얘기가 될 수도 있어요. 미안해요. 난 준석 씨도 알다시피 이런 거 돌려 말하는 성격이 아니잖아요. 예로부터 귀신이라고 하면 왜 사람들이 무서워했을까요? 단지 죽은 사람의 혼이기 때문이었을까요… 그건 아니에요. 예로부터 사람들에게 나타나는 귀신들은 이승에 한이 많이 남아서 나타나는 거라고 해요. 그리고 그 한은 대부분 살아있는 사람들의 목숨들이죠. 그래서 우리는 귀신이란 존재에 본능적인 공포를 지니게 되었어요. 더구나 악한 성격이 그 집요함은 더 대단하죠.

그래서 귀신이란 이미지는 착한 이미지보다 악한 이미지를 많이 가지게 된 거예요. 소위 착한 귀신은 드물죠. 착한 사람은 그 한을 많이 안 남기죠. 하지만 악인들은 그 탐욕으로 현세에 많은 욕심과 한을 남기는 경우가 많아요. 그래서 나쁜 귀신, 악귀가 우리가 들어왔던 귀신 얘기에 대부분이죠. 심심풀이로 들어왔던 귀신 얘기가 다 지어낸 것만은 아니거든요…'

'그럼 어떻게 사람이 죽어서 귀신이 되어 사람을 괴롭힐 수 있게 되죠? 아무나 그런 것은 아닐 거 아니에요? 그리고 저는 그냥 앉아서 그 악귀 놈이 원하는 대로 죽을 수밖에 없나요?'

'서양에서는 그런 현상을 악마에게 영혼을 판다는 등으로 해석하지요. 하지만 우리는 달라요. 우리는 특별한 설명을 안 하고 있어요. 단지 강한 현세에 대한 욕구가 귀신을 만든다고 얘기하죠. 그래서 아무나 될 수는 없는 거예요. 동양에서는 귀신이 되고 싶다고 되기는 어렵다고 하고 있어요. 하지만… 인간이 사는 데는 어디나 있듯이 흑마술이라든가 사이비 종교에서는 그런 방법을 쓰고 있죠. 아마 그 김인근이란 놈도 자연적으로 된 거보다 뭔가 술수를 쓴 거 같아요… 잘은 모르겠지만. 준석 씨에게서부터 그 악귀를 떼어내는 방법이라… 사실 무당이라는 것이 하는 일은 약한 귀신을 위로해 떠나게 해주는 거예요. 때로는 그 한을 해결해주거나… 하지만 이번 경우는 다르죠. 완전히 악으로 똘똘 뭉친 악귀라…

흔히들 알고 있듯이 무당이 귀신을 잡는 것은 아니에요. 고스트 버스터스도 아니고. 사실 귀신을 처치할 수 있는 능력은 인간이 가지기 힘들어요. 성경에도 예수가 한마디로 귀신들린 사람으로 처리하는 얘기가 몇 번 나오잖아요. 예수 정도의 능력을 지녀야 귀신을 쉽게 처치할 수 있는 거예요. 서양에서는 엑소시스트라고 귀신 잡는 무당이 있긴 한데, 사실 하는 일을 살펴보면 우리 무당과 그리 크게 다르지 않아요. 너무 쓸데없는 얘기가 길어졌군요. 솔직히 말하면 저로서는 그 악귀를 처치하기가 쉽지는 않아요…'

 '쉽지 않다는 것은 방법은 있다는 것 아닌가요. 그리고 제가 그냥 견디며 계속 버틴다면 그냥 사라지지 않을까요?'

 '그것은 불가능해요. 이것은 시간이 해결해 줄 문제는 절대 아니에요. 그놈의 목적은 오직 하납니다. 바로 준석 씨의 목숨이죠. 그것을 얻기 전에는 절대로 준석 씨를 가만두지 않을 것입니다. 한 가지 다행인 것은 그놈이 물리력을 행사할 정도의 악령이 아니라는 것이죠. 살았을 때 영 능력이나 염력을 지녔던 사람들은 가끔 죽어서 사물을 직접 움직이거나, 사람에게 직접 해를 끼치는 능력을 지닐 때도 있어요. 그놈은 준석 씨의 정신으로 파고들어 고통을 주고 있는 상태 같군요. 그걸 보면 이놈은 아직 그 정도는 아닌 것 같은데… 방법이라… 있긴 있지만 우선 그놈의 욕구를 살펴봐야 돼요.

 그놈은 지금 분노로 가득 차 있어요. 그놈은 고문 대상자를 벌레보다 하찮게 생각했어요. 그런데 그 벌레에게 당했다고 생각해봐요. 얼마나 화나겠어요. 예를 들어 우리가 어렸을 때 이유 없이 잠자리 날개를 뜯다가 그 잠자리에게 물려 봐요. 당장 땅바닥에 내던져 쳐죽이죠. 그놈은 거의 그런 기분이에요. 날개를 뜯다가 잠자리에게 물린 기분이죠. 그래서 그 잠자리를 쳐죽이려 하고 있는 거예요. 그런 놈은 달래긴 힘들어요. 제가 다리가 돼 그놈에게 뭔가 알려주는 방법이 있긴 한데. 원귀를 달래기 위해서는 그놈의 죄과를 다 덮어주어야 하고, 심지어 칭송까지 해야합니다. 그것도 준석 씨가 직접. 다시 말하면 그 악귀에게 목숨을 살려달라며 애원하는 거죠. 그리고 그놈이 자행한 모든 악행을 찬양해줘야 하는 거죠. 만약 그러면 그놈이 떠날 수도 있어요. 그 외의 방법이라면 준석 씨가 목숨을 포기하고 하는 방법밖에 없는데.'

그 얘기를 심각한 표정으로 듣고 있던 준석 씨는 갑자기 호탕한 웃음을 터뜨렸어. 나는 영문도 모르고 그 둘을 바라봤어.

'하하하. 최 형도 뻔히 나를 잘 알면서. 그런 식으로 나를 자극할 필요 없어요. 알다시피 뻔하잖아요. 내가 선택할 방법은. 내가 그놈에게 목숨을 구걸할 수 없어요. 또 구걸할 수 있다고 하더라도 그놈이 자행한 뻔한 나쁜 짓을 칭송하라고요. 하하하… 온 세상이 그렇게 돌아가도, 나만을 그럴 수 없어요. 다음 방법은 뭐죠? 내 목숨을 걸어야 된다는 것은?'

'하긴 준석 씨도. 그래도 다시 생각해봐요. 목숨을 건지면 이

세상을 위해 아직 할 일이 많잖아요? 주연 씨도 있는데.'

　나는 둘의 대화에 순간 어리둥절했다. 별세계의 사람들 같았다. 자기의 생명 얘기를 무슨 백 원짜리 동전처럼 생각하듯이 얘기하고 있는 것이었다.

　'주연이는 이해할 거예요. 그렇지? 주연아. 그리고 내가 세상을 위해 할 일 중에 가장 큰일은 기본적인 생각을 바로 잡는 거라고 생각해 왔어요. 바로 이런 거죠. 잘못을 한 사람은 반드시 처벌 받는다는 간단한 원칙 같은. 어떻게 보면 여기서 목숨을 포기하는 것은 비합리적일지 모르나, 합리라는 원칙보다 더 중요한 것이 있을 수 있잖아요. 그리고 인간적으로도 그놈한테 지기는 싫고… 세상이 잘못 돌아간다고, 나도 잘못된 길로 갈 수 없어요. 이미 결심을 굳혔으니, 빨리 그 방법 알려줘요. 백 퍼센트 내가 죽으라는 법도 없잖아요.'

　'역시 생각대로군요. 우리 한 번 해봅시다. 우리의 싸움은 여기서까지 계속되는군요. 그놈과 정면 대결하기 위해서는 준석 씨 자신이 직접 나서야 합니다.

　죽은 자와 싸우기 위해서는 이쪽도 죽은 자가 돼야죠. 엄밀히 말하면 반쯤 죽은 자죠. 그놈은 준석 씨만을 지목했기 때문에 준석 씨만이 상대할 수 있게 된 거예요. 그런 상황을 만들기 위해서는 준석 씨가 자기의 목숨을 거의 포기해야 돼요. 그놈은 악귀이고, 준석 씨는 살아있는 사람이기 때문에 이제까지 준석 씨는 그놈에게 고통을 받아온 거예요. 산 사람이 죽은 사람을 당해낼

순 없는 거예요. 하지만 죽은 사람끼리는 그것이 가능하죠.'

'재미있군요. 싸움이라. 그런데 어떻게 싸우는 거예요? 때리거나 격투를 하는 것도 아닐 테고. 죽은 혼끼리 주먹질하는 것도 아닐 테고… 그리고 내가 목숨을 건질 확률은 어느 정도죠?'

'싸우는 법이라. 사실 그게 마음에 걸리는데. 이런 상황에서는 현세의 관계가 사후까지 계속되지요. 그러니까 준석 씨 같은 경우에는 그놈에게 심한 고문을 당할 거예요. 고통도 마찬가지거나 더욱 심하겠죠. 하지만 이번에는 준석 씨가 그놈에게 자기 의지를 표시할 수 있어요. 고문을 버틸 수 있는 것이죠. 버티지 못 하면 그놈 뜻대로 준석 씨도 죽는 것이고… 말하자면 정신력 싸움이죠. 고문하는 자와 고문당하는 자간의. 엄청나게 고통스럽고 위험할 것입니다. 저도 생존 확률에 대해선 장담 못하겠어요. 굳이 말하라면… 십분의 일 정도.'

나는 옆에서 놀랐어. 십분의 일 정도라면 죽으라는 애기잖아. 나는 준석 씨를 만류할 생각으로 준석 씨의 얼굴을 쳐다보았어. 그런데 준석 씨의 얼굴은 생기와 자신감으로 차 있었어. 그 얼굴을 보니 문득 준석 씨의 학생운동 시절이 생각났어. 거의 불가능하고 실패할 수밖에 없다는 시위계획을 세울 때의 자신감 넘치던 그의 얼굴이. 준석 씨는 그때 이렇게 친구들과 후배들을 격려했어. 실패할 수도 있지만 해보지도 않고 포기하는 것보다는 훨씬 낫고, 또 우리의 신념이 옳은 것은 확실하다며. 아무리 불리하고, 질 것 같아도 불의에 그냥 무릎을 꿇는 것은 젊은 우

리로서는 할 수 없는 일이라며… 늙으면 꺾이곤 하는데, 젊어서
도 벌써 꺾이면 어떠하겠냐면서… 부딪쳐서 깨지면 어떠냐…
옳은 것을 위한 거라면…. 그런 준석 씨의 얼굴이 떠올려서 그
를 만류 못 하겠더라.

'그 정도면 후하네요. 사실 우리가 가투(학교 밖 시내에서의
시위) 나갈 때는 그런 수치적 성공률이란 아예 없었잖아요. 한
번 해봅시다. 나중에 일 나도 최 형 탓하지는 않을게요. 다시 한
번 피가 뜨거워지는 기분인데요. 역시 나는 투사의 피가 흐르나
봐요. 그것도 확률 없는 싸움에 오히려 흥분하는…'

준석 씨는 아예 못을 박아버렸어. 그래서 우리는 다음날 목숨
건 사투를 실행하기로 하고 헤어졌어. 준석 씨는 우리 집 앞까
지 나를 바래다주면서 이런저런 얘기를 했어. 나는 아무 말도
할 수 없더라. 자꾸 눈물이 나와 참느라 힘들었어. 집 앞에서 준
석 씨는 나를 꼭 안아주더니 이렇게 속삭이던 거야.

'주연아. 고맙고 미안하구나. 사실 네가 나의 하나의 희망이
었는데… 내가 이렇게 될 줄은 몰랐어. 꼭 너를 행복하게 해주
려 했는데. 옆에서 말려주지 않아서 고마워. 사실 네가 옆에서
한 마디만 했으면 나는 흔들렸을 거야. 내가 내 길을 선택하게
해줘서 고마워. 나 너무 이기적이지. 정말 미안해… 아 이대로
시간이 멈추었으면…'

나는 멍하니 준석 씨의 품 안에 있었어. 아무 말도 할 수가 없
었어. 그냥 눈물만 나고 정신이 아득해질 뿐이었어. 그런데 어

깨 위로 물방울이 느껴졌어. 준석 씨의 눈물이었어. 준석 씨는 갑자기 휙 돌아 서더니 나를 놓고 떠나는 거야. 나는 준석 씨를 붙잡고 싶었어.

준석 씨는 골목 귀퉁이에서 나를 돌아보더니, 큰 소리로 외쳤어.

'주연아! 네가 있어준 거 신께 감사한다. 내일 일 걱정 마. 너 때문이라도 난 살아있을 거야. 잘 자라…'

나는 움직일 수 없었어. 한없이 눈물만 나더라…"

주연이 누나는 이 얘기를 하면서 눈물을 참느라 애쓰다가 결국 울음을 터뜨렸다. 나도 눈물이 나올 것만 같았다. 주변의 사람들은 우리를 이상하게 보았지만, 상관하지 않았다.

갑자기 준석이 형의 환한 웃음이 떠올랐다. 울고 있는 주연이 누나가 너무 슬퍼 보였다. 주연이 누나는 한참 동안 울음 때문에 말을 못하다가 이윽고 다시 말문을 열었다.

"결국 다음날은 찾아왔어. 나는 한숨도 못 잤어. 준석 씨 걱정 때문에… 우리는 그 싸움을 준석 씨 방에서 하기로 했어. 마침 준석 씨 식구는 전부 동해안으로 여행을 가 집이 비었었거든. 준석 씨 집에 도착하니 벌써 그 최 형이라 불리는 무당은 와 있었어. 눈이 충혈된 것을 보니 그 사람도 잠은 자지 못한 것 같았어. 물론 준석 씨도 한숨 못 잤고… 이렇게 잠을 설친 우리들은 준비를 하기 시작했어.

그 사람은 준석 씨의 방에 이상한 부적 같은 것을 붙였어. 나는 사실 그런 것이 마음에 안 들긴 했어. 무슨 사이비 같은 생각도 들었어. 하지만 그 합리적이던 준석 씨도 군말 없이 그 사람이 하는 것들 도와줬어. 그러더니 침대 주변의 방바닥에다 이상한 도형을 그렸어, 처음에는 분필로 그리더니, 준석 씨에게 손가락을 베라고 해 손가락에서 나오는 피로 침대 주위에 그 도형을 그렸어. 그 도형 가운데 침대에 준석 씨를 눕히고 침을 놓기 시작했어. 나는 그 광경이 매우 불쾌했어. 어떻게 보면 무슨 악마를 불러오는 듯한 의식처럼 보였거든. 그리고 무당이 이런 식의 의식을 거행한다는 얘기는 처음 들었어. 그는 나의 이런 불쾌한 의심을 알아차리기라도 한 듯이 얘기해 주었어.

'솔직히 제가 진행하는 의식의 방법이 이상하게 보이죠? 무당 같지도 않고. 사실 저는 서양의 흑마술이나 백마술과 동양의 주술을 접목하는 공부를 하고 있거든요. 이 방법도 서양과 동양의 주문을 같이 써보는 겁니다. 그래서 약간 사악하게 보일지도 모르죠. 하지만 이것이 제가 할 수 있는 최선의 방법입니다.'

그러더니 준비해온 천으로 창문을 가렸어. 완전히 방은 밤처럼 어두워졌어. 누워있는 준석 씨 곁에 굵은 초 몇 개를 켜놓았는데, 흔들리는 촛불이 우리들의 그림자를 만들어 음침한 기분을 자아냈어.

준석 씨는 가만히 누워있었어.

담담한 표정으로 사형을 기다리는 사형수처럼…

그런 준석 씨를 보니 왈칵 눈물이 나왔어.

그 무당은 계속 침을 준석 씨의 온 몸에 놓고 있었어. 준석 씨는 전혀 아프지 않다고 했지만, 수백 개의 침이 꽂혀 있는 준석 씨의 모습은 소름이 끼칠 정도로 무서워 보였어. 하지만 준석 씨는 나에게 미소를 보냈어. 걱정 말라며…

이윽고 침을 다 놓았는지, 그 무당은 한숨을 쉬더니 땀을 닦았어. 침을 놓는데도 자기의 기를 썼는지, 엄청 지쳐 보이더라. 그런데도 얼마 쉬지 않고 준석 씨의 온 몸을 손으로 짚었어. 혈을 잡아주는 것이래.

이때는 준석 씨도 고통스러운지 신음소리를 내더라. 나는 옆에서 안절부절 못하고 있었어. 고통스러워하는 준석 씨를 차마 눈 뜨고 볼 수 없었어. 그 무당은 혈을 잡는데 손이 보이질 않을 정도로 빨리 움직였어. 수백 개의 침들을 피해 준석 씨 온 몸 곳곳을 점혈했어. 준석 씨나 그 사람이나 온 몸이 땀으로 뒤범벅되었어. 그러더니 준비해온 밧줄로 준석 씨를 침대에다 꽁꽁 묶는 거야. 밧줄이 침을 놓은 자리를 눌러 고통스러운지 준석 씨도 얼굴을 찡그렸어.

'밧줄로 동여맨 것은, 혹시 제가 고통을 못 이길까봐 그러시는 건가요? 그럴 필요 없는데… 그 정도는 견딜 수 있어요.'

'준석 씨의 의지를 못 믿어서가 아니라, 준석 씨가 떠난 후의 껍데기 육신을 보호하기 위해서요… 고문이 시작되면 빈 육신이 엄청나게 움직일 것이거든요. 그래서 고정시켜 놓는 거예요….'

그 무당은 그렇게 대답하고는 다시 점혈에 열중했어. 이윽고 준비가 거의 막바지에 이르렀는지, 비장한 목소리로 준석 씨에게 말했어.

'이제 중혈(中穴)만 눌러주면 준석 씨는 살아있는 사람이라 할 수 없게 됩니다. 반은 죽은 사람이 되지요. 그리고 그 악귀와 만나게 될 것입니다. 그 악귀는 아마 준석 씨를 보고 즐거운 듯이 온갖 고문을 다할 것입니다. 그것을 참고 견뎌야 합니다. 그놈이 준석 씨의 의지가 얼마나 강한가를 알고 스스로 의욕을 상실하고 물러가게 해야 합니다. 조금이라도 굴복하는 기색이 있으면 그놈 원하는 대로 준석 씨의 생명은 그놈이 거둬가게 돼요.

그리고 솔직히 이 의식은 매우 위험합니다. 그놈이 아니라도 준석 씨는 다시 못 깨어날 수도 있습니다. 나의 자만심이 준석 씨로 하여금 이런 위험한 행위를 하게 하는 것 같아 마음에 걸립니다. 지금이라도 늦지 않았으니 다시 한 번 생각해봐요.'

무당의 자신 없는 그 말에 나는 도저히 참을 수 없었어. 밤새 스스로에게 다짐했지만, 더이상 준석 씨를 그렇게 떠나보낼 수는 없었어, 그래서 눈물을 흘리면서 준석 씨에게 호소했어.

'준석 씨… 제발. 한번만 더 생각해봐요. 어쩌면 쓸데없이 생명을 낭비할 수도 있잖아요. 이번 한 번만 지는 척해요. 그 다음에 다시 이 사회를 위해 노력하면 되잖아요. 이렇게 떠날 수는 없는 거잖아요. 나는 어떡하란 말이에요! 제발… 준석 씨…'

나는 정신없이 흐느꼈어.

그런 내 손을 준석 씨는 고통스런 몸을 뒤척이며 팔을 뻗어 꼭 잡아주었어.

'주연아, 미안. 하지만 우리 약속했잖아. 이러지 않기로… 걱정 마 꼭 돌아올 테니까… 여기서 내가 굴복하면 지난 나의 투쟁은 헛된 것이라는 것을 잘 알잖아. 적어도 말야. 잘못한 자는 자기 잘못을 알고 처벌 받아야 해… 어떻게 보면 이것은 나 개인만의 싸움이 아냐. 이런 식으로 우리가 악령에 굴복하는 삶을 살게 되면, 영원히 그 굴레에서 벗어날 수 없는 거야… 정의는 항상 이기는 것은 아니었지만, 그것을 위해 싸울 가치는 있는 것 같아. 그런 올바른 사회를 만드는 것이 나의 꿈이었고. 너와의 아름다운 미래도 나의 꿈이야. 나는 그렇게 쉽게 꿈을 포기하는 사람이 아냐! 꼭 살아 돌아올 테니 걱정 마. 최 형, 시작하죠…'

준석 씨는 내손을 잡은 채로 말했어. 최 형은 잠시 망설이다가 뭔가 굳게 결심한 듯이 두 손으로 준석 씨의 정수리 밑 부분을 꾸욱 눌렀어. 그 순간 준석 씨는 의식을 읽고, 나는 흘러내리는 준석 씨의 손을 꽉 잡았어. 아직 따뜻했어. 무당은 준석 씨 옆자리에다 준비해온 판에 모래를 깔았어.

나는 그 무당에게 물었어.

'그건 또 뭐죠?'

'이것을 통해 그 악령의 의지를 알 수 있을 것 같아요. 이 둘레에 그놈이 나타나면, 그놈의 생각이 아마 글자로 나타날 것이에요. 안 믿기죠? 한번 보세요.'

그러더니 그 무당이 눈을 감고 잠시 있었는데, 갑자기 그 모래가 휘익 움직이더니 마치 사람 손가락으로 쓴 것처럼 글씨가 나오는 거야.

〈믿어 보세요…〉

나는 그 현상이 믿기지 않았어. 무슨 속임수 같더구나. 그런데 그 무당이 눈을 뜨더니 자기 생각이 글로 나타났다고 말하는 거야. 그런 식으로 우리가 김인근이라는 놈의 생각을 불완전하나마 읽을 수 있다는 거야. 준석 씨는 옆에서 죽은 듯이 누워있었어.

나는 또 물었지.

'얼마나 걸릴 것 같죠?'

'얼마 안 걸릴 것입니다. 제가 그 악귀를 불러오는 부적을 여기저기 붙여 놨으니까, 그놈이 준석 씨의 피 냄새를 맡고 곧 나타날 것입니다. 우리 시간으로 한두 시간이면 끝날 것입니다. 하지만 저 세상에서는 영겁과 같은 시간이지요. 준석 씨는 엄청나게 고통스러울 것입니다. 바로 이 방안에서 그 피의 향연이 벌어질 것입니다. 바로 우리 눈앞에서. 우리들은 볼 수 없지만, 그들은 우리를 볼 수 있을 것입니다. 언제나처럼… 우리는 단지 신께 기도하며 기다릴 수밖에 없는 거죠…'

나는 준석 씨의 손을 잡고 마치 곤히 잠든 얼굴을 하고 있는 준석 씨를 바라보며 그동안의 행복했던 시간을 생각했어. 주마등 같이 머릿속을 지나갔어, 눈물은 하염없이 떨어졌어. 그때 나는 모든 신에게 기원했어. 제발 우리 준석 씨를 돌려달라고…

죽음 같은 적막이 어두운 방안을 흐리고 있었어. 촛불만이 조용히 타고 있었어. 그런데 갑자기 바람도 안 불었는데 촛불하나가 꺼졌어. 그러자 긴장된 목소리로 그 무당이 말했어.

'왔습니다!'

나는 온 몸에 소름이 쫙 끼치는 것을 느끼며 사방을 둘러 봤으나 아무것도 없었어. 하지만 그 악귀가 이 방 어디선가 그 파란 눈을 빛내며 나를 내려 본다는 것을 생각하자 한기가 느껴졌어. 그 무당은 아무렇지 않은 듯이 가부좌를 하고 옆에 앉아 있었지만, 이마에 땀이 흐르는 것을 보니 그도 역시 긴장하고 있었나봐.

나지막한 목소리로 나에게 말했어,

'이제 준석 씨에게 고통이 시작될 것입니다. 그 고통은 지금은 빈껍데기 같은 육신에도 전달돼요. 아마 경련을 일으키거나 땀을 많이 흘릴 테니 놀라지 말고 준비하세요.'

얘기가 끝나기 무섭게 준석 씨의 온 몸은 격렬한 경련을 일으키며 흔들렸어, 나는 겁나서 준석 씨의 손을 꼭 잡고 있었어. 밧줄이 끊어질 것처럼 흔들렸어. 모래판의 모래가 미친 듯이 요동했어. 우리는 옆에서 격렬하게 움직이는 준석 씨와 그 모래판을 불안하게 주시하고 있었어. 모래가 어지럽게 움직이더니 글자가 나오더라. 그 악령의 말이라 하니 소름부터 끼치더라.

처음에는 잘 알아볼 수 없는 글이었고 짧은 문장의 연속이어서 이해하기 힘들었지만, 시간이 갈수록 사람의 말처럼 써졌어.

이런 말들이었어.

〈…네, 가… 원하… 는 데로… 해… 주지…〉

〈고… 통… 이… 그렇게… 즐… 겁… 다면…〉

〈너… 는… 패, 배자… 일뿐야… 자신… 은… 인정… 하기… 싫지만…〉

〈…신… 념… 만… 으론… 아무… 것도… 못해…〉

〈나는… 내… 의무… 에 충실했을… 뿐야…〉

〈…너희… 들은… 우… 리들… 에겐… 위… 험한… 존… 재였어…〉

〈그… 러니… 나… 는… 그럴… 수밖… 에… 없었어…〉

〈후… 회… 는… 안한… 다… 난… 잘못… 안… 했어…〉

〈지독… 한… 놈… 이… 래도… 버티냐…〉

〈어… 디… 까지… 버티나… 보자…〉

〈그… 렇게… 괴로우… 면서… 뭘… 위해… 버티냐…〉

〈누… 구도… 너의… 희생을… 몰… 라 줄… 텐데…〉

〈…너… 하… 나로… 이… 사회… 가… 바뀔… 거라… 생각… 하… 니…〉

〈오만… 한… 놈… 힘… 센… 놈이… 이기는… 것이… 당연… 해…〉

〈넌… 결코… 사… 회… 를… 바꿀… 수… 없어…〉

〈사람… 들… 은… 이제… 불합… 리에… 만성이… 됐어…〉

〈자… 기들이… 어떻게… 희생됐… 는지… 쉽게… 망각…

해···⟩

⟨그저··· 제··· 살길에만··· 바둥··· 거리지···⟩

⟨결··· 코··· 이렇게··· 사회는··· 바꿔··· 지··· 않아···⟩

⟨나··· 는··· 이런··· 사회··· 에서··· 영원히··· 너희··· 들 위에···
군림할··· 수··· 있어···⟩

⟨너··· 희··· 들··· 의 고통··· 을··· 즐기··· 면서···⟩

⟨지독··· 한··· 놈···⟩

⟨···뻔한··· 결말··· 에··· 네··· 생명···까지··· 바칠래···⟩

⟨으··· 윽···⟩

⟨···여기··· 까··· 지도··· 버티다니···⟩

⟨···아··· 악···⟩

이때부터는 모래판 위에 도저히 알아볼 수 없는 것들만 써졌
어. 준석 씨는 한참동안을 요동치더니, 다시 잠잠해졌어. 그 무
당은 옆에서 뭔가를 중얼거리면서 그냥 앉아있는 거야. 나는 덜
컥 겁이 났어. 그런데 이번에는 준석 씨 온몸에서 땀이 나는 거
야. 그것도 비 오듯이. 나는 손수건으로 땀을 닦아냈어. 손수건
으로는 어림없었어. 그러더니 또 격렬한 경련이 반복되었어.

이윽고 모래판은 잠잠해졌어. 몇 시간동안인지 기억도 안 나.
준석 씨는 경련과 땀 흘리는 것을 계속 반복했어. 나는 두려움
과 준석 씨 걱정 때문에 아무 생각도 못하고 계속 땀만 닦아내
고 준석 씨 손을 붙잡고만 있었어.

그런데 갑자기 모든 움직임이 멈추더니 준석 씨 몸이 차가워

지는 거야. 나는 너무 놀랐어. 준석 씨가 죽은 줄 알았거든. 그때 준석 씨를 살펴보던 무당이 말하더라.

'이제 고비입니다. 이 고비만 넘기면 그놈은 자기가 진 것을 깨닫고 사라질 것입니다. 제발 준석 씨 힘내요!'

나는 준석 씨가 마치 듣고 있는 것처럼 계속해서 소리쳤어.

그때부터의 시간은 정말 길게 느껴졌어.

시간이 얼마나 지났을까…

눈물은 마르지도 않더라.

싸늘해지기만 하던 준석 씨 손에 드디어 온기가 돌기 시작했어.

그 무당은 창백했던 준석 씨 얼굴에 다시 혈색이 돌자 기쁜 듯이 말했어.

'준석 씨가 이겼나 봐요. 그놈은 이제 없어요. 그놈의 기운이 방안에서 사라졌어요. 역시 준석 씨 대단한 사람이군요. 이제 눈만 뜨면 돼요.'

나는 하늘을 날아갈 것처럼 기뻤어.

모든 신에게 감사드렸지. 하지만 결국은 부질없는 것이었지만….처음에는 모든 것이 순조로웠어. 무당은 준석 씨에게 박혀 있던 수백 개의 침을 다 뽑고, 준석 씨의 혈을 집기 시작했어. 온몸에 동여맨 밧줄도 풀었어. 준석 씨는 금방이라도 눈을 뜰 것 같은 기세였어. 나는 준석 씨가 빨리 정신을 차리고 나를 안아주길 원했어.

그런데 갑자기 잠자듯이 조용히 누워있던 준석 씨가 신음소리를 내면서 몸을 움직이는 거야. 숨이 답답한 것처럼 가슴을 쥐어뜯으면서… 나는 너무 놀랐어. 그 무당도 당황한 듯이 준석 씨의 가슴을 문질렀어.

나에게는 그 모든 사건이 꿈처럼 느껴졌어. 나는 너무 놀라 움직일 수도 없었고, 한마디도 할 수 없었어. 무당의 필사적인 노력에도 불구하고 준석 씨의 몸부림은 점점 줄어들더니 이내 전혀 움직이지 않게 되었어.

나는 준석 씨 손만 꽉 쥐고 가만히 있었어. 갑자기 내 손을 쥐고 있던 준석 씨 손에 힘이 들어가는 것을 느꼈어. 내 손을 꽉 쥐는 거야. 마치 놓고 싶지 않다는 것처럼… 너무 두려워서 준석 씨의 얼굴을 볼 수가 없었어. 그냥 그대로 있고 싶었어. 그런데 괴로운 듯한 그 무당의 목소리가 들려왔어.

'이럴 수가… 이런 일이… 준석 씨가… 미안 합니다…'

그 목소리는 이내 흐느낌으로 바뀌었어.

나는 이윽고 준석 씨의 손을 놓고 그의 얼굴을 바라보았어. 준석 씨는 놀란 듯한 눈으로 뚫어지게 천장을 바라보고 있는 거야. 나는 그의 눈을 가만히 감겨주었어. 이상하지. 준석 씨가 그의 삶을 끝마친 것을 알게 되자 내게는 슬픔의 감정보다 그를 편안하게 해주고 싶은 생각이 먼저 들었어.

나는 그의 머리를 내 품에 꼭 안았어. 그는 그때도 아직 따뜻했어. 옆에서 그 무당은 고개를 숙이고 있었어. 그 후의 모든 것은 슬로우비디오처럼 기억 나. 구급차가 온 것도… 병원 응급실에서의 일들도. 준석 씨의 장례식도…"

주연이 누나는 그 긴 얘기를 마치고 결국 울음을 다시 터뜨렸다. 얘기하는 동안 여러 번이나 참아왔던 울음이지만 결국은 참을 수 없었나 보다. 나는 멍하니 있을 수밖에 없었다. 정말 믿을 수 없는 얘기였다. 준석이 형의 죽음이 그런 식이었다니… 앞으로 얼마나 많은 일을 할 사람인데….

누나가 울음을 그치는 것을 기다렸다.

"미안해… 다시는 이렇게 울지 않기로 결심했는데. 그 무당은 나중에 나에게 이렇게 말하고 사라졌어.

'준석 씨는 절대로 그놈에게 진 것은 아닐 것입니다. 아무래도 육신을 떠났던 준석 씨의 영혼이 돌아올 때 무슨 잘못이 생겨 이렇게 된 것 같아요… 용서해주세요… 전부 제 잘못입니다… 제 실수이고요… 준석 씨는 그놈에게 이겼습니다. 질 리가 없죠. 그 사람이…'

그 후론 그 사람은 볼 수도 없었어. 준석 씨를 땅에 묻을 때 언뜻 본 것 같은데, 너무 경황이 없어서 잘 모르겠어… 여하튼 준석 씨는 그렇게 갔어. 너무나 허무하게… 어떻게 보면 귀신이 끌고 갔는지도 모르지. 나는 준석 씨의 죽음이 믿기지 않았어.

하지만, 하지만 말야… 준석 씨가 그렇게 죽었다면 준석 씨가 자기의 목숨까지 바쳐 이루려 했던 그 작은 진리가 정말 이루어졌나 알고 싶었어. 그것이 안 되었다면 얼마나 허무한 희생이야. 그 무당은 그렇게 말했지만, 그 후에 사라져 어떻게 되었는지는 전혀 모르고. 그래서 확실히 준석 씨의 죽음에 대해 알고 싶어서 심령학 공부한다던 네 친구를 만나고 싶었던 거고…"

　나는 그제서야 왜 주연이 누나가 그렇게 윤석이를 만나고 싶어 했는지 알았다. 하지만 윤석이는 일본에 가 있고 연락도 끊겨 별다른 방법이 없었다. 그러나 안타까워하는 주연이 누나의 눈을 보는 순간 뭔가 해야 하겠다는 생각이 들었다. 문득 윤석이가 옛날에 주었던 명함이 생각났다. 거기에는 무슨 심령학 연구회라고 하며 사무실 전화번호가 적혀 있었던 것이 기억이 났다. 그쪽에 전화를 걸어보면 뭔가 알 수 있을 것 같았다.
　주연이 누나에게 그 얘기를 하고 그쪽과 연락이 되면 같이 찾아가 보자고 약속했다. 주연이 누나는 너무 고마워하면서 다시 한번 부탁했다. 나는 주연이 누나와 헤어져 돌아오면서 이상할 정도로 준석이 형의 죽음 결과에 대해 집착하는 주연이 누나가 이해되기 시작했다. 그렇게 사랑했던 사람의 죽음은 물론 큰 충격이었고, 누나에게는 메울 수 없는 큰 구멍이었을 것이다. 그런데 그 사랑하는 사람이 목숨을 걸고 이루려했던 신념의 산물만은 꼭 확인하고 싶었던 것 같다. 어쩌면 하나의 위안으로 삼으려는 것일지도 모른다. 자기의 상실감을 채우려는…
　준석이 형의 그 굳건했던 모습이 떠올랐다. 불의를 보고 참지 못하던 피 끓던 형의 모습이… 나와의 마지막 술자리에서 얼큰하게 취해 비분강개해서 5·18 불기소 처분에 대해 이야기하던 형의 모습이 문득 떠올랐다.

　그때쯤이면 그 악령에게 고통 받던 때였을 텐데…

　"일한아… 우리 그렇게 한번 생각해보자. 어느 날 너희 집에
강도들이 들었어. 그런데 그 강도는 너의 집 재산만 털어간 게
아니라, 네 눈앞에서 너의 가족을 잔인하게 죽였어… 그 강도들
은 잔인한 범죄에도 불구하고, 그 재산을 가지고 오히려 주위에
존경을 받는 위치에 올랐지. 너는 고생고생 끝에 겨우 그 강도
들을 잡아 경찰에 넘겼어. 그동안 너는 그 강도들에게 많이 맞
기도 하고 온갖 수모는 다 겪었어. 쓸데없는 짓 한다며…

　사실 너는 그 강도들을 네 손으로 직접 처리할 수도 있었어.
하지만 법의 심판을 받게 하는 것이 옳은 것 같아, 너의 폭발하
는 감정과 복수심을 삭였지. 그런데 경찰은 그 강도들을 풀어주
었어. 거기다 다신 강도 죄목으로 잡을 수도 없게 만들었어. 울
면서 항의하는 너에게 그 경찰을 그렇게 말했지. 그 살해와 강
도질은 성공했기 때문에 체포할 수 없다, 라고.

　그 얘기는 너에게 어떻게 들렸겠니? 억울하면 너도 성공적인
강도질을 해보라는 거야. 그러면 법도 너에겐 어떡할 수 없으
니… 결국 너는 어떻게 했겠니? 너는 이렇게 생각했을 거야. 이
사회에서는 성공한 강도질을 묵인하는구나. 나도 한번 해 봐야
겠구나. 그래서 너도 다른 집에 가서 강도질하고… 그런 식으로
그 집 사람들도 강도질하고… 그 사회에선 도덕과 정의라는 것
이 사라졌겠지.

웃기지 않니? 우리가 어렸을 때 제일 먼저 배우는 것이 뭔지
아니? 잘못하면 벌 받는 거야. 그런데 이게 뭐니. 다 큰 사람들
이 하는 짓이 고작 어린애들 놀이보다 비열하고 말도 안 되고…
더 이상 할 말 없다. 가슴이 아프고 슬프다. 도덕이고 정의고…
그런 것은 과연 어디서 찾을 수 있을까…"

준석이 형이 죽은 며칠 뒤, 두 전직 대통령이 구속되었다. 그
들 일당이 저질렀던 추악한 범죄를 법으로 심판 받기 위해서였
다. 바로 전만 하더라도 역사의 심판에 맡기자며 책임을 회피하
려고 했던 현 정권의 정략적 이익을 위해서 취해진 조치였지만,
왜곡된 우리의 현대사가 어느 정도 바로 잡힐 수 있는 기회가
온 것이다. 준석이 형이 그렇게 바라던 그 장면이었다. 하지만
형은 가고, 수많은 사람들의 희생은 잊혀져가고 있었다.

집에 돌아와 서랍을 뒤져 명함을 찾아냈다.
그 명함에 적혀있는 데로 전화를 걸어서 윤석이 얘기를 했더
니 선선히 만남에 응해주었다. 약속한 날 주연이 누나와 그 사
무실을 찾아갔다. 사무실은 강남의 한 오피스텔에 위치하고 있
었다. 음침한 지하실을 연상했던 나에게는 의외였으나, 문 옆에
붙어있는 '대한 심령학회' 라는 간판은 너무 어색해 무슨 사이
비종교 사무실 문 앞에 서 있는 기분이었다.
문을 열어준 사람은 검은 뿔테 안경을 쓴 전형적인 공대생으

로 보이는 젊은이였다. 그는 용건을 물어보더니 우리를 칸막이 너머에 있는 응접실로 안내하곤 이내 사라졌다.

나는 사무실을 둘러보았다. 오피스텔치곤 꽤 넓은 편이어서 책상이 대여섯 개 있었고, 구석엔 비디오와 텔레비전 그리고 컴퓨터 등 사무실 집기들이 보였다. 가장 눈에 띄는 것은 두 벽면을 빽빽이 채운 책들이었다. 세계 각국의 심령학 책들이 다 있는 것처럼 보였다. 나는 책장을 둘러보았다. 온갖 종교 관련서적도 많았다.

난생 처음 들어보는 종교의 교리서들도 눈에 띄었다. 악마 숭배교들의 성경도 눈에 띄었다. 뭔가 눈에 띄는 허름한 책을 꺼내보았는데, 누더기 같은 종이에 전혀 알 수 없는 글씨와 그림이 있었다. 무슨 책인가 궁금해 하는데 뒤에서 소리가 들렸다.

"그건 인도의 리그베다입니다. 삼백 년 된 것이죠. 인도에서도 거의 구할 수 없는 것이에요. 아마 인도를 제외하고는 전 세계에서 가장 오래된 판본일 것입니다."

나는 깜짝 놀라 뒤를 돌아보았다. 주연이 누나는 벌써 일어나 그 사람에게 인사하고 있었다.

"죄송합니다. 그렇게 귀한 책인 줄 모르고, 단지 호기심에 봤습니다."

"아니에요. 보라고 놔둔 책인데요. 안녕하세요. 저 김영건이라고 합니다."

나는 책을 얼른 제자리에 놓고 그 사람에게 인사를 하고 자리에 앉았다. 그 사람은 우리에게 명함을 주었는데, 그 명함에는 심령학회장이라는 직책이 쓰여져 있는 것이었다. 이름과 직책을 보니 전에 언뜻 윤석이가 들려주었던 얘기가 생각났다. 윤석이에 말에 의하면 자기 학회는 회장이 자비를 털어 만든 것인데, 그 회장은 원래 꽤 유명한 변호사였다고 했다. 그런데 불가사의한 일로 두 딸과 부인이 비참하게 죽는 일이 생긴 이후로 심령학에 심취하게 되었고, 결국 그동안 모아두었던 막대한 재산을 털어 이 일을 시작했다고 했다.

그 김영건이라는 사람은 40대 후반으로 보였다. 지적이면서 푸근하게 보이는 인상이었다. 전직 변호사라기보다는 학원 강사 같은 인상이었다. 밝은 표정 어딘가에 사랑하는 가족을 잃은 사람의 그늘이 약간 엿보이기도 했다.

윤석이 얘기부터 시작했다.

"윤석 군 친구라고 하셨죠. 그 친구 정말 대단해요. 심령학을 공부한 지 2년도 되지 않았는데, 벌써 우리학회에서 내로라 할 만한 인재가 되었어요. 사시 준비했던 것 아시죠? 계속 공부했다면 정말 훌륭한 법조인이 되었을 텐데… 이번 일본에서의 일도 대단했어요. 일본 측에서 난리가 났다는데… 여하튼 모든 의혹을 해결하겠다고 다시 일본으로 갔죠."

일본 일은 그 식인(食人) 사건 얘기였다. 나는 어두운 기억을 떨쳐버리고 우리가 온 자초지종을 얘기했다. 내가 얘기를 끝마치자 주연이 누나도 다시 한번 부탁했다. 우리 얘기를 다 들은 김영건이란 사람은 빈틈없는 자세로 한숨을 내쉬며 얘기를 시작했다.

"그런 일이 있었군요. 진심으로 애도합니다. 우리는 그런 일 전부 다 믿습니다. 사실 심령학 공부하는 사람들은 대부분 자기 자신이나 주변에서 그런 이상한 경험을 한 사람들이에요. 우리 학회도 다 그런 사람들이고요.

최성철 씨가 요즘 사라졌다고 들었는데 그런 일이 있었군요. 그 의식을 행했던 그 무당, 저희도 아는 사람입니다. 가끔 우리와 같이 연구도 하고, 일도 도와주곤 해요. 상당한 실력자고 의식 있는 학자인데… 정말 서양과 동양의 주술을 통합하는 연구에는 우리나라 일인자입니다. 그런데 그런 일이 발생하다니… 그 일 때문인지, 얼마 전부터 산에 들어가 고행을 하고 있다는 얘기는 들었습니다.

얼마 전에는 거기서 어느 군부대에 있었던 귀신 소동에 휘말려 고생했다는 소식도 들었습니다. 준석 씨 죽음이 그 사람에게 그렇게 큰 충격이었는지, 그 부대에서 있었던 일에도 끝까지 처리 안 하고 그냥 도망 쳤다더군요. 그 사람 성격에 끝까지 해결했을 텐데… 이제는 더이상 자기 때문에 아까운 사람들이 죽어가는 것을 참을 수 없게 된 것 같아요. 딱한 사람. 자기가 그렇게 피해 다니면, 도움이 필요한 사람은 누가 도와주나…

얘기가 길어졌군요. 여하튼 언짢게 들리실 줄 모르지만 제가 보기에는 그 사람만의 실수는 아닌 것 같은데요…"

주연이 누나는 그 말을 듣고 단호하게 대답했다.

"저는 준석 씨 책임의 잘못이 누구에 있다는 것이 궁금한 것이 아닙니다. 저도 그 무당 분께서 준석 씨를 위하여 최선을 다했고, 그분의 잘못이 아니란 것은 알고 있습니다. 저는 다만 준석 씨가 자기의 목숨을 바친 그 결과를 알고 싶습니다. 부탁이에요. 할 수만 있다면 제발 알려주세요."

회장은 주연이 누나의 단호하면서 애절한 부탁에 잠시 생각하더니, 뭔가 결심한 듯이 말을 했다.

"죽은 사람의 혼을 불러내는 것은 그리 쉬운 일이 아니지만, 준석 씨 경우처럼 혼이 육신을 찾지 못해 죽은 경우는 쉽게 불러낼 수 있습니다. 정 그렇게 원하신다면 해 드리죠. 소중한 분의 소중한 길의 확인을 도와 드리죠."

그러더니 그는 준비에 들어갔다. 우선 아까 문 열어주던 젊은이에게 이것저것 시키더니, 커튼을 치고 방을 어둡게 만들었다. 테이블에는 검은 천이 씌워졌고, 그 위에는 이상한 종이 쪼가리와 향이 피워졌다. 그는 주변을 정리하더니, 주연이 누나에게 차근차근 의식을 설명했다.

"우선 준석 씨를 불러내기 위해서는 준석 씨가 현세에서 가장 잊지 못할 만한 그 무언가가 매개체가 돼야 합니다. 바로 주연 씨가 그 역할을 하는 것이죠. 그러니까 제 손을 꼭 쥐고 준석 씨와의 가장 아름다웠던 추억을 생각 하세요… 물론 괴롭고 슬프겠지만 노력해보세요. 가장 즐거웠던 둘만의 시간을 회상하세요. 그러면 아마 준석 씨가 제게 와서 뭔가를 들려줄 것입니다. 저를 통해 준석 씨를 가장 미련이 남는 것을 이용해 부르는 것이죠. 주연 씨와의 직접 대화는 불가능합니다. 오래 는 안 걸릴 것입니다. 제가 정신 집중을 하고, 주연 씨의 회상 이 강렬해질 때 준석 씨가 찾아올 것입니다. 그때 저는 제 마음속에 심어둔 질문을 하게 되는 것이죠. 이것은 대화라기보 다는 답변을 듣는 형식이에요. 전혀 두려워하지 말아요. 준석 씨의 유령 같은 것은 볼 수 있는 것은 아니니까요. 자, 준비가 됐으면 시작해볼까요."

주연이 누나는 둘만의 행복했던 추억을 회상하라는 그 회장에 요구에 입술을 꽉 깨물고 울음을 참으면서, 눈을 감고 그의 손을 잡았다. 그도 지그시 눈을 감더니 가만히 명상에 들어갔다.

갑자기 방안이 너무 조용해졌다. 나는 이 진풍경과 엄숙함에 압도돼, 꼼짝도 못하고 가만히 있었다. 10분쯤 흘렀을까, 갑자 기 그 회장이 고개를 몇 번 끄떡이더니 가만히 눈을 떴다. 주연 이 누나의 볼에는 눈물이 소리 없이 흐르고 있었다. 회장은 주 연이 누나에게 말을 시작했다.

"주연 씨, 눈을 뜨세요. 힘들었죠. 괴로웠을 것입니다. 준석 씨 왔다 갔습니다. 주연 씨의 아름다운 기억이 그를 불러낸 것이 죠… 그가 느낌을 전달했습니다. 준석 씨는 확실히 승리했습니 다. 자기의 신념대로 그 악귀를 굴복시켰습니다. 자기의 뜻을 이 룬 것이죠. 이제 안심하세요. 아, 그리고 주연 씨께 미안하다는 느낌도 전달받았습니다. 훌륭한 분이시더군요. 준석 씨는…"

주연이 누나는 그 얘기를 듣고 봇물이 터지듯 울음을 터뜨렸다.

몇 분이 지난 후 자기를 추스린 누나는 너무 고맙다며 지갑에서 사례비를 꺼내려 했으나, 그 회장의 완강한 거절에 다시 집어넣어야 했다.

나는 누나를 집까지 바래다주고 싶었지만, 마음에 걸리는 것이 있어서 주연이 누나에게 먼저 가라고 했다. 나는 윤석이 일 때문에 더 얘기하고 가겠다고 둘러대고. 주연이 누나는 나에게도 너무 고맙다며, 못내 아쉬워하면서 사무실을 떠났다. 우리는 내일 준석이 형 묘지를 같이 찾아가기로 약속했다. 주연이 누나가 나간 후, 나는 그 회장에게 마음에 걸리던 것을 질문했다.

"실례되는 말씀 같지만… 정말 준석이 형의 영과 대화하셨습니까? 제 짧은 지식으로는 뭔가 석연치 않은데요. 특정 영혼의 소혼이 그렇게 쉬울 리가 없을 텐데요. 그리고 회장님 본인이 영능력자라는 얘기는 처음 들었는데. 의식 또한 너무 허술하고… 솔직히 말해주세요. 이런 사기 칠 필요까지 있었습니까?"

나의 도발적인 질문에 그 회장은 야릇한 표정으로 나를 바라보더니, 전혀 당황하지 않은 채로 내게 충격적인 대답을 했다.

"제대로 보셨군요. 완전히 쇼였습니다. 영능력자는 모르겠지만 저는 그런 일 할 수 없습니다. 또 말하신 대로 특정인물의 영을 불러낸다는 것은 거의 불가능하죠. 하지만 아시다시피 전혀 악의는 없었습니다. 주연 씨처럼 그렇게 사랑하는 사람의 신념의 승리를 확인하고 싶은 사람에게 어떻게 모른다고 할 수 있겠습니까? 그래서 그렇게 대답했습니다. 거짓말쟁이라고 비난하셔도 저는 할 말이 없군요. 하지만 저는 준석 씨의 의지를 믿으며 성철 씨 말대로 준석 씨가 이겼음을 믿어 의심치 않습니다. 우리 모두 그것을 믿고 있지 않습니까? 중요한 건, 준석 씨가 자기의 목숨을 걸고 그 소중한 원칙을 지켜내려 했다는 것입니다. 그리고 주연 씨도 그 얘기를 들을 자격이 있구요. 나는 도저히 그런 주연 씨에게 모른다고 할 수 없었습니다. 내 말을 충분히 이해해 주리라 믿습니다…"

나는 그 사려 깊은 회장을 다시 살펴보았다. 나는 그를 이해할 수 있게 되었고, 더 많은 고마움을 느꼈다. 일어서는 나에게 그는 한마디 덧붙였다.

"우리 세대의 수치입니다. 준석 씨 같은 훌륭한 젊은이들의 희생으로 이 사회가 그나마 올바른 방향으로 움직이려 한다는 것은… 너무 큰 빚을 그네들에게 진 셈이지요. 그들은 아무도 기억 못하는 곳에서 희생 받고 쓰러져가고 있습니다. 오직 정의와 도덕이라는 강한 신념밖에 없는 그네들이… 어쩌면 준석 씨를 죽음으로 이끌어간 것은 그 고문 기술자의 악령이라기보다는 독재정권의 잔인무도한 폭압이었을지도 모르죠. 지금도 많은 사람들이 군사독재와의 투쟁의 후유증으로 희생당하고 있을 것입니다. 정말 부끄러운 일이죠."

나는 착잡한 심정으로 그 사무실을 나왔다.

버스를 기다리고 있는데, 앞에 네다섯 살짜리 귀여운 여자아이와 젊은 엄마가 앞에 서있었다. 이 귀여운 꼬마 애는 입에는 사탕을 물고 엄마의 치마를 붙잡으며 장난치고 있었다. 그러다가 입에 물고 있던 사탕을 불쑥 길거리에다 버렸다. 그때까지 자애롭던 엄마의 표정이 엄하게 바뀌더니, 그 귀여운 꼬마 애를 혼내기 시작했다.

그런 것, 특히 먹는 것은 아무데나 버리는 것이 아니라면서. 꿀밤까지 한대 얻어맞은 꼬마는 삐친 듯이 입을 내밀더니 자기가 버린 사탕을 다시 줍더니 엄마 말대로 쓰레기통에 버리는 것이었다. 그러더니 이내 다시 천진난만하게 웃으며 장난치기 시작했다. 나는 그 꼬마 애의 해맑은 미소를 보면서 준석이 형의 얼굴이 떠올랐다.

'…일한아, 잘못을 했으면 벌을 받아야 하잖아. 얼마나 당연한 진리니. 만약 잘못을 저질렀는데도 그것을 못 깨닫게 되면 다시 그 잘못을 저지르게 되는 법이야. 이런 단순한 원칙이 하나씩 지켜질 때 사회가 바로 되는 것이 아니겠니? 나는 말야. 내 아들, 딸에게만큼은 올바른 사회에서 살게 하고 싶어. 너무 지나친 꿈은 아니겠지…'

눈부신 금빛 햇살이 눈이 부시게 내리쬐고 있었다…

166

편지

군대는 사람을 단순하게 만든다곤 하지
그리고 단순한 사람은 단순한 사랑을 하게 되지…

— 종호의 편지에서

오늘도 여지없이 현주 씨의 전화가 왔다.
이번 달에만 벌써 다섯 번째였다.

"일한 씨, 제발 도와주세요. 제발. 오늘도 나타났어요! 어떻게
좀 해주세요! 그냥 울기만하고 내 앞에 있었어요… 어떻게 할
수가 없었어요. 무서워 죽겠어요! 제발 도와주세요… 제발!"

나는 이번에도 차가운 목소리로 그건 나랑 관계없는 일이고,

믿을 수도 없는 일이라며 매정하게 전화를 끊었다. 하지만 마음 속에는 아직 찜찜함이 남아있었다.

그것이 사실이라면 얼마나 놀라고 무서웠을까…

솔직히 믿을 수 없는 일이지만, 현주 씨가 양심에 가책을 받아 헛것을 보고 있는 것인지도 몰랐다. 여하튼 좀 괴기한 일이 현주 씨 주변에서 일어나고 있는 것 같았다. 그런데 정말 현주 씨 앞에 나타난 거라면 왜 지금 나타났을까, 라는 의문도 들었다.

그 일이 일어난 것은 벌써 5년 전인데…

나는 담배를 하나 꺼내 물고, 책상서랍을 열고 5년 전 종호로부터 받은 잊을 수 없는 편지를 꺼내보았다.

일한에게

벗이여.

잘 지내고 있니?

지금쯤 너는 도서관에서 대부분의 시간을 보내고 있겠구나. 네가 미국 가는 바람에 몇 번의 휴가 때도 얼굴 못 보고… 논산에서 퇴소할 때 보고 꽤 오래간만이지? 미국은 잘 갔다 왔냐? 많은 것 구경하고 왔겠구나. 나는 이제 벌써 상병이다. 아니 벌써는 아니구나. 나에게는 어쩌면 길기도 한 시간이었으니까.

여하튼 이제 곧 끝날 시간이지. 나 역시 군인들 누구나 다 그렇듯이 집단 속에 말살되어가는 개인이 되어 가고 있다. 남들보다 편한 부대에 편한 보직이라 육체적인 괴로움은 없지만, 정신적인 스트레스는 받고 있다. 흔히들 그러잖아, 군대에서는 몸으로 때우는 것이 장땡이라고. 그래야 말년도 피고, 신경 쓸 일 없다고. 나는 그 반대다. 몸은 편한데 신경 쓸 일은 한두 가지가 아냐. 그건 그렇고, 갑자기 이런 편지 받아서 당황했겠구나. 나로서는 이럴 수밖에 없더구나. 너라면 이해해 주리라 생각했어.

어디서부터 시작할까.

나의 보잘것없는 가족사부터 얘기해 보자. 그래야 나란 인간이 현주에게 저지른 가슴 아픈 실수가 이해가 될 거야. 우리 부모님들은 할머니 할아버지의 반대를 무릅쓰고 결혼하셨어. 특히 외갓집의 반대가 심했대. 이유는, 너도 알고 있었는지 모르겠지만 아버지의 학력 때문이었어. 어머니는 대학생, 아버지는 가난한 집의 장남인 기술자. 결국 결혼은 하셨지만 두 분의 출발은 순탄치 않으셨어. 외갓집과는 거의 의절하고, 두 분은 맨손에서 시작하셨지. 더구나 아버지에겐 홀어머니와 학생이었던 두 분의 삼춘이 계셨으니 더욱 힘든 생활이었대. 그때 계속해서 나와 내 동생이 태어나고. 변변한 집 한 채 없는 우리 집에는 우리들마저 큰 짐이 되었어. 더구나 우리가 학교 갈 나이가 되자 문제는 더 심각해졌어. 아버지의 작은 공장이 울산에 있었기 때문에, 학교가 문제가 된 거야. 교육에 콤플렉스를 가질 수밖에 없었던 두 분은 우리에게 좋은 교육을 제공하기 위해 우리를 왕래가 거의 없던 먼 친척 집에 보냈어.

그때 아버지와 어머니는 그 먼 친척 어른에게 거의 애원하다시피 했어. 그 장면은 어린 나에게도 큰 충격이었어. 그 친척 집은 알다시피 너희 동네 -지금은 우리 동네가 되었지만- 였고.

그렇게 해서 나는 너희들의 세계에 편입한 거야. 초등학교에서 평생의 소중한 친구가 될 너희들을 만나고 나의 인생은 완전히 바뀌었지. 중학교 때부터 아버지의 사업이 번창해 박정한 친척집이 아닌, 진짜 우리 집에서 살기 시작했어. 그때까지, 너희들은 잘 모르겠지만 나는 너희들과 놀기가 매우 불편했어. 너희들은 유복한 환경에서 자라나 돈 쓰는 데 대범하더구나. 나는 거의 남의 집 같은 데 얹혀사는데다가, 그 친척에 대한 부모님의 이유 모를 적대감으로 용돈은 항상 모자랄 수밖에 없었어. 아마 부모님이 그 친척에게 나와 동생 때문에 애원했다는 것에 대한 감정의 앙금이 남아서였겠지.

그런데 너희들은 나의 형편을 아는지 모르는지, 나 대신 이것저것 많이 돈을 내주더구나. 어린 마음에 나는 그런 일에 대해 고마움보다 창피함밖에 못 느꼈어. 그래도 친구는 너희들밖에 없었으니. 그래서 그 이후에 우리 집 형편이 좀 피었을 때, 내가 그렇게 너희들에게 많은 것을 베풀려고 노력한 거야.

어머니도 어린 시절에 고생한 내가 불쌍하다면서 용돈도 듬뿍 주시고 사고 싶은 것 다 사게 하셨지. 그러면서 우리는 커갔지. 나에게는 그때부터 돈이나 학벌 때문에 받는 콤플렉스로 남에게 절대로 상처 안 주리라 결심했다. 그런데 이렇게 될 줄이야.

현주를 만난 것 대학교 1학년 때의 평범한 미팅에서였어. 3대 3 미팅이고 재수할 때 친구가 시켜주었던 것이라 이상하게도 기대가 안 가는 미팅이었어. 그런데, 현주가 앉아있는 거야. 첫인상은 참 예쁘다는 것이었어. 나머지 같이 나간 친구들은 여자 사귀려고 나간 미팅이 아니고 하루 재미있게 보내기 위해서 나간 것이기 때문에, 나는 그 분위기에 휩쓸려 현주와는 제대로 말 한번 못했지. 전화번호도 못 물어봤어. 그냥 헤어졌지만, 나는 현주와 다시 만나고 싶었다. 그런데 같이 나간 친구가 집에 돌아오는 길에 이렇게 말하더구나.

'역시 대학도 안 다니는 애들이라 한 번 놀긴 재미있더라. 그렇지만 솔직히 저런 애들 어떻게 사귀니…'

무심코 뱉었던 그 자식의 말은 나에게 또 하나의 상처가 되었다. 그래서 난 그들에게 현주를 다시 만날 생각이라는 것을 말하지 않았어. 솔직히 그 자식들의 손가락질도 두려웠고.

여하튼 난 현주를 만나기 시작했다. 물론 나도 첫 연애였지만, 현주는 남자를 만난다는 자체가 처음이었는지 매우 어색해 하더구나. 나는 그런 현주를 볼 때마다 점점 빠져 들어가는 것을 느꼈어. 보면 볼수록 더욱더 잘 해주고 싶어졌어. 나는 나의 생활 전부를 현주에게 바치고 있었다. 현주는 부담스러워 하면서도 나를 받아들이기 시작했어. 너나 다른 친구들이 배낭여행을 떠날 때도, 나는 현주와 한 달 남짓의 헤어짐이 두려워 여행을 포기했지.

그해 9월쯤이었을 거야. 내가 처음 너에게 현주와의 관계를 얘기해 주었을 때가. 너는 처음엔 놀라더니, 이내 축하해 주더구나. 얼마나 고마웠던지. 현주의 학벌에도 그리 신경 안 쓰고, 오히려 부러워해주는 너를 보고 이유 모를 자신감까지 느꼈었지. 하지만 이 말 기억나니? 그날 헤어질 때 내가 너에게 한 말.

'다른 애들에게는 얘기하지 마라. 걔들은 내가 현주 안 사귀는 것으로 알고 있어.'

사실 그때까지는 현주와의 관계를 친구들에게 공개할 자신이 없었어. 초등학교 때부터 친구인 너희들에게 먼저 현주를 보여줬어야 했는데. 너희들은 나에 대해서 더 잘 알고, 나를 이해해 줄 놈들이었는데… 나는 그때 큰 실수를 한 것 같다.

너희들에게 자연스럽게 현주를 소개시켜 주었어야 하는데, 너희들보다 먼저 소위 잘나가는 친구들인 중, 고등학교 때 친구들에게 소개시켜주는 우를 범했어. 아마 그런 잠재의식이 있었을 거야. 너희들은 이해해 주겠지만, 잘 나가고 잘 노는 이쪽 친구들에게 먼저 승인을 받아야 할 것 같은.

아무튼 처음에는 현주도 그 친구들과 잘 어울렸어. 사실 나도 그런 친구들과 어울리는 것이 더욱 재미있었고. 그러나 뼈저린 실수는 그녀들을 만날 때마다 현주가 가슴에 큰 상처를 받는 것을 못 알아차린 것이지. 너도 알다시피 그 친구들은 다 부잣집 애들이고, 잘 노는 애들이잖아. 성격도 호방하고 다 좋은데, 그 자식들은 남들이 다 자기들처럼 여유 있는 줄 알고 있는 것이 흠이라면 흠이야. 그래서 그 애들의 거침없는 행동이 현주에게는 상처였나 봐.

현주는 그 애들이랑 만나는 것을 꺼려했지. 눈치 없는 나는 현주에게 옹졸한 자신감을 주겠다는 듯 더욱 그 애들과 만나는 기회를 만들었어. 나중에 현주가 편지에 썼어. 자기는 그때 정말 괴로웠다고. 오빠는 만나고 싶지만, 그 사람들과의 자리는 부담스러웠다고.

한번은 이런 일이 있었어.

압구정동에 새로운 패밀리 레스토랑이 처음 생기는 날, 나는 현주와 내 친구들과 그 여자 친구들과 함께 거기에 식사하러 간 적이 있어. 현주를 제외한 거기 있던 애들은(나를 포함해서) 자기가 원하는 음식을 알아서 시켰어. 그런데 현주만은 우물쭈물 거리더라. 그런 데가 처음이니 당연하겠지. 곁에 있던 우리들도 별로 아무렇지도 않게 생각하고, 결국 내가 현주 것도 주문해 주었어. 어떻게 생각해보면 아무렇지도 않은 일이었지만, 그동안 비슷한 일로 상처 받아왔던 현주에게는 그게 크나큰 모욕이었나 봐.

그래도 식사할 동안 아무 내색도 않고 잘 어울리더구나. 그런데 집에 데려다 주고 차에서 내리려 하는 순간, 현주가 입술을 꽉 깨물더니 나에게 그만 만나자고 하더구나. 그때의 기분이란… 눈에 아무것도 안보이더구나. 간신히 이유를 물었을 때 현주가 대답했어.

'오빠와 저는 사는 세계가 다른 것 같아요…'

처음 그 말을 들었을 때, 나는 제대로 이해 못하고 현주가 다른 남자가 생긴 것으로 단정했어. 거기까지 생각이 미치자 분노가 느껴지더라. 그래서 내가 준 편지, 선물, 반지 다 가져오라고 하고서 차를 돌렸지. 그때 나는 현주의 눈에 맺혀오는 눈물을 봤지만 모른 척했어. 그 눈물의 의미도 생각하지 않고. 돌아오는 차에서 정말 미칠 것만 같더라. 그 괴로움은 술로 밖에 잊을 수 없을 것 같았어. 이틀 동안 아무 것도 안 먹고 술만 마셨다. 술 먹다 오바이트하고 쓰러지고, 또 깨면 술 먹고. 그때 우연히 너로부터 전화가 왔지.

기억나지. 스마일에서 쫓겨나갈 때까지 술 마시며 하던 대화가. 너는 역시 나에게 큰 힘이 되어주더구나. 그때 네가 이렇게 말했지.

'종호야, 현주와 이런 식으로 헤어질 자신이 있으면 헤어져도 될 것 같아. 그 정답은 네가 잘 알겠지. 그래, 아마 헤어져도 넌 다른 사람을 만날 수는 있을 테지. 하지만 이런 식으로 이별한 현주에 대한 그리움은 평생 너를 괴롭힐 걸. 아마 현실이라는 벽이 너희들 관계를 가로막고 있겠지. 그리고 결과에 대한 불확실로 괴로워하고 있을 거야.

하지만 생각해 봐라. 흔히들 인생이라고 하면, 사람들은 대부분 30대까지의 생을 빼고 그 나머지 이후의 삶을 말하지. 지금 현실에서는 그 젊은 인생기간은 그 나머지 삶을 영위하기 위해 필요한 능력을 비축하는 데 쓰이는 땔감과 같이 생각한다. 그래서 우리 젊은이들에게 이런 질문이 자주 던져지지. 너 나중에 뭐 하고 살래? 마치 지금 이 순간의 삶은 안중에도 없다는 듯이. 우리 모두도 은연중에 이런 생각에 빠져 있는 것 같아. 물론 인간의 진정한 수명을 65세로 생각하면, 30세 이후의 비중이 훨씬 많은 부분을 차지하고 있는 것이 사실이야.

또한 태어난 후 10세까지의 생활은 삶이 아니라 생존에 가깝기 때문에 더욱 그렇지. 하지만 인생에서 가장 큰 정력과 삶의 의욕을 느끼며 살아갈 수 있은 것은 20대의 짧은 시간일 수 있어.

너는 그 중요한 시기의 일부분을 현주와 함께 보냈어. 어쩌면 현주를 위해 썼다고도 할 수 있지. 현주도 마찬가지이고. 인간의 삶은 목표가 중요한 것이 아니라 그 과정이 훨씬 중요하고 가치 있는 것이다. 물론 현실이라는 안경을 쓰고 보면 답답한 공상일 수도 있지.

하지만, 아무리 일등만을 기억한다고 하는 냉혹한 세상이지만, 결과야 어떻든 인생은 그 결과를 위해 노력했던 과정이라는 거야. 어떻게 보면 그 과정은 더 중요한 삶일 것 같아. 너는 결과에만 집착해 현주와의 만남과 사귐이라는 소중한 과정을 잃어버리는 것 같고, 이대로 떠나버리기엔 둘이 같이 보낸 시간이 너무 헛돼 보이는구나. 무슨 수를 쓰든 잘 해봐라. 어쩌면 내가 너희들의 사귐에 너무 많은 의미를 부여하는지도 모르겠다. 평범한 사귐일 수도 있는데…'

스스로 생각해도 현주와의 이런 허무한 이별을 도저히 못할 것 같더라. 그래서 현주네 집 앞에서 하루 종일 기다렸지. 겨울인데도 차에 들어가지도 않고 일부러 추위에 떨었어. 너희들은 나중에 미쳤다고 놀렸지만 나는 그렇게 해서라도 현주의 얼굴을 보고 싶더라. 현주는 환한 눈물로 나를 반기었고, 나는 그때 이후로 현주를 절대로 잃지 않으리라 결심했지.

그러나 행복한 시간은 오래가지 않더구나. 나는 현역으로 군대를 가야했고, 현주는 벌써 취직을 하게 되었지. 우리 둘의 신분의 변화는 학생 때의 만남과는 커다란 차이점을 느끼게 하더라. 사회생활을 하게 된 현주는 학생 때와는 또 다른 부담을 내게서 느끼기 시작하더구나. 나는 그러면 그럴수록 이러한 부담과 주변의 시선을 싸워 이기려는 의지로 남보란 듯이 현주에게 최선을 다했어.

갑자기 현주에게 준 그 반지가 기억난다. 우연히도 사귄지 오백일째 되던 날이 크리스마스였잖아. 그래서 이제까지와는 좀 다른 의미 있는 선물을 하기 위해 너를 불러내 선물을 같이 고르던 기억이 나.

너는 크리스마스 때 남의 여자친구 선물 골라줘야 하냐고 투덜거렸지. 그 반지를 선물했을 때 감동하던 현주의 모습이 눈에 선한데…

현주는 자아가 매우 강한 애였어. 그만큼 자기의 모자란 것에 대한 자존심도 강했고. 처음엔 나와의 만남을 그리 부담스럽게 생각하지 않고 나의 애정표시도 아주 기쁘게 받아 들였어. 그런데 시간이 흐르면서 우리의 사이가 점점 깊어지자 그 애 마음속에는 많은 부담과 갈등이 느껴졌던 것 같아.

'이러다가 큰 상처 입는 것은 아닌가' 라는 생각을 가진 것 같앞어. 물론 나는 그런 불신을 없애려 최선을 다했지만, 현주는 더 괴로워하더구나. 사회생활을 하게 되면서 그것이 더욱더 심해졌어. 그런 갈등이 심화되니 나 역시 더욱 괴로워지더라.

입영날짜는 다가오고 거의 미쳐가는 것 같았다. 그때 한번 스스로를 되돌아보았다. 내가 진정으로 현주를 사랑하는 것일까, 현주와의 관계 자체를 하나의 고난으로 설정하고 그것을 극복하려도 하는 아집이 아닐까 하고도. 하지만 그것은 아니었어. 현주를 하루 안 보고는 살 수 있었어. 하지만 현주의 마음이 내 곁을 떠난다는 것은 상상을 못하겠더라. 현주는 힘든 결심을 한 것 같았어. 입영 전날 나에게 솔직히 말하더라.

'오빠, 기다릴게요. 노력할거야. 하지만, 하지만 말야. 오빠 만약에 내가 오빠 곁을 떠난다 하더라도, 그것은 오빠가 싫어서가 아냐. 어쩔 수 없어서야. 나는 이제 오빠 외에는 어떤 사람도 마음에 못 담을 것 같아.'

그 말에 우리 처음으로 서로의 눈물을 맛보았다. 유치하지. 훈련소 퇴소식 때 너희들과 같이 논산에 온 현주의 밝은 모습을 보고 난 얼마나 기뻤는지 모른다. 아무리 힘들어도 세상이 전부 내 것 같더라. 역시 군대가 사람을 단순하게 만드나 봐. 그리고 단순한 사람은 단순한 사랑을 하게 되고. 나는 훈련의 모든 시간을 현주 생각하면서 보냈어. 그리고 하반기 훈련 석 달 동안 현주에게서 온 편지 50통은 우리 중대 기록이었지.

군대 들어오기 전보다 더 행복하더구나. 그러나 단순한 사고는 현주의 복잡한 사회생활을 감안 못 하게 되더라. 내가 생각하는 것만큼 현주도 나를 생각해 주겠지라는 기대에, 바쁜 현주는 힘들기 시작했을 거야. 자대 배치 받고도 시간나면 전화에 매일 편지를 써 댔으니. 지금 생각하면 불길한 종말을 애써 회피하려는 최후의 발악 또는 아집의 산물로 생각되어지는구나. 여하튼 그러한 나의 광기에 현주는 두려움마저 느끼는 듯하더구나.

　한 달에 한 번씩 있던 외박에서도 처음 두세 번은 현주와 보낼 수 있었다. 하지만 어느 날부터인가 회사일 핑계에, 몸 아프다는 핑계에… 만날 수가 없더라. 현주를 못 만나고 들어오다가 부대 정문에서 흐르는 눈물을 참은 적이 한두 번이 아니다. 정말 군대에서 한 사람만을 생각한다는 것은 할 일이 못 되더라. 불길한 예감에 사로잡히고 있던 어느 날, 현주가 면회를 왔더구나. 외박이 일주일도 안 남았을 때라 나는 순간적으로 올 것이 왔구나 하고 느꼈어. 그 잔인한 파국의 예감을…

　울리는 가슴을 억누르고 면회소로 갔을 때, 현주는 가만히 앉아 저쪽을 보고 있더구나. 갑자기 현주를 품에 안고 싶은 충동이 들었어. 내 인기척을 느꼈는지 가만히 나를 뒤돌아보더라. 약간 야위었지만 여전히 현주는 아름다웠어. 현주는 차분히 나의 생활과 건강에 대해서 묻더니 미리 여러 번 준비했던 것처럼 차분하지만 단호하게 얘기를 꺼내더라.

　'지금 오빠에게 이런 말을 한다는 것이 오빠에게 얼마나 큰 충격과 아픔을 줄 것이라는 것은 알아요. 하지만 이런 식으로 계속해서 오빠를 괴롭게 하는 것은 더욱 나쁜 짓인 것 같아요. 사실 저는 오빠와 처음 만났을 때부터 우리 둘은 어울리지 않는 다고 생각했어요. 하지만 오빠는 저에게 너무 좋은 사람이었어요. 그때는 오빠와 만나지 못한다는 것을 생각도 못했어요. 하지만… 제가 아무리 생각해도 우리는 여기서 정리하는 것이 서로에게 아름다운 추억이 될 수가 있을 것 같아요…'

여기까지 연극배우가 대사를 읊듯이 말하던 현주는 내게 기대 울기 시작하더라. 나는 아무 생각도 안 나고 아무 말도 할 수가 없었어. 주변에 면회 온 가족들의 이상한 시선도 아랑곳하지 않고, 우리는 아무 말도 하지 않고 흐느끼기만 했어. 면회시간이 다 될 때까지 나는 아무 말도 현주에게 할 수가 없었어. 마음속에서는 수많은 말들이 소용돌이치고 있었지만 아무것도 얘기할 수 없더구나. 현주는 그런 나를 이해한다는 듯이 바라보며, 내 손을 꼭 잡더니 그러더구나.

'오빠, 저 용서해달라고는 하지 않겠어요. 대신 오빠는 아무 일 없이 잘 생활해야 돼요. 이 말 제대로 들릴지 모르겠지만… 오빨 잊지 못할 거예요…'

현주가 사라지는 것을 보고 나는 말없이 내무반에 들어왔어. 그 뒤의 군대생활은 기억이 잘 안 난다. 그래서 군대가 좋은 것인지도 모르지. 아무 생각 없이도 잘 생활할 수 있으니까.

그 주에 외박 나오자마자 나는 자동적으로 현주 집으로 찾아갔다. 현주를 기다렸어. 결국 집 앞에서 만났어. 현주는 또 울더구나. 그러곤 아무 말 없이 '안녕히 가세요 오빠'라고 말하고는 들어가더구나. 그러더니 안 나오더라.

　그때 나는 알았어. 이제 현주를 잡을 수 없구다는 것을. 삶이란 이런 걸까? 일한아. 끊임없이 희망을 품고 또 좌절하고. 이젠 정말로 다신 만나지 못한다니 가슴이… 우연히 길거리에서는 만날 수 있을까? 그녀가 다른 남자를 사귀어도 미울 것 같지가 않다. 이상하지? 나는 딴 사람에게 죽을 때까지 내 마음을 주지 못할 것 같아… 이제 나에게는 그녀가 함께 만들어준 아름다운 추억이라는 휴식처가 있다. 비록 지금은 주인도 떠나고 아무도 없지만 나는 자주 거기로 떠날 생각이야. 우리가 술 마실 때, 젊은 객기로 외우던 이 싯구절이 생각난다.

　'…어제 밤의 숙취로 고통 받을 때,
　그대는 어제 술자리의 그 환희를 생각하랴
　아니면 오늘의 이 고통에 집착하랴…'

　나도 뭔지 모르겠다.
　이런 아픔은 시간이 최고의 약이라고 하잖아. 하지만 내가 1년, 아니 5년이 지나면 현주를 잊어버릴 수가 있을까. 아마 잊지 못할 것 같아. 5년이 지나도, 현주를 잊지 못하고 계속 현주를 따라다닐 것 같아. 그러면 현주는 괴로울 거야. 그러지 말아야 하는데… 그런데 현주 앞에서 영원히 사라질 수 없을 것 같

아. 애써도 안 될 것 같아… 그래서 이 방법을 택할 수밖에 없는 것 같다. 원래 글이라는 것이 감정을 증폭시킨다고 하잖아. 나 역시 예외는 아니었나 보다. 나도 모르는 소리 잔뜩 써놓고 횡설수설 하다니… 그래도 친구라는 것은 좋은 거라고 생각한다. 다 지나가도 남는 건 친구밖에 없다더니. 너희들을 이제 못 볼 생각을 하니 눈물이 나려 한다.

다시 한번 부모님 모습이 떠오르니 가슴이 저려오는구나. 내가 없더라도 우리 부모님도 자주 찾아봐 줘… 내 선택이 옳지 않더라도 아무 희망이 없는 지금으로서는 이렇게 되는 것이 나은 일인 것 같아. 나약하다 비난해도 할 말이 없다. 나에겐 이제 강인함이든 나약함이든 아무런 의미가 없으니까… 이 편지를 부치고 나는 초소 근무를 올라갈 거야. 실탄이 든 K-2를 들고… 아무도 나를 막지는 못할 거야. 이렇게 하면 나의 고통도 끝나고, 내가 현주 앞에 나타나 현주를 괴롭게 하는 일도 없어질 것 같아. 너는 어떻게 생각할지 몰라도 나로서는 최선의 선택이야. 긴 헛소리 들어줘서 고맙다.

임마, 너도 과거에 집착하지 말고 빨리 네 인연을 만나라.

그럼 잘 있어라. 언젠가 볼 수 있겠지…

너의 보잘 것 없는 친구

종호가…

p.s. 시간이 있으면, 현주의 행복을 지켜봐줘… 그리고 내가

잠든 곳에 와서 현주의 행복한 것 좀 얘기해줘라.

　내가 종호로부터 이 편지를 받은 것은 그 자식이 자기 입에다 총구를 대고 방아쇠를 당긴 지 일주일 후였다. 종호의 장례식이 끝나고 그 못난 놈의 재를 한강에 뿌린 뒤였다.

　그 자식이 그렇게 사랑한 현주 씨는 그 일이 있은 지 두 달도 안 돼서, 회사에서 좋은 사람을 만나 행복한 살림을 차렸다는 소식을 들었다. 종호가 군대 가자마자 만나기 시작했다고 했다. 그렇게들 시간이 지나면 다들 잘 사는데…

　바보 같은 놈…

　그렇게 가더니, 아쉬운지 현주 씨 앞에 나타나기 시작한 것이다. 한 달 전에 현주 씨에게서 첫 전화가 왔다. 나는 처음에 누군지 몰라 어리둥절해 했는데, 숨넘어가는 소리로 종호 얘기를 꺼내더니 도저히 믿을 수 없는 얘기를 했다. 그렇게 자살했던 종호가 며칠 전부터 현주 씨 앞에 나타난다는 것이었다. 처음엔 꿈인 줄 알았지만, 혼자 있을 때면 낮에도 눈앞에 나타나 아무 말도 없이 슬픈 눈으로 바라만 본다는 것이었다. 그러다가 누구라도 옆에 나타나면 사라진다는 것이었다. 병원을 아무리 가 봐도 의학적으로는 아무런 이상이 없다는 것이다.

　현주 씨는 나와 종호가 절친한 친구 사이니 뭔가를 알 것이고, 자기를 도울 수 있을 것 같아 수소문해서 연락했다는 것이다. 무서워서 죽겠다는 거였다. 이렇게 계속되면, 자기는 미치거나 아니면 죽어버릴 것 같다고 했다. 그런 처절한 애원에도 불구하고 나는 종호의 비참한 최후가 생각나 매정하게 현주 씨를 대했다. 그런데도 너무 무서우니 자기를 살려달라고 울면서 호소했다.

갈등을 했지만 현주 씨를 만나보기로 했다. 종호가 그렇게 된 것에 대해 잘못도 분명히 있지만, 현주 씨도 나름대로 선택할 권리가 있다는 것을 생각해보았다. 하지만 무엇을, 어떻게 도와야 할지 막막했다. 여하튼 현주 씨를 만나 종호의 편지를 보여주기로 했다.

5년 만에 만난 현주 씨는 어엿한 가정주부였다.

이 일만 없으면 더할 나위 없게 행복하게 지낸다고 했다. 얼마나 시달렸는지 그냥 보기에도 얼굴이 초췌하고 창백해 보였다. 어색한 분위기 속에서 나는 종호의 마지막 편지를 건네주었다. 편지를 읽으면서, 주위에 시선에도 아랑곳하지 않고 현주 씨는 계속 울었다.

"이제야 소용없겠지만… 흑흑… 종호 씨가… 못난… 저를 이렇게… 생각해줄지 몰랐어요… 흑흑. 단지 나는… 종호 씨가… 내가… 딴 사람… 만나는 것… 알면… 흑흑. 마음 상해서… 괴롭힐까봐… 숨긴 것인데… 흑흑. 종호 씨, 나를 용서해줘요… 제발…"

한참을 괴로워하다가 정신을 추스른 현주 씨는 내게 종호의 재가 뿌려진 곳으로 데려다달라고 했다. 우리는 종호가 뿌려진 북한강가로 갔다. 거기서 현주 씨는 강을 바라보고 한참을 서 있었다. 내가 보기에는 그저 눈물만 흘리면서 흐르는 강을 보고 있는 것 같았다. 하지만 뭔가 진실 된 분위기가 풍겼다. 한참을 그렇게 서 있던 현주 씨는 집으로 가자고 했다. 이제 세 살인 첫 애가 엄마를 찾을 때가 됐다며.

기분이 어떠냐는 내 물음에 현주 씨가 답했다.

"그냥… 내 솔직한 마음을 얘기 했어요. 용서도 구하고요. 괜히 마음이 편해지네요."

그로부터 한 달 뒤에 현주 씨로부터 다시 전화가 왔다.

북한강에 갔다 온 뒤로 종호가 보이지 않는다는 거였다. 마음도 편하고 다시 행복한 생활로 돌아왔다고 했다. 실제로 그러고 있는지는 잘 모르지만, 앞으로 시간 있을 때면 자기 애도 데리고 종호가 뿌려진 곳을 가겠다고 했다.

종호에게 자기가 살고 있는 모습을 보여주며 이해를 구하겠다는 얘기였다. 사실 나로서는 모두 믿기지 않는 얘기였다. 단지 결혼생활에 지치고 싫증이 나 옛날 생각하다가 양심에 가책을 받아 잠시 헛것을 본 것이고, 북한강에 갔다 온 후 자책감도 사라지고 마음이 편해져 정상으로 돌아온 것만 같았다. 하지만 솔직히 말하면 그때 그 강가에서 나도 강바람과 함께 종호의 목소리를 들은 것 같았다. 헛것이었을지도 모르지만…

"…일한아, 지금까지 내가 뭐 한 거냐? 못 잊는다고 나타나면 안 되는 거였는데… 현주 안에 남아있는 아름다운 추억으로 족해야겠지… 그렇지?"

산타를 믿으십니까?

산타…
산타가 없다는 사실을 알게 될 때
어른이 되기 위해 한 걸음 다가선다.
대신, 순수하고 아름다운 어린 시절과는 두 걸음 멀어진다.
하지만 어른들도 삶에 지칠 때면
산타가 실제로 나타나 주기를 바란다.

그날의 술자리는 조금도 즐겁지 않았다.

친구들과의 망년회여서 술자리에 끼기는 했지만 처음부터 기분이 그리 좋지 않았다. 실컷 마신 뒤 잔뜩 취하기 위한 술자리라 처음부터 폭탄주로 시작하였다. 한 사람이 마시면 곧바로 옆사람이 따라 마시는 소위 '파도타기'란 걸 하며 마신 터라 두시간 남짓 지나자 모두들 몸을 가누기 힘들 정도로 술에 취해 버렸다.

멀쩡한 사람은 나뿐인 것 같았다. 그 전날 잠을 제대로 못 자,

몇 잔 마시면 금세 나가떨어질 거라고 예상했는데 전혀 그렇지 않았다. 술을 마시면 마실수록 정신이 또렷해졌다. 취하고 싶은데 취하지 못하니 그것도 고역이었다. 친구들은 모두들 흥겨워했다. 한 해를 보내는 게 신나는 모양이었다. 하지만 난 그럴 수 없었다. 한 가지 걱정이 고장난 전축처럼 머릿속을 계속해서 맴돌았다.

술을 마시면 마실수록 고통스러웠지만 분위기를 깰 수 없어 노래방까지 따라갔다. 친구들은 춤도 추고 크리스마스를 코앞에 둔 때문인지 단체로 어깨동무하고 캐럴도 불렀다.

크리스마스?

제기랄!

속으로 대상을 알 수 없는 누군가에게 욕설을 퍼부어 대다가 노래방을 나왔다. 친구들은 손가락 세 개를 활짝 펴서 허공으로 휘저으며 삼차를 제의했다. 난 피곤하다는 이유를 들어 그들의 제의를 단호히 뿌리쳤다. 친구들과 헤어져 집으로 가다 보니 피로가 삽시간에 엄습해 왔다. 술을 그렇게 마셔댔어도 한시도 내 뇌리를 떠나지 않던 그 일을 떠올리자 발걸음이 무거워졌고, 극심한 피로와 함께 술기운이 올라오기 시작했다. 아무리 흔들어도 끄덕할 것 같지 않던 세상이 휘청거렸다.

멀리 아파트가 보였다. 비틀거리며 걸어가고 있는데 갑자기 '우웅!' 하는 소리와 함께 하이 빔을 켠 자동차가 맞은편에서 빠른 속도로 나에게 달려왔다. 밤늦은 시간인데다 아파트 단지 안의 길이라 과속을 해서는 안 될 것 같은데 자동차는 무시무시한 속도로 나를 덮쳐왔다. 눈이 부시고 어지러워서 나는 자리에 털썩 주저앉았다. 점점 가까이 다가오는 헤드라이트 불빛을 멍하니 보고 있었다. 피하기에는 몸도 정신도 너무 지쳐 있는 상태였다.

이렇게 죽는 건가? 죽는 것도 나쁘진 않지. 불빛이 덮쳐 오기를 기다리고 있는데, 바로 내 앞에서 '끼익' 하고 타이어가 타는 듯한 소리를 내며 차가 멈췄다. 그것도 마치 영화에서 나오는 것처럼 스핀 턴을 하면서.

나는 비로소 그 차를 볼 수 있었다. 한눈에 보기에도 날렵한 게 외제 스포츠카 같았다. 차문이 열리는 소리가 들려 왔다.

한마디 듣게 생겼군.

나는 욕먹을 각오를 하고 몸을 일으켰다. 바로 몸을 세우기가 힘들었다. 차에서 내린 사내의 복장은 취중에 봐도 너무 이상해 보였다. 흐릿한 가로등 때문에 정확한 건지는 모르겠지만 내가 제대로 봤다면, 그는 빨간색 양복에 빨간색 중절모, 검은 부츠를 신고 있었다. 술에 취해 헛것을 보는 게 아닌가 싶어 고개를 흔들고 다시 보았으나, 사내의 복장은 처음에 본 것과 변함이 없었다.

"자네가 일한이지?"

나는 얼떨결에 고개를 끄덕이며 사내를 유심히 보았다. 나이는 한 서른쯤 되어 보였다.

"한참 찾았네. 잠깐 기다려 주게. 내 급히 전화할 데가 좀 있어서 그러니…"

사내는 품안에서 휴대폰을 꺼내더니 돌아서서 어딘가에 전화를 했다. 말소리는 간간이 들렸으나 무슨 내용으로 어디다 하는지는 짐작조차 할 수 없었다. 몹시 혼란스러웠다. 난생 처음 보는 사람이 차를 무섭게 몰고 와서는 알은 체를 하다니… 그것도 나를 잘 아는 사람처럼 반말로… 이 황당한 상황을 제대로 이해하려면 우선 술이 어느 정도 깨야 할 것 같았다. 나는 관자놀이를 양손 엄지손가락으로 꽉 눌렀다. 그리고 머리를 흔들고 나서 물어 보았다.

"저… 누구… 시죠?"

비록 혀 꼬부라진 소리긴 하지만 진지하게 던진 질문인데 그는 검지손가락을 입술에 갖다 대며 조용히 하라고 주의를 줬다. 그리곤 다시 통화에 열중했다. 나는 그의 통화가 끝나기를 기다릴 수밖에 없었다. 마침내 통화를 끝낸 그는 나를 향해 몸을 돌리더니 황당한 말을 늘어놓기 시작했다.

"윽! 술 냄새… 많이도 마셨군. 하여튼 이렇게 만나서 반갑네. 내가 반말해서 기분 나쁜가? 표정이 왜 이렇게 떫은 감 씹은 표정인가. 기분 나빠도 참게. 내가 자네보다 300년은 더 살았으니까. 자, 내가 오늘 자네를 찾아온 것은 한 가지 묻고 싶은 게 있어서라네. 자네가 이번 크리스마스 때 받고 싶은 게 뭔가?"

그가 무슨 말을 하는 건지 제대로 이해가 가지 않았다. 3년을 더 살았다고 한 건지 300년을 더 살았다고 한 건지도 제대로 분간이 가지 않았다.

"뭘 그렇게 망설이나? 크리스마스 선물을 준다는데…"

순간, 크리스마스 철을 맞아 등장한 새로운 서비스 업종에 종사하고 있는 사람이 아닐까 하는 생각이 스쳤다. 가족 중의 누군가가 나에게 선물을 하고 싶다고 신청을 하면, 나에게 접근해 내가 갖고 싶은 선물을 알아본 뒤에 신청한 사람에게 대금을 청구하는…

나는 사내에게 흥미를 느끼고 타고 온 차를 돌아보았다. 차도 역시 빨간 색이었는데 가로등 아래 반짝반짝 빛나고 있었다. 차가 눈에 익어 자세히 보니 놀랍게도 전설적인 차, 빨간 색 페라리였다. 페라리 테스타로사. 12기통에 배기량 4922cc 최고속도 219km/h… 가까이서 보니 정말로 멋졌다. 우리나라에 들어왔다는 얘기는 못 들었는데 믿기지 않게도 내 앞에 있었다. 넋을 잃고 차를 보고 있는 나에게 그가 다시 말을 걸었다.

"이봐, 그 차는 선물로 줄 수 없어. 그건 내 공무집행용 차야. 다른 선물을 생각해 봐."

순간, 혼란이 왔다. 이렇게 좋은 차를 타고 다니면서 크리스마스를 맞이하여 신종 서비스업을 할 수도 있을까 싶었다. 페라리는 보통 차와는 달라서 엄청난 부자가 아니라면 절대 탈 수 없는 차 아닌가?

"도대체 댁은 누구시죠? 나에게 갖고 싶은 선물이 뭐냐고 물으시는데 그건 도대체 누가 주라고 한 겁니까?"

"난 산타클로스야. 여러 이름이 있지만 나의 본명은 레오나도 크리스 클링글 주니어. 만 이천 마흔 네 번째 산타라고 할 수 있지. 아시아 지역 중 한국이 내 담당 구역이야. 솔직히 말하면 아직 정식 산타라고 할 순 없지. 수습 산타의 마지막 단계에 있어. 내가 수습으로서 치르는 마지막 시험이 바로 자네지.

이보게. 그런 눈으로 볼 것 없네. 난 정신병자도 아니고 자네가 생각하는 것처럼 백화점에서 선물 따위나 배달하는 그런 심부름꾼도 아니네. 그렇다고 자네처럼 술에 취한 것도 아니고. 믿을 수 없겠지만 이건 사실일세. 선물을 주는 것은 산타의 권한일세. 자, 어떤 선물을 갖고 싶은가?"

누군지 모르지만 나를 놀리고 있는 게 분명했다. 나는 그의 눈빛을 보았다. 아무리 봐도 눈빛이 따뜻하고 선한 게, 내게 악의를 가지고 접근한 건 아닌 것 같았다.

"이봐요. 정말 산타라면 크리스마스이브 날 굴뚝을 통해 선물을 나눠줘야죠? 그게 정상 아니에요? 그런데 크리스마스가 되려면 아직도 나흘이나 남았는데 애도 아닌 다 큰 어른에게 갖고 싶은 선물이 뭐냐고 묻다니, 연극치곤 너무 허술하다는 생각이 들지 않으세요?"

"역시 선배님들 말씀이 맞군. 확실히 나이를 많이 먹은 사람일수록 상대하기가 힘들군. 내 시간이 없어 산타에 대해 간단히 이야기해 주겠네. 인간 시간으로 25년 전 제296차 산타평의회가 열렸네. 전 세계의 산타들이 한자리에 모였지. 주요 안건으로 오른 것이 산타에 대한 인간들의 불신감이었어.

그 무렵 산타를 믿는 인간들이 급격히 줄어들고 있었거든. 이러한 현상은 어른은 물론이고 애들에게까지 퍼져 가고 있었지. 심지어는 산타가 없다고 생각하는 약은 아이는 똑똑한 아이로 간주되고, 산타가 있다고 믿는 순수하고 착한 어린이들은 바보 취급을 당하며 놀림을 받곤 했지. 이러한 현상이 인간 세계에서 급속도로 퍼져간 데는 산업화에 따른 개인주의, 상실되어 가는 가족의 의미, 메말라 가는 인간성 등을 비롯해서 여러 가지가 있을 수 있겠지만, 산타평의회에서 주요 안건으로 상정된 것은 산타가 크리스마스 때 주는 선물이었네.

흔히 인간들은 산타클로스가 성탄절 전날 밤 착한아이들에게 장난감을 선물한다고 생각하지. 하지만 그것은 초대 산타가 자기가 살고 있던 마을에서 그렇게 한 것일 뿐 산타 본연의 임무는 아니었네. 그런데 그것이 오늘날 상업주의에 편승해서 크리스마스 때가 되면 부모들이 산타를 가장해서 아이들이 내건 양말에 물질을 넣는 것으로 와전되고 말았지. 하지만 산타 본연의 선물은 장난감이나 그런 물질이 아닌, 아름답고 따뜻한 마음씨와 사랑을 나눠 주는 것이었네. 물질적인 선물과는 비교할 수 없는 아주 소중한 것들이지.

아기 예수가 태어났던 바로 그날이 되면 주위를 한 번씩 돌아보고 감사의 마음을 갖는 것, 이것이 바로 산타가 어린 아이들에게 주는 최고의 선물이었어. 그런데 장삿속에 밝은 몇몇 인간들이 산타의 선물을 물질적인 것으로 바꾸고 만 거라네. 하지만 우리들은 이런 악조건 속에서도 계속 아이들에게 꿈과 희망, 그리고 사랑을 선물해 왔네. 그들이 산타를 믿든 안 믿든 간에… 하지만 상황은 갈수록 악화되어갔지. 각박한 세상 탓인지 산타클로스는 연말에 백화점 판촉 요원이라든가 손님의 시선을 잡아끄는 피에로처럼 전락해 버렸지.

그래서 산타평의회에서는 산타도 변신이 필요하다는 결론이 도출됐어. 그 산물이 뉴 산타 프로젝트(New Santa Project)야. 그 프로젝트를 통해 교육된 제1기 산타가 바로 나고… 우린 산타 본래의 취지를 되찾기 위해 인간들에게 보다 현실적으로 접근하기로 결론을 내렸지. 그래서 산타의 복장과 썰매도 자네가 지금 보는 것처럼 현대식으로 바꾸었네. 또한 산타의 연령층도 700살에서 300살로 낮췄지.

물론 이 외에도 여러 가지가 바뀌었지만 가장 많이 바뀐 건 선물을 나누어 주는 대상과 선물의 내용일세. 예전에는 산타의 선물을 받는 대상을 주로 아이들로 한정했지만, 이제는 나이가 들었어도 마음 한구석에 산타에 대한 동경이나 희망을 버리지 않았다면, 어른이라도 선물을 줄 대상에 포함시키기로 했네. 그래야 그런 사람들의 아들딸들도 부모들의 영향을 받아 산타를 믿고 사랑하게 될 테니까. 먼 미래를 내다 본 장기적인 계획이지.

또한 선물도 예전에는 받는 사람의 취향에 따라 산타가 골랐는데 이제부터는 선물 받는 자의 의사를 존중해 그가 원하는 선물을 주기로 했네. 사랑이나 희망 같은 것도 되고, 물질적인 선물을 원한다면 그런 것도 가능하지. 내 설명이 충분했는지 모르겠네. 자, 나도 바쁜 사람이니 이제 자네가 갖고 싶은 선물이 무엇인지 말해 보게. 뭘 갖고 싶은가?"

그는 진지한 표정으로 말을 했지만 도대체 무슨 소리를 하는 건지 알 수 없었다. 시간이 지날수록 술이 깨는 게 아니라 더 취하는 것만 같았다.

"좋아요! 무슨 이야기인지는 도무지 모르겠지만 그렇다 칩시다. 그런데 말이죠, 많고 많은 사람 중에서 하필 제가 선물 받는 사람으로 선정된 거죠? 저는 솔직히 열 살 이후로 산타를 믿어 본 적도 없고, 특별히 착한 일을 한 적도 없어요. 그런데 왜죠?"

나는 빈정거리는 투로 말했지만, 그는 나의 빈정거림을 못 알아차렸는지 묵묵히 고개를 끄덕였다.

"그래? 잠깐만 기다려 봐라."

그는 빨간 페라리로 돌아가 가방에서 PDA를 꺼냈다. 그리곤 빠른 손놀림으로 뭔가를 검색하기 시작했다. 산타와 PDA라? 나는 참으로 황당무계한 장면을 보고 있구만.

"여기 기록이 있군."

볼을 손으로 꼬집고 있는데, 그의 음성이 들려 왔다.

"자네는 겉으로는 부정하고 있지만, 마음 속 깊은 곳에 산타에 대한 그리움이 남아 있어. 매년 성탄절만 되면 자네는 마음

속 깊이 산타를 생각하며 뭔가를 선물해 달라고 했지. 물질적인 것이 아닌 사랑을… 초등학교 4학년 때는 목발을 짚고 다니는 친구가 걸을 수 있게 해달라고 간청했다고 적혀 있군. 5학년 때는 집을 나간 친구 어머니가 돌아오게 해 달라고 빌었고… 하지만 애석하게도 실질적으로 그 선물을 받아 본 적은 없군. 대신 사랑이나 따뜻한 마음씨 같은 소중한 감정을 선물 받아 왔어. 그리고 말야, 자네가 궁금해 하는 모래알처럼 많은 사람 중에서 자네가 선정된 이유가 여기에 나와 있군. 여러 가지 이유가 있지만 가장 큰 이유만 하나 이야기해 주지. 그건 바로 이 프로젝트가 실행되던 날 자네가 태어났다는 걸세. 자네는 하나의 상징성도 지니고 있는 거야. 알겠나? 그럼 이제 자네가 어떤 선물을 원하는지 말해 보게."

사내의 말을 전적으로 믿기에는 너무 황당했고, 그렇다고 무시해 버리기에는 사내의 표정이 너무도 진지했다. 그의 이야기를 귀담아 들은 때문인지 머리가 지끈지끈 아파왔다. 선물을 뺏겠다는 것도 아니고 선물을 주겠다니 굳이 못 댈 것도 없겠다 싶었다.

"어떤 선물이나 다 되는 건가요?"

"그렇진 않아. 자네가 진정한 행복을 느낄 수 있는 것이어야만 가능해. 예를 들어 왕이 되고 싶다든지 돈을 몇 천만 원 달라고 한다면 그건 받아들일 수가 없어. 그걸로 자네가 행복해지는 게 아니기 때문이지. 자 생각해 보게. 어떤 선물이 자네를 행복하게 할 수 있는지…"

"제가 행복을 느낄 수 있는 선물이라… 아, 있어요! 제가 힘이
되어 줄 수 있는 여자 친구 한 명만 만들어 줘요."

어차피 밑져야 본전이라는 생각으로 농담 반 진담 반으로 말
했다. 그런데 말해 놓고 나자 갑자기 가슴이 아파왔다. 제기
랄…

"여자 친구라…"

사내는 고개를 끄덕이더니 다시 노트북을 두들겨 댔다. 그리
곤 금세 고개를 저었다.

"원래는 가능한 선물인데 자네의 경우에는 그 선물이 불가능
하군. 그 이유는 본인이 더 잘 알고 있을 거야. 지금 자네는 새
로운 여자 친구를 만날 마음의 여유가 없지 않은가? 좋아하는
사람이 따로 있는데 그런 선물이 자네에게 진정한 행복을 주리
라 생각하나?"

나에 대해서 잘 알고 있다는 듯한 그의 말을 듣는 순간, 나는
깜짝 놀랐다. 술기운 때문인지 금세 감정이 복받쳤다.

"좋아하는 사람이라고요? 난 그런 거 필요 없어요! 당신이 산
타라면 더 잘 알겠군요. 누구를 좋아한다면 그 사람을 행복하게
하기 위해서 무언가 해주고 싶어 한다는 것을… 그런데 괴로워
하는 그 애에게 아무것도 못해 줄 때 얼마나 가슴이 아픈 줄 아
세요? 무력하다는 것이 이렇게 괴로운 건 줄은 미처 몰랐어요.
뭔가 해주고 싶은데 아무런 도움이 안 될 때… 오히려 나라는

존재가 방해가 된다고 느낄 때 얼마나 가슴이 미어지는지… 이렇게 괴로운 시간이 찾아올 것 같아 다시는 다른 사람에게 마음을 안 주리라 결심했었는데… 이제 다 필요 없어요. 내가 도와주고 힘이 되어줄 수 있는, 그런 여자 친구나 하나 만들어 줘요! 그것도 못한다면 앞으로 내가 그 누구에게도 몰두하지 않게 해 주세요!"

지금껏 누구에게 하소연 할 수도 없었던 가슴 속의 말들을 자칭 산타라는 우스꽝스러운 사내에게 털어놓고야 말았다. 술 때문에 정신이 흐릿했지만 가슴이 찢어지는 듯이 아파왔다. 흐르는 눈물을 참으며 산타라는 사내를 바라보았다. 그는 나를 따뜻하고 안쓰러운 시선으로 바라보고 있었다.

"역시 자네가 선정된 데는 그만한 이유가 있었군. 다른 사람 때문에 그렇게 괴로워할 수 있는 감정은 우리가 예전에 자네에게 몰래 선물했던 것 가운데 하날세. 그런데 자네는 아직도 그때 준 선물을 고스란히 마음속에 간직하고 있군. 한 사람을 좋아하면서도 아무것도 못 해주는 데서 오는 무력감이라… 참으로 아름다운 감정이야. 하지만 일한 군, 이렇게 생각해 보게. 자네가 그 사람에게 아무것도 못 해주었다고 하더라도, 그 사람 입장에서 보면 힘들고 괴로울 때 옆에 있어 주었다는 것 자체가 큰 힘이 되지 않았을까?"

"그래요, 물론 그렇게 합리화해서 편안하게 생각할 수도 있겠죠. 하지만 아직도 그 애는 괴로워하고 힘들어하고 있어요. 나는 여전히 아무것도 못하고 있고… 그 애는 나의 마음을 알고 더 힘들어하고 있어요. 나에게 부담을 주지 않으려는 건지 나를 피하기만 하고… 나도 이제 더 이상 그 애 옆에 있어 줄 자신이 없어요. 아무런 힘도 못 되어 주고, 고작 할 수 있는 거라곤 공허하기 짝이 없는 위로의 말뿐이죠. 내가 그 애 옆에 있다는 것이 현실적으로 도움이 하나도 안 된다는 걸 알았어요. 이렇게 의미 없이 옆에 있어 줄 날도 며칠 남지 않았지만…

이봐요! 당신이 진짜 산타라면, 내가 그 애를 다시 볼 수 없어도 좋으니 제발 그 애 얼굴에 행복한 미소를 떠오르게 해줘요. 그래 줄 수 있나요?"

나의 두 눈에서는 언제부터인지 눈물이 흘러내리고 있었다. 어느 누구에게라도 털어놓고 싶었던 이야기를 해 버리고 나니 마음이 한결 후련했다. 달라진 건 아무것도 없었지만… 사내는 어딘가로 전화를 했다. 그리곤 알아듣기 힘든 이상한 언어로 뭐라고 떠들어 댔다.

나는 손등으로 눈물을 훔치며 돌아섰다. 현실 감각이 들자 낯선 사내 앞에서 눈물을 흘렸다는 사실이 부끄럽게 느껴졌다. 걸음을 옮기려는데 그의 목소리가 들려 왔다.

"자네는 행운아야. 자네의 선물은 가능할 것 같네. 사실 자네는 올해도 크리스마스 선물을 받았네. 자네가 느끼는 아름다운 감정이 바로 그것이지. 하지만 올해는 자네에게 특별히 별도의 선물을 주지. 그러니 힘내고 술 좀 작작 마시게. 산타로서 가장 행복한 순간은 선물을 받은 사람이 기뻐할 때지. 남에게 뭘 해 줄 때 가장 커다란 행복을 느끼는 법이라네. 지금의 마음을 결코 잃어버리지 말게.

자, 나의 임무는 여기까지네. 보고서도 써서 제출해야하니 난 이만 가보겠네. 앞으로도 산타에 대한 믿음을 계속 간직해 주기 바라네. 훗날 아이를 갖게 되면 그 마음을 전해 주고. 그렇게 되면 그 아이들도 내 선물을 받고 자랄 테니까. 그럼, 메리 크리스마스!"

사내는 나에게 악수를 청했다. 나는 얼떨결에 그의 손을 잡았다.

'메리 크리스마스' 라는 말이 입 안을 굴러다녔다.

그는 내가 망설이고 있는 사이에 페라리에 올라타더니 차를 몰았다. 차는 놀랍게도 지면 위를 달리다 허공으로 떠올랐다. 그리곤 이내 사라져 갔다.

저럴… 수가?

아무리 취중이라고는 하지만 도저히 납득할 수 없는 광경이었다. 페라리가 사라진 곳을 바라보고 있는데 하늘에서 눈이 내리기 시작했다. 그 다음부터는 하얗게 비워져 있었다.

다음날, 나는 타는 갈증 때문에 눈을 떴다.

과음한 때문인지 몸이 말이 아니었다. 속은 쓰리고 머리는 지끈거리며 아팠다. 어떻게 집에 들어왔는지 아무리 더듬어도 기억이 나지 않았다. 자칭 산타라는 사내와 이야기를 나눴던 기억이 어렴풋이 났으나 그건 현실이 아니라 꿈속에서 있었던 일 같았다.

창문을 여니 하얀 눈이 쌓여있는 게 보였다. 아침 햇빛을 반사하는 하얀 눈을 보니 지영이 생각이 났다.

불쌍한 자식…

문득, 오늘이 그 애와 마지막 만나는 날이 될지도 모른다는 생각이 들었다. 지영이는 내일, 그러니까 24일 아침에 어머니 수술 때문에 미국으로 떠나려고 비행기 표까지 끊어 놓은 상태였다. 언제 돌아올지 모르는 기약 없는 여행이었다.

지영이 어머니가 갑자기 쓰러진 것은 한 달 전이었다. 중풍처럼 전신마비였다. 종합병원으로 옮겨 검진을 받은 결과 중풍은 아니었다. 국내에서는 잘 발병하지 않는 아주 희귀한 병이었다. 의사는 미국 오리건 주에 전문가가 있으니 그곳으로 건너가 물리치료와 약물치료를 병행해서 받아보라고 권했다. 하지만 얼마나 오랫동안 치료를 받아야 완치될지는 누구도 알 수 없다는 것이었다. 지영이 아버지는 의사의 권고를 받아들였다. 아버지는 지영에게는 서울에 남아 있으라고 했지만, 지영은 마음이 안 놓인다며 함께 가겠다고 자청했다.

지영은 아버지와 의논을 한 끝에 일단 미국으로 건너가서 의사의 소견을 들어본 뒤에, 장기적인 치료를 받아야 된다고 하면 아예 이민을 가기로 결정을 보았다. 어머니가 쓰러진 뒤부터 지영은 매일 울며 지냈다. 병석에 누워서 꼼짝 못 하는 어머니가 너무도 안쓰럽다는 것이었다. 난 우는 지영을 물끄러미 바라볼 수밖에 없었다. 아무 힘도 되어 주지 못한 채… 남들은 설레는 마음으로 맞이할 성탄 전날에 우리는 이별을 해야 할 처지였다.

지영아, 미안해… 아무것도 해주지 못해서…

등 뒤에서 전화벨이 울렸다. 아무도 받지 않아서 수화기를 들었다. 낯익은 음성이었다.

"오빠, 저 지영인데요. 오늘 어쩌면 못 나갈지도 몰라요. 방금 병원에서 연락이 왔는데… 어머니에게 무슨 일이 생겼는지… 빨리 와 보라는 거예요. 가 봐서 큰일이 아니면… 제가 다시 전화할게요. 미안해요, 오빠…"

지영이 목소리는 어머니에 대한 걱정 때문인지 자주 잠겼다.

"지영아, 아무 일도 아닐 거야. 힘내…"

나는 무력감을 느끼며 가까스로 말했다. 전화는 이내 끊겼고 공허한 나의 음성만이 귓가에 메아리쳤다. 가슴이 다시금 쓰려왔다. 나는 하루 종일 아무 것도 못 하고 멍하니 앉아 있었다. 속도 쓰리고 머리도 아팠지만 가슴의 상처에 비하면 아무것도 아니었다.

자정이 가까워지도록 지영이로부터는 전화가 없었다. 아무래도 어머니에게 큰일이 생긴 것 같았다. 앞으로 아홉 시간 뒤면 지영이는 나와 함께 밟고 있었던 이 땅을 떠나리라. 떠나기 전에 한마디라도 해주고 싶었지만, 심각한 일이 생겼을지도 모르는데 공허하기 짝이 없는 몇 마디 위로의 말을 하고자 병실로 전화 걸 수는 없는 일이었다.

책상에 머리를 박고 앉아있는데 전화벨이 울렸다. 전화벨 소리가 그토록 반갑게 들리기는 처음이었다. 나는 재빨리 뛰어가 수화기를 들었다. 짧은 순간, 제발 지영이에게서 온 전화이기를 빌었다. 그리고 또한 좋은 소식이기를.

"오빠! 저 지영이에요.".

지영의 음성은 전에 없이 생기에 차 있었다.

"기적이에요, 기적! 어머니가 다시 의식을 차렸고 손발을 움직이기 시작했어요. 그것도 놀라운 속도로 회복하고 계세요. 의사 선생님이 그러시는데 이 정도 속도면 2주 뒤면 완치되실 거래요. 참, 그리고 우리 내일 안 떠나도 되게 되었어요. 아버지가 예약을 취소하려고 항공사에 전화했는데 뭐가 잘못되었는지 이미 예약이 취소되어 있다는 거예요.

오빠, 우리 오늘 못 만난 거 내일 만나요. 내일은 시간 낼 수 있을 것 같아요. 나 교회 가서 감사 기도드릴 건데 오빠가 같이 가 줘요. 제 부탁 들어 주는 거죠? 아, 믿기지가 않아요. 도저히 못 일어나실 것 같던 어머니가 일어나시다니… 아무리 생각해도 산타클로스의 선물 같아요! 오빠, 우리 내일 봐요."

지영은 흥분된 목소리로 자기 얘기만 하고 전화를 끊었다.

수화기를 내려놓고 나니 그제서야 지영이가 느꼈던 기쁨이 가슴속으로 전해져 왔다.

기적, 기적이라고?

난 기쁨에 들떠서 소식을 전하던 지영의 생기발랄한 목소리를 떠올렸다. 그녀가 좋아하는 모습이 눈앞에 선했다. 가슴이 설레었다. 어머니가 일어나고 그녀가 다시 웃음을 찾다니…

아무리 생각해도 산타클로스의 선물 같아요!

불쑥 지영의 목소리가 귓가에 메아리쳤다. 꿈속에서 만났던 이상한 산타가 떠올랐다.

설마…

나는 잠시 생각해 보다가 고개를 저었다. 꿈이 현실이 될 수는 없는 일이었다. 자리에서 일어나 라디오를 틀었다. 흥겨운 크리스마스 캐럴이 흘러나왔다. 볼륨을 높이자 캐럴이 내 몸과 내 방 안을 가득 채웠다.

나는 다음날, 축하의 꽃다발을 사 들고 지영이 어머니에게 병문안을 갔다. 어머니는 정말로 많이 좋아져 있었다. 믿기지 않을 정도로. 병실에는 웃음소리가 넘쳤고 가족들의 얼굴은 꽃보다도 더 환했다. 지영이 아버지께선 아내와 단 둘이서 크리스마스 추억을 만들겠다면서 지영이와 나의 등을 떠밀었다. 우리는 크리스마스이브에 짧지만 아주 소중한 추억을 만들었다. 내 인생에서 가장 행복한 크리스마스였다.

그로부터 사흘 뒤, 이상한 메일이 와 있었다. 이름은 새 산타, ID는 NewSanta였다.

일한에게.

자네가 크리스마스 날 행복해 하는 것을 보고 무척 뿌듯했네. 우리는 자네의 모습에서 현대인에 대한 많은 가능성을 발견할 수 있었네. 아직도 대다수의 사람들 가슴 속에, 남을 위하고 아끼는 마음이 남아 있다는 것을 발견했다고나 할까?

그래서 우리는 뉴 산타 프로젝트를 백지화시켰네.

인간에게 진정 중요한 것은 가시적인 결과가 아닌, 남을 생각하는 아름다운 감정이라는 원천적인 결론에 도달한 거지. 그래서 비록 힘들더라도 소중하고 아름다운 감정들을 선물해 주는 옛날의 산타로 돌아가기로 결정했다네.

자네에 대한 나의 보고서가 이런 결론을 도출해 내는데 결정적인 역할을 했지. 자네가 남을 진정으로 생각하는 성인으로 자랄 수 있었던 결정적인 요인은, 선배 산타들이 선물한 순수한 감정들이었다는 나의 보고서가 먹혀 들어간 거야. 그래서 우리는 비록 힘들고 어렵더라도 하나하나 고귀한 감정의 씨앗을 뿌리기로 결정했네. 그러기 위해서는 최신형 페라리 대신 다시 썰매를 타야하는 불편 사항이 뒤따르겠지만, 즐거운 마음으로 산타의 임무를 수행하겠네.

나는 이번에 정식 산타로 승진했네. 앞으로 자네는 나를 보기 힘들겠지만 나는 항상 자네를 지켜보겠네. 왜냐하면 자네는 내 첫 번째 선물을 받은 인간이니까. 여하튼 앞으로도 산타를 믿는 마음을 버리지 말게. 그리고 우리가 오랜 세월 동안 선물했던 아름다운 감정들도…

　잘 지내게나.

　메일의 내용은 내 머릿속을 온통 들쑤셔 놓았다. 나는 일단 메일을 저장한 뒤 ID를 조회해 보았으나 등록되지 않은 사용자 라고만 나왔다. 그래서 저장한 메일을 다시 읽어보려 했다. 그 러나 저장한 메일은 흔적도 없이 사라져 버리고 없었다. 귀신이 곡할 노릇이었다. 피곤해서 헛것을 본 것인지도 몰랐다. 아니면 내가 상상을 하고 있다가 그 상상을 현실로 생각하게 된 것인지 도… 그도 아니면 내가 꿈이라고 생각했던 것이 전부 사실이고, 진짜 산타가 존재하는지도…

　나는 컴퓨터를 켜 놓은 채 온갖 추측을 다 해 보았다. 하지만 아무리 생각해도 현실감은 느껴지지 않았다. 산타가 페라리나 타고 다니면서 메일을 보낸다는 것은 너무도 황당했다. 쓸데없 는 꿈과 상상력이 빚어낸 망상일 가능성이 높았다.

　산타의 존재를 믿나?

　나는 생각을 바꿔서 나에게 조용히 물어 보았다. 나는 고개를 끄덕였다. 누가 뭐래도 나는 산타의 존재를 믿고 있었다. 아니 믿고 싶었다. 이 세상 어딘가에는 어린이들과 삶에 지친 어른들 에게 꿈과 희망, 그리고 아름다운 감정을 나누어 주는 산타가 분명 존재할 거라고…

불면증

인간의 일생 동안 시간으로 가장 많은 비중을
차지하고 있는 것은 수면이다.
평균 20년의 시간을 잠으로 보낸다.
그러므로 잠을 잘 수 없다는 것은 죽음과 같은 고통일 수밖에 없다.

— 〈어느 불면증 환자의 초상〉에서

9월이라 해 뜨는 시간이 일러서인지 벌써 창밖은
뿌옇게 밝아오기 시작했다. 시계는 6시를 가리키고 있다. 오늘
역시 한숨도 잘 수 없었다.

제기랄…

이제 거의 한 달째 잠을 못 자고 있다. 몸은 말이 아니다. 모
든 일이 손에 잡히지 않는다. 하루 종일 멍하고 공부도 안 되
고… 시험날짜는 다가오는데… 이번에 떨어지면 현역으로 군대
에 갈 수밖에 없다. 군대를 연기하기 위해 적만 걸어놓았던 대

학원도 졸업해야 하고… 지자제 실시나 인원 축소로 행정고시를 택한 것이 후회가 되긴 하지만 이제 와서 다른 걸 하긴 너무 늦었다. 그런데 그렇게 중요한 이 시기에 잠을 잘 수가 없는 것이다.

정말 미치겠다…

잠을 자기위해 잠자리에 들어 불을 끄면, 갑자기 눈이 말똥말똥해지는 것이다. 그러곤 그 상태로 밤을 꼴딱 새우기 일쑤이다. 짐짓 한두 시간 정도 잠들었다 하더라도, 기억나지 않는 악몽으로 시달릴 뿐… 어떤 때는 잠이 막 들려 하는데 갑자기 얼굴 위로 차가운 것이 떨어지는 것이 느껴지며 잠을 못 잘 때도 있었다.

도저히 참을 수 없어 수면제도 먹어보았다. 수험생이면서 수면제를 먹는 사람은 나밖에 없을 거라는 생각까지 하면서. 여러 알을 먹어보았지만, 밤에는 아무 소용없고 새벽에 겨우 몰려오는 졸음으로 괴로울 뿐이었다. 그렇다고 공부가 되는 것도 아니다. 하루하루가 점점 힘들어졌다. 잠을 자기 위해 누워서 숫자도 세어 보았다. 3500까지 세어 보기도 했다. 그러니까 아침이 왔다. 격렬한 운동도 해보았다. 그래도 결과는 마찬가지일 뿐이었다.

술도 먹어봤다. 하지만 일분 일초가 아까운 나에게 음주라는 것은 도저히 선택할 수 없는 해결책이었다. 그리고 술이 취해도 잠이 안 올 때도 비일 비재했고…

한 평 남짓한 고시원의 방은 이제 나에게는 지옥이었다.

서로에게 철저히 무관심한 고시원의 분위기가 다행스럽게도 나의 이런 상황을 남들이 알아차릴 수 없게 해주었다. 아마 나의 이런 절박한 상황을 알았더라면, 그들은 경쟁자 하나가 떨어져나가는 것에 오히려 통쾌해 할 것 같았다. 그들이 나의 약점에 대해 알게 할 수는 없었다. 모두 나의 경쟁자들인데… 지금까지 잠을 못 이룬 경우는 지은이에게 버림받았을 때, 그리고 그녀가 딴 남자와 팔짱끼고 지나가는 것을 보았을 때뿐이었다. 그때도 며칠 잠을 못 이루기는 했지만 이 정도는 아니었다. 오히려 '어디 두고 보자'라는 생각에 이를 악물고 공부하기까지 했는데. 여하튼 잠을 잘 수 없다는 것은 고문 그 자체였다. 식욕도 떨어지고. 시험에 대한 부담 때문인가. 이제는 잠을 못 잔다는 자체보다는 잠 못 자는 것에 대해 괴로워하고 있는 내 자신이 걱정되기 시작했다.

공부해야 하는데…

지은이에게도 한번 전화해 보았다. 헤어진 지 일 년은 넘었지만 아직도 나를 기억해 주고 있으리라 믿었다. 그리고 이렇게 괴로워하는 나에게 격려의 몇 마디를 건네줄 것이라 생각했다. 더구나 지은이를 위해 시작한 공부이기도 했으니까…

그러나 지은이는 잔인했다.

"누구시죠? 저는 잘 모르겠는데요. 일 년 전이라… 박, 종, 민. 아, 아. 박종민 씨. 그런데 무슨 용건으로 저에게 전화하셨죠? 지금 좀 바쁜데. 나중에 전화 주시겠어요."

　일 년 전만 해도 나의 연인이었던 여자와의 통화의 전부였다. 분노도 느껴졌고, 못난 나에 대한 모멸감도 느껴졌다. 이런 잔인한 여자를 위해 인생의 목표를 설정했다니. 그녀의 차가움도 이해가 되긴 했다. 일 년이나 지나간 과거를 붙잡으려는 내가 싫었을 테지… 쓸데없는 기대를 한 내가 바보였다.

　술을 마셨다.

　미칠 것 같았다.

　그런데도 잠이 안 왔다.

　나의 이런 파행적인 생활은 결국 고시원 총무의 눈에도 띄었다. 어느 날인가 술에 취해 비틀거리며 고시원으로 들어오던 나를 총무가 보았다. 술에 취한 가운데도 나는 이 고시원에서 쫓겨날 것을 각오했다. 술까지 먹고 그렇게 깽판마저 부렸으니… 하지만 총무의 반응은 좀 이상했다. 나의 방 번호를 확인하고는 한숨을 내쉬더니, 어쩔 수 없다는 듯이 아무 말 없이 나를 부축해 방까지 데려갔다. 그리고는 어떤 경고나 주의의 말 한마디 없이 나를 침대에 눕히고 나의 방을 휘 둘러보더니, 뭔가에 쫓기는듯이 내방에서 나갔다. 총무가 나갈 때 혼잣말로 뭔가를 얘기했는데, 술에 취해 잘 기억은 안 나지만 참 이상한 얘기였다. 나를 불쌍하게 여기는 것 같았다.

　"휴. 올해도 아까운 사람 하나가… 설마 했는데… 무당이라도 불러서 굿을 해야겠군."

나는 총무가 나의 공부에 대해서 걱정하는 줄 알았다. 하지만 그때는 몰랐지만 단지 나의 공부에 대한 걱정이 아니었다. 그런 생활을 계속하다 보니 미칠 것 같았다. 잠은 안 오고, 공부도 안 되고. 아무도 없는 무인도에 있는 듯한 고독감이 느껴졌다.

아무도 나를 신경써주지 않는 것 같다. 이 세상에서 나 같은 것은 없어져도 아무런 일이 없었다는 것처럼 모든 사람들은 잘 살아갈 것 같다. 이런 세상 사람들의 무관심이 나를 돌아버리게 하는 것 같다. 문득 지갑 속에 적어둔 고등학교 때 같은 반 친구의 전화번호가 생각났다. 몇 달 전 우연히 술집에서 만났는데, 혼자 술 마시고 있던 나를 보며 매우 반가워하며 연락처를 적어 주고 언제 술 한번 같이 마시자고 했다.

세상에서 가장 흔한 거짓말이 언제 한번 술이나 같이 마시자라는 말이라지만, 그 자식은 그럴 놈 같지 않았다. 고등학교 때도 반장이면서도 나 같은 괴팍한 놈이나 공부 안하고 껄렁껄렁대는 놈들과도 허물없게 잘 지내던 놈이었다. 고등학교 때는 그 애와 좀 더 친해지고 싶기도 했다.

그래, 이 자식이라면 나의 괴로움을 덜어줄거야.

"안녕하세요. 저 일한인데요, 메시지 남겨주세요. 삐…"

녹음된 목소리뿐. 나쁜 자식. 언제든지 연락하라면서, 전화도 안 받고. 이 세상에 혼자뿐이라는 생각도 들었다. 한 평 남짓한 고시원의 방이 사하라 사막보다 넓게 느껴졌다. 아무도 없고 도저히 빠져나갈 수 없는 고통스러운 죽음의 땅…

다시 침대에 누워 잠을 청했다.

이천까지 숫자를 세다가 문득 잠이 들었다. 하지만 몇 분인지 몇 시간인지 기억은 안 나지만 인기척 때문에 잠이 깼다. 악몽 같았다. 그 좁은 방에 대여섯 명의 사람들이 침대 주변에 서서 나를 빤히 내려다보고 있는 것이었다. 어떤 사람은 천장에서, 어떤 사람은 구석에서 소름끼치는 웃음을 지으며 나를 내려다 보고 있었다. 그들의 눈은 시퍼렇게 또는 시뻘건 채 나를 쳐다 보고 있는 것이었다. 온 몸에 소름이 쫙 끼쳐 움직일 수가 없었다. 소리도 낼 수 없었다. 그런데 그들은 내가 자기들을 보고 있는 걸 아는지 모르는지, 돌아가면서 손을 뻗어 내 얼굴과 머리를 쳤다. 소름끼칠 정도로 차가운 손이었다. 그리곤 뭔가 차가운 액체를 내 입술 위로 떨어뜨렸다.

찝찌름한 맛과 비릿한 냄새… 피였다!

그들은 그 괴상한 짓들이 즐거운지 사악한 웃음까지 띠어가며 옴짝달싹 못하는 나를 빤히 바라보았다. 피를 떨어뜨리고, 그 차가운 손으로 나를 괴롭히고 있었다. 이건 꿈일 수밖에 없었다. 그것도 악몽. 그런데 귓가에 음침한 목소리가 한 마디 들렸다.

"이래도 잘 수 있을까… 그래 한번 자 봐. 이제는 네 차례야."

으악…

언젠가 들었던 고시원의 괴상한 소문이 떠올랐다. 그리고 총무의 이상한 혼잣말의 이유를 알 수 있었다. 이 고시원이 다른 고시원보다 턱없이 쌌던 그 이유가… 매년 9월마다 한 사람씩 죽어서 이 고시원을 나간다는… 이제까지 잠 못 들었던 이유를 깨달았다. 이것들의 저주였다. 시험 공부하다 자살하거나 죽어간 괴로운 원혼들의 저주였다.

제기랄…

모든 것을 깨닫던 순간, 나는 편한 길을 택할 수밖에 없었다. 영원한 잠으로의 길을…

오랜만에 고등학교 때 동창 인선이를 술자리에서 우연히 만났다. 그런데 몇 잔의 술이 오고간 뒤 인선이가 이런 말을 전해주었다.

"일한아, 너 걔 기억나니? 박종민. 있잖아, 고등학교 때 공부만 하던 사이코. 걔 죽었대. 나도 들은건데, 두 달 전인가 고시원에서 시체로 발견되었대. 그놈도 행시인지 사시 준비하고 있었대. 그런데 지난 9월 어느 날 죽어버렸대. 이유는 심근경색이었대. 심장마비… 젊은 놈이 자다가 심장마비라니, 이상하지. 그런데 좀 이상한 얘기도 들었다. 그 자식이 있던 고시원에 전부터 공부하다가 자살 했다는 사람들이 있었대. 더구나 그 자식이 있던 방에서. 죽기 전에 걔 연습장에 이런 말이 써있었대.

〈영혼을 팔아서라도 제발 잠을 자고 싶다…〉

결국 뜻대로 되긴 된 셈이지… 영원히 눈을 뜰 수 없게 되었지만…"

등대지기

죄책감을 전혀 느낄 수 없을 때
완전 범죄에 한발 더 다가갈 수 있는 것이다.

— 윤석이와의 대화중에서

'등대지기'라 하면 누구나 조금은 낭만적인 생각을 떠올릴 것이다. 하얀 물보라, 파란 바다, 파란 하늘, 새하얀 등대, 흰 갈매기들, 아름다운 바위 언덕, 그리고 등대에서 수평선을 바라보고 있는 쓸쓸하고 고독한 등대지기.

나 역시 예외는 아니었다. 하지만 그 아름다운 이미지도 윤석이의 얘기를 듣기 전까지의 일이었다.

김씨는 오늘도 바라보기만 해도 신물이 나는 등대에 올라 렌즈를 점검하고 있다. 매일 해오는 일이지만 요즘 들어서 부쩍 번거롭게 느껴졌다. 김씨는 벌써 15년째 미도(微島)에서 등대를 지켜오고 있다. 미도는 이름 그대로 아주 작은 섬으로, 충무에서 배를 타고 세 시간 반 정도 걸리는 남해의 끄트머리에 위치하고 있다. 미도의 거주자라곤 부인 이씨와 개 한 마리 '워리'가 전부였다. 건물이라곤 등대 하나와 작은 집 한 채가 있을 뿐, 무인도라고 해도 크게 어긋나지 않는 외로운 섬이었다.

"여보, 식사해요!"

김씨는 부인의 외침을 듣고, 등대 렌즈에 불을 켜는 스위치를 올렸다.

"얼른요! 국 식어요!"

"아, 알았어!"

김씨는 밑을 향해 버럭 고함을 질렀다. 그러곤 담배에 불을 붙였다. 김씨는 저 멀리 어둠속에 웅크리고 있는 육지를 바라보며 연기를 길게 뿜었다.

제기랄! 하긴 해야겠군. 그때 술만 안 취했더라도.

문제의 발단은 술이었다. 지금으로부터 네 달 전이었다. 보름마다 한 번씩 오는 정기 연락선을 타고 김씨는 오랜만에 충무로 나갔다. 거의 육 개월 만에 오른 뭍이라 김씨는 감회가 새로웠다. 김씨는 항만청에 들렀고, 그곳 직원들과 인사를 나눈 뒤 술자리를 가졌다. 오랜 만에 찾아온 김씨를 위한 자리였다. 김씨는 이 사람 저 사람이 따라 주는 대로 술을 마셨고 이내 취했다.

사람들은 김씨를 그대로 놓아주지 않았다. 한번 입에 술을 댔다 하면 끝장을 보고 마는 사람들인지라 그들은 김씨를 끌고 술집을 전전했다. 처음에는 많던 사람들도 하나 둘 떨어져 나가 일행은 얼마 남지 않았다. 결국 항만청 최 계장과 둘만 남자, 최 계장은 4차를 가자면서 김씨를 살롱으로 데려갔다. 최 계장은 어디서 짭짤한 수입이 생겼는지 아가씨를 불러오라고 고함을 질렀다.

김씨는 비록 취하기는 했지만 정신은 남아 있어서 무슨 아가씨냐고 손을 저어 만류했다. 하지만 최 계장은 고집을 부렸고 결국 두 아가씨가 들어왔다. 김씨의 파트너는 서울에서 왔다는 미스 정이었다. 그녀는 김씨가 등대지기라는 사실에 대해 무척 신기해했다. 15년 동안 바다를 지킨 등대지기라는 최 계장의 말에 그녀는 무슨 생각을 했는지 눈물을 글썽이기까지 했다.

매일매일 마주치는 사람이라고는 자신의 왼팔처럼 익숙한 마누라뿐이었는데, 오랜 만에 여자를 대하니 김씨의 마음은 설레었다. 미스 정은 그동안 많이 외로웠겠다면서 김씨에게 갖은 서비스를 베풀었다. 정에 굶주린 김씨는 미스 정의 말 한마디, 한마디가 가슴을 훈훈하게 덥혀 주는 것을 느꼈다.

새벽 두 시쯤 되어서 만취한 김씨는 술집을 나섰다. 미스 정이 여관까지 바래다주겠다며 따라 나왔다. 김씨는 어떻게 여관에 도착했는지 기억할 수 없었다.

김씨는 대신 그날 밤 꿈을 꾸었다. 어린 시절 동산에 불던 봄

214

바람 같은 것이 김씨의 전신을 에워쌌다. 김씨는 꽃밭에서 알몸으로 동무와 함께 뒹굴었다. 서로 겨드랑이에 손을 넣어 간지럼도 태우면서. 참으로 오랜 만에 느끼는 포근함이었다.

김씨는 머리가 아파 눈을 떴다. 옆자리에 낯선 아가씨가 알몸으로 누워 있었다. 살롱에서 보았던 미스 정이었다. 그녀는 뒤채다 눈을 떴다.

"냉수 떠다 드릴까요?"

김씨는 얼떨결에 고개를 끄덕였다. 미스 정은 스스럼없이 이부자리에서 빠져 나왔다. 알몸이었다. 김씨는 재빨리 시선을 돌렸다. 홑치마와 겉옷을 대충 걸치고 그녀는 밖으로 나갔다. 김씨는 그제서야 자신의 몸을 내려다보았다. 역시 알몸이었다. 김씨는 서둘러서 옷을 입었다. 아무 일도 없었던 것처럼 이부자리에 누워 있으니 미스 정이 컵에 물을 가득 떠 가지고 들어왔다. 냉수를 들이켜고 나니 그제서야 갈증이 그쳤다. 미스 정은 다시 옷을 모조리 벗고 김씨 옆에 누웠다.

김씨는 미스 정이 부담스러웠다. 그렇다고 해서 밖으로 나갈 수는 없는 노릇이었다. 미도로 가는 연락선은 오후에 뜨기로 이미 약조가 되어 있었다. 김씨는 이불을 푹 뒤집어쓰고 누워 잠을 청했다. 하지만 미스 정이 신경 쓰여 잠이 오지 않았다.

"자요?"

미스 정이 담배를 붙이며 말을 붙였다. 김씨는 이런저런 생각을 하며 아무 말도 하지 않았다. 미스 정이 혼잣말처럼 중얼거렸다.

"잠이 안 오네요. 전에는 잠이 많았는데 이곳에 온 뒤론 파도 소리 때문인지 잠을 이룰 수가 없어요."

미스 정은 묻지도 않은 말을 주섬주섬 늘어놓았다.

"열여섯에 집을 나왔어요. 서울로 올라왔지만 마땅히 갈 데도 없더라고요. 집을 나올 때 가지고 있던 돈은 다 썼으니 집에 다시 들어갔다가는 아버지한테 맞아 죽겠고… 그래서 여기저기 기웃거리다가 공장에 취직했어요."

김씨는 돌아누운 채 미스 정의 이야기에 귀를 기울였다. 그녀는 힘들었던 공장시절, 친구의 꼬임에 넘어가 술집에서 하던 아르바이트, 그러다 이 손님 저 손님에게 몸을 주기 시작했고, 이왕 버린 몸이란 생각이 들어 화끈하게 돈이나 벌 욕심으로 진출했던 요정… 돈은 제법 모았는데 제비를 만나 모두 털리고 룸살롱으로 티켓 다방으로 전전하던 고달픈 나날들을 숨김없이 털어놓았다.

"휴우… 두 번 사랑에 실패하고 나니 남은 건 주름살밖에 없더라고요. 그래서 바다나 실컷 보고 나서 자살할 생각으로 이곳에 왔어요. 그런데 죽는 게 쉽지 않데요. 배운 게 도둑질이라고 다시 술집에 취직해 술을 따르고 아양을 떨고 노래를 부르고…"

김 씨는 미스 정의 이야기를 들으며 '아, 이여자도 나처럼 한 평생을 바다에서 살아왔구나. 거센 바람에 시달리면서…' 하는

216

생각을 했다. 미스 정이 더이상 낯설게 느껴지지 않았다.

김씨는 경계심을 풀고 미스 정에게로 몸을 돌렸다. 그녀의 눈가에 맺혀 있는 눈물을 볼 수 있었다. 김씨는 손으로 그녀의 눈가에 맺힌 눈물을 닦아줬다. 그녀는 김씨 품에 살포시 안겨 왔다.

"저도 이제 이 생활에 지쳤어요. 믿음직한 남자 만나서 사람답게 살아보고 싶어요. 소도시로 가서 구멍가게나 하면서 말예요."

미스 정의 속삭임은 김씨의 가슴속에 파고들어 태풍이 되었다. 김씨는 자신의 삶을 돌아보았다. 15년간의 감금 생활 아닌 감금 생활을… 그 생활에 낭만은 사라진 지 이미 오래였다. 파도소리도, 갈매기 울음소리도, 바닷바람도 지겹기만 했다. 매일 마주치는 퉁명하고 무뚝뚝한 아내마저도…

김씨는 언제부턴가 스쳐 지나가는 배들을 보면서 새로운 세계로 가는 꿈을 꾸곤 했다. 시장바닥처럼 왁자지껄한 소리가 있는 곳, 훈훈한 인정이 있는 곳, 삶에 변화가 있는 곳으로…

매일매일 꿈을 꾸면서 사는 동안 김씨의 가슴속에서 그 꿈은 애드벌룬처럼 부풀어갔다. 그런데 미스 정의 속삭임이 김씨의 가슴속에 떠 있는 애드벌룬을 뒤흔든 것이었다.

김씨는 탈출해야겠다고 마음먹었다. 피가 흐르지 않는 지긋지긋한 등대로부터, 피도 눈물로 없는 바다로부터, 지들끼리만 끼리끼리 짖고 까부는 갈매기들로부터, 애정이 식어 버린 지 이미 오래인 아내로부터…

"미스 정? 만약 내가 떠나자면 같이 떠나 주겠어?"

"물론이죠! 아저씨 가슴은 마치 바다 같아요. 심장에서는 파도소리가 나요."

미스 정은 콧소리를 섞어 말했다. 김씨는 미스 정이 같이 떠나자는 말을 다른 사람들에게도 수없이 했을 거란 사실을 눈치챘다. 하지만 그런 것은 조금도 중요한 것이 아니었다. 정말로 중요한 것은 자신이 등대를 떠나고 싶어한다는 것이었다.

김씨는 다시 바다로 돌아왔다. 미스 정을 만난 뒤부터는 20년을 함께 살아온 부인이 미워지기 시작했다. 김씨는 뭍으로 나갈 건수를 만들어 툭하면 뭍으로 나갔다. 통장의 돈을 찾아서 미스 정이 있는 살롱을 찾아 술을 마셨고 그녀와 몸을 섞었다.

그러던 어느 날, 미스 정이 여관에서 긴 한숨을 쉬면서 말했다.

"한 오천만 원만 있으면 모든 걸 정리하고 갈매기처럼 훌훌 떠날 수 있을 텐데… 둘이서 오붓하게 살아갈 수 있을 텐데… 휴우… 돈이 문제예요!"

미스 정을 만날 때마다 듣는 푸념이었건만 그날은 달랐다. 그녀의 이야기가 끝나기가 무섭게 누군가 귓가에다 대고 속삭였다.

—그녀의 소원을 들어 주지 그래? 넌 할 수 있을 텐데…

김씨는 속삭임을 듣고 한 차례 몸을 부르르 떨었다.

사실 김씨에게 오천만 원은 큰돈이었다. 등대지기가 만질 수 있는 액수는 결코 아니었다. 김씨가 미도에서 15년 동안 생활

하면서 쓰고 남은 돈은 고작 850만 원이었다. 그것도 미스 정을 만나기 전에 일이었다. 미스 정을 만나고 나서 조금씩 빼쓰기 시작했고, 그러다 보니 통장에는 고작 300여 만 원이 남아 있었다.

— 행복의 대가가 오천만 원이라면 그리 비싼 것도 아니야. 잘 생각해 봐. 넌 알고 있잖아. 어떻게 하면 그 돈을 마련할 수 있는지…

문득 일 년 전의 일이 떠올랐다. 김씨는 머리를 저었지만 한 번 떠오른 생각은 쉽게 지워지지 않았다. 김씨가 생명보험에 가입한 것은 일 년 전이었다. 페리호 사건으로 수많은 사람들이 죽었다는 소식을 접하고 나서 김씨가 제일 먼저 떠올린 것은 하나밖에 없는 딸 미원이었다. 자식이 없어 고민하는 사촌에게 양육을 부탁한 지 십 년이 지났지만 한시도 잊은 적이 없는 김씨였다. 김씨 내외는 천만 원만 모으면 등대지기를 그만두고 뭍으로 나가 미원이와 함께 살아야겠다고 마음먹고 있었다. 그런데 오 년 전부터 일 년에 서너 번씩 오던 사촌의 발길이 뚝 끊어지고 말았다.

미원이를 자기 자식으로 키우고 싶은 욕심이 생긴 걸까. 김씨는 사촌의 소식을, 아니 미원의 행방을 수소문해 봤지만 흔적도 찾을 수 없었다. 하지만 김씨는 미원을 포기하지 않고 있었다. 당장이라도 미원이가 찾아올 것만 같았다. 김씨는 페리호 사건이 실린 기사를 읽으면서 미원을 위해서 뭔가를 해야겠다고 마음먹었다. 심한 태풍이 불어오면 아내와 자신이 죽을 수도 있다는 가정을 해 보니 미원이 더없이 안쓰럽게 느껴졌다.

김씨는 아내와 미원이의 장래에 대한 이야기를 나누다가 결국 1억 원짜리 생명보험을 들기로 합의했다. 김씨나 아내 중 어느 한 사람이라도 사고로 죽으면 탈 수 있는…

— 이제 알겠나? 어떻게 하면 오천만 원을 만들 수 있는지?

귓가에 음산한 목소리가 환청처럼 들려왔다. 김씨는 한 차례 몸서리를 쳤다. 그리곤 세차게 머리를 저었다.

다음 날, 김 씨는 다시 미도로 돌아왔다. 지리한 섬 생활은 다시 이어졌다. 김씨는 막막한 수평선을 보면서 떠나야겠다는 생각을 했고, 그때마다 내면 속에서 은밀한 속삭임이 들려왔다. 처음에는 강력하게 반발했지만 시간이 지나면서 김씨는 차츰차츰 그 속삭임에 길들여졌다. 미스 정과 함께 행복한 생활을 꾸려나가기 위해서라면 그 정도 희생은 치러야 한다는 속삭임에 세뇌 당해갔다.

"여보! 어서 내려와요!"

다시 아내의 짜증 섞인 음성이 들려왔다. 김씨는 담배를 눌러 끄고 나서 천천히 섬을 둘러보았다. 섬을 떠나야겠다고 생각한 때문인지 더욱 더 황량하게만 느껴졌다.

육지와의 통신 수단은 오직 단파 무전기 한 대뿐인 고도(孤島). TV도 날씨가 좋을 때만 KBS1정도만 나올 뿐 철저하게 문명에 따돌림 당한 섬. 15일마다 음식물과 보급품, 편지, 식수 나

부랭이를 신고 찾아오는 연락선이 통신 수단의 전부일 정도로 철저하게 차단당한 섬이었다. 간혹 다른 섬으로 가는 배들이나 낚싯배가 들리곤 하지만 아주 드문 경우였다.

— 이러한 섬의 특징을 잘 이용해야 해, 알겠지?

김씨는 은밀한 속삭임에 고개를 끄덕였다. 아내와 마주앉아 저녁을 먹으면서 김씨는 '그 일'을 내일 실행해야겠다고 마음 먹었다. 저녁을 먹고 나서 텔레비전을 켜 보았지만 제대로 나오지 않았다. 텔레비전을 끄고 밖으로 나갔다. 바닷바람이 제법 무서웠다. 오전에 태풍이 북상중이라는 일기예보를 들었기에 그 영향이려니 생각했다. 태풍의 예상 진로는 동해를 거쳐 일본으로 간다니 그리 신경 쓸 일은 아니었다.

"병신 같은 년!"

시커먼 밤바다를 내려다보면서 김씨는 아내에 대한 적개심을 키웠다. 사촌이 찾아와서 미원을 훌륭하게 키워주겠다고 제안했을 때 거절하지 못한 아내가 더없이 원망스럽기만 했다. 오년 전에 보았던 딸아이의 칭얼대는 얼굴이 떠올랐다. 미원은 오랜 만에 만난 김씨의 품에 안기지 않으려고 발악을 했다. 김씨는 목젖을 드러내고 우는 미원의 모습도 더없이 사랑스럽게만 느껴져 눈시울을 몰래 적셔야 했다.

"다… 지난 일이야…"

김씨는 남은 미련을 훌훌 바다 위에 띄워 보냈다. 그리곤 순두부처럼 뽀얀 미스 정의 속살을 떠올렸다.

"다시 시작하는 거야, 이놈의 지겨운 바다를 떠나…"

김씨는 어둠 속에서 뒤채는 바다를 바라보다가 집으로 들어갔다. 아내는 이부자리를 깔아놓고 드러누워 있었다. 김씨는 아내의 옆자리에 나란히 누웠다.

밤은 깊어 갔지만 잠은 오지 않았다. 바닷바람이 문고리를 요란스럽게 흔들어 댔다. 겁 많은 개 워리가 시끄럽게 짖어 댔다.

쌍놈의 바람!

이부자락을 머리끝까지 올렸다. 오늘 밤만 지나면 이 섬과도 마지막이라고 위안을 하며 김씨는 억지로 잠을 청했다.

아침에 일어나니 날씨는 잔뜩 찌푸려 있었다. 비는 간간이 뿌렸지만 파도는 잔잔한 편이었다. 김씨는 일어나자마자 등대로 올라가 등대 불을 껐다. 망원경으로 바다를 한번 천천히 둘러보고 내려오니 아침상이 차려져 있었다.

"오늘은 어째 날씨가 음산하네요."

아내는 평상시처럼 밥상머리에 앉아 날씨에 대한 이야기를 했다. 김씨는 들은 척도 안 하고 분주히 수저를 놀렸다. 둘 사이에 대화가 사라진 지 오래됐기에 아내 역시 그런 김씨의 태도에 개의치 않고 묵묵히 밥을 먹었다. 김씨가 섬을 한 바퀴 돌아보는 사이에 아내는 상을 치웠다. 집으로 돌아와 보니 워리가 탐욕스럽게 밥그릇을 핥고 있을 뿐 아내는 보이지 않았다.

마당 뒤로 돌아가 보니 텃밭에서 호미질을 하고 있는 아내가

보였다. 잔뜩 웅크리고 앉아 고구마를 캐는 아내의 모습을 내려
다보다가 김씨가 말을 붙였다.

"여보, 오늘 오후에는 등대 청소 좀 해야겠소. 어제 올라가 보
니 렌즈가 너무 지저분하더라고. 특별히 오후에 할 일 없지?"

"코딱지만한 섬에서 달리 할 일이 뭐가 있겠어요."

아내가 돌아보지도 않고 무뚝뚝하게 말했다.

김씨는 점심을 먹고 나서 설거지하는 아내를 놔두고 등대로
먼저 올라갔다. 혼자서 머릿속으로 수없이 해 본 '그 일'의 과
정을 되씹고 있는데 아내가 올라왔다.

"바깥 유리부터 닦아야겠어."

김씨는 아내와 함께 등대 베란다로 나갔다.

맨 끝 쪽에서부터 김씨는 유리를 닦아나갔다. 아내가 그 옆에
서 열심히 물 묻은 걸레를 문질러 댔다. 바람은 점점 거세어졌
다. 김씨는 슬쩍 밑을 내려다보았다. 등대의 높이는 15미터 정
도였다. 하지만 밑은 날카로운 바위가 깔려 있어 떨어지게 되면
즉사하게 될 것은 불을 보듯 뻔했다.

김씨는 이마에 땀방울이 맺히도록 걸레질을 하는 아내의 얼
굴을 슬쩍 돌아보았다. 아내는 이제 고작 마흔 둘이었지만 바닷
바람에 시달려 얼굴 가득 주름살로 뒤덮여 있었다. 순간적으로
아내에 대한 연민이 치솟았다. 그 순간, 귓가에서 예의 속삭임
이 들려왔다 .

— 인생을 이 섬에서 종치고 싶은 거야? 뭘 망설여!

김씨는 흩어지려는 의식을 하나로 모았다. 김씨는 떨리는 손으로 창틀을 잡았다. 그리고는 유리문을 열려고 하는데 안 열려서 허공을 헛친 것처럼, 아내의 가슴팍을 팔꿈치로 힘껏 밀었다.

"으흑!"

아내가 고통에 찬 신음을 내뱉었다. 김씨는 눈을 감았다. 이미 머릿속으로 수없이 해 본 연습대로라면 아내는 난간에 다리가 걸려 머리부터 등대 밑으로 떨어지게 되어 있었다. '퍽' 하는 소리가 들려오기를 기다리고 있는데 아내의 다급한 음성이 날아왔다.

"여보, 살려 줘요!"

전혀 예상에 없던 일이었다. 급히 돌아보니 아내가 난간에 대롱대롱 매달려 있었다.

"기, 기다려!"

순간적으로 당황한 김씨는 아내에게 다가갔다. 그리곤 손을 내밀어 난간을 잡은 그녀의 팔목을 잡았다. 아내를 위로 끌어올리는데 눈이 부딪쳤다. 죽음을 눈치챈 걸까. 한 순간, 아내의 눈에서 원망과 공포의 빛이 서렸다. 김씨는 끌어올리는 척하다가 아내를 거세게 뒤로 밀어 버렸다. 애초에 계획한 대로 아내의 머리부터 떨어뜨리기 위해서였다.

아내는 마네킹처럼 떨어져 내렸고 이어서 '퍽' 하는 소리가 들려왔다. 김씨는 벌렁대는 가슴을 손으로 누른 채 붉은 피를 흩뿌린 채 누워 있는 아내를 내려다보았다.

─잘 했어! 이제 다 끝난 거야.

속삭임이 다시 귓가에 들려왔다. 김씨는 아내의 마지막 눈빛을 떠올리며 담배를 물었다. 가슴이 무거웠다. 담배연기에 죄의식을 실어서 멀리 날려 버리고서 등대를 내려갔다.

아내는 사망 여부를 확인할 것도 없이 확실하게 죽어 있었다. 머리부터 떨어졌는지 한쪽 머리가 완전히 으깨어져 있었다. 검은 머리카락 사이로 뇌수가 흘러내리고 있었고, 한쪽 눈은 어디로 갔는지 자취도 보이지 않았다.

가는 빗방울이 점점 굵어져 가고 있었다. 김씨는 아내를 들쳐 멨다. 그리곤 집으로 달려갔다. 마루에다 아내를 내려놓은 후에 충무 해운항만청으로 급히 무전을 쳤다. 부인이 등대에서 발을 잘못 디뎌 떨어졌으니 급히 배를 보내 달라고…

긴급 구조 요청을 받은 담당 직원은 당장 배를 보내겠으니 기다리라고 했다. 무전기를 내려놓은 김씨는 다시 담배를 물었다. 앞으로 길어도 세 시간 반이면 모든 것이 끝나겠지. 김씨는 다시 한번 보험회사 쪽 입장에서 천천히 되짚어 보았다.

일단은 보험금을 노린 살인으로 보리라. 하지만 살인이라는 증거는 그 어디에도 없지 않은가? 추락 직후에 당황스런 목소리로 신고를 했으니 완벽하지 않은가? 그럼 이번에는 아내를 잃은 자상한 남편의 입장에서 생각해 보자. 아내가 등대에서 추락해 떨어졌다. 당황해서 일단 구조 연락을 했다. 그리고 나서 무엇을 할까?

그렇지! 치료를 해야지!

김 씨는 참혹한 모습으로 마루에 쓰러져 있는 아내를 내려다보다가 방으로 신발을 신은 채 뛰어 들어갔다. 담요를 꺼내서 죽은 아내의 몸을 감쌌다. 그리곤 구급약품 통을 가지고 와서 붕대를 꺼냈다. 일단 뭉개진 머리를 붕대로 감았다. 남은 한쪽 눈이 빤히 쳐다보았다. 애써 외면하고 서둘러 붕대를 감는데 왼쪽 손에 물컹한 것이 잡혔다. 붕대를 감다 말고 쳐다보니 빠져나온 한쪽 눈알이었다. 한쪽 눈알이 뚫어지게 김 씨를 노려보고 있었다.

"아악!"

김씨는 질겁해서 눈알을 마당에 던져 버렸다. 그리고는 서둘러 붕대를 마저 감았다. 피 묻은 붕대에 감겨 있는 아내의 모습은 흉측스러웠다. 마음 같아서는 창고에 집어넣어 두고 싶었지만 사람들이 달려올 걸 생각하니 그럴 수도 없었다.

아내를 방 안으로 옮겼다. 살아있을 때는 같잖게만 보이더니 죽고 나니 왠지 모르게 무섭게 느껴졌다. 붕대를 감아 놓고 나니 마치 살아 있는 시체처럼 으스스했다. 얼굴을 반대편으로 돌려놓고 쾌속정 엔진소리가 들려오기만을 기다렸다. 금방이라도 올 것만 같은데 배는 오지 않았다. 빗줄기는 점점 굵어져 가고 있었다. 김씨는 처마 끝에서 떨어지는 빗소리를 듣다가 방에 길게 누웠다. 모든 게 끝났다는 안도감과 함께 견딜 수 없는 졸음이 쏟아졌다.

꿈인지 생시인지 쉽게 분간이 안 갔다. 김씨는 누워 있던 아내가 벌떡 일어나는 것을 보았다. 김씨가 숨을 죽이고 있자, 아내가 김씨를 내려다보았다. 하나만 남은 눈으로… 파란 눈동자에서 붉은 실핏줄이 꿈틀거렸다. 아내가 두 손을 김씨를 향해 뻗었다. 김씨는 물러서고 싶었지만 뒤는 방바닥이었다. 아내의 피 묻은 두 손이 점점 다가왔다.

"아악!"

김씨는 있는 힘을 다해 비명을 질렀다. 그 순간, 무전기 소리가 들려왔다 . 벌떡 일어난 김씨는 옆자리의 아내를 살폈다. 아내는 담요를 뒤집어쓴 채 그대로 누워 있었다.

휴우… 꿈이구나!

이마의 땀을 닦으며 무전기를 향해 무릎걸음으로 다가갔다. 온몸이 땀으로 흠뻑 젖어 있었다. 송신기를 들었다. 시끄러운 기계음과 함께 날카로운 음성이 들려왔다 .

"아아… 여기는 해안경찰 초소, 해안경찰 초소… 미도에서 보낸 신고는 접수했으나, 갑자기 파도가 높아져서 도저히 항해가 불가능하다. 파도가 잔잔해지는 대로 즉시 출동하겠다 오버…"

"여기는 미도, 여기는 미도! 아내는 벌써 죽은 것 같다. 빨리 와 달라 오버…"

"여기는 해안경찰 초소, 여기는 해안경찰 초소… 파도가 사오 미터 높이로 솟구쳐서… 항해 불가능… 찌찌찌찌찌직!"

"여기는 미도다! 여기는 미도… 내 말 들리는가?"

김씨는 송신기에 대로 고함을 질렀다. 끊어진 줄 알았던 무전기에서 드문드문 목소리가 새어 나왔다.

"태풍의… 영향… 남해 전지역에… 폭풍주의보… 모든 배들이 항구로… 돌아오고 있다. 현재 항해 불가능… 이상, 통신 끝… 찌찌찌찌찌직!"

김씨는 멍히 앉아 있다가 마당으로 뛰어나갔다. 바람이 거세게 몰아치고 있었다. 예사 태풍이 아니었다. 살인에만 신경 쓰느라고 바람이 점점 거세어지고 있다는 것을 눈치 채지 못한 모양이었다.

경험에 의하면 이 정도 바람이면 A급 태풍이 분명했다. A급 태풍이 멀리서 북상하고 있는 중이라면 앞으로 이삼 일은 배가 못 뜰 것은 자명한 일이었다. 무섭게 일렁거리는 파도를 보고 있는데 뭔가가 잡아끌었다. 질겁해서 돌아보니 워리였다. 워리가 꼬랑지를 흔들며 바짓가랑이를 물고 있었다.

"저리 가!"

김 씨는 달라붙는 워리를 거칠게 뿌리쳤다. 빈 방안을 돌아보았다. 갑자기 공포가 느껴졌다. 집에 살아있는 생명체라곤 개 한 마리와 자기밖에 없는 섬에서 시체와 함께 이삼 일을 보내야 한다고 생각하니 음산한 공포감이 전신을 에워쌌다.

사방이 점점 어두워지고 있었다. 밤을 죽은 아내와 함께 지샐 자신은 도저히 없었다. 김씨는 방으로 들어가 아내를 들쳐 멨다. 서둘러서 시체를 발전기가 있는 창고로 옮겼다.

김씨는 창고 문을 닫은 다음에 등대로 올라갔다. 등대의 불을 켜고 집으로 들어갔다. 손에 묻은 피를 닦고서 옷을 새로 갈아입었다. 텔레비전을 켜 보았지만 불통이었다. 라디오도 마찬가지였다. 요란한 파도소리와 함께 어둠이 조금씩 밀려 들어왔다. 바다가 포효하는 소리가 무섭게 들려왔다 . 십오 년을 바다에서 살아왔지만 바다가 이처럼 무섭게 느껴지기는 처음이었다.

밤 아홉시쯤 되어서 갑자기 집안의 불이 모조리 꺼지고 암흑천지가 되었다. 좀처럼 없는 현상이었다. 김씨는 손전등을 켜들고 밖으로 나가 봤다. 등대의 불은 그대로 켜져 있었다. 집으로 연결된 두꺼비집의 퓨즈가 나간 모양이었다.

김씨는 내키지 않았지만 발전기가 있는 창고로 갔다. 비바람이 세차게 불어왔다. 창고 문을 여니 피비린내가 났다. 벽을 더듬어 스위치를 올렸지만 창고의 불도 나갔는지 불이 들어오지 않았다.

아내가 누워 있는 자리를 손전등으로 비춰보았다. 어둠 속에서 담요가 설핏 비쳤다. 용기를 내서 머리부터 발끝까지 살펴보았다. 아내는 미동도 않고 누워 있었다.

두꺼비집을 열고 퓨즈를 살피다 보니 등 뒤에서 섬찍한 기운이 느껴졌다. 바람이 창고 문을 요란하게 흔들어 댔다. 갑자기 '덜컹' 하며 창고 문이 열렸다. 거센 바람이 밀어닥쳤다. 김씨는 문을 닫고 오려고 걸음을 옮겼다. 문을 닫으려는데 천둥번개가 쳤다. 무심코 문을 닫고 나니 희끗희끗한 것이 문 밖에 서 있었다는 느낌이 들었다. 무섬증이 일었지만 용기를 내서 문을 살짝 열었다.

아내였다!

아내가 하얀 소복을 입고 문 밖에 서 있었다. 천둥이 번쩍거릴 때마다 붕대를 감은 한쪽 눈이 드러났다. 김씨는 심장이 얼어붙는 것을 느끼며 재빨리 문을 닫았다. 벽에 등을 기댄 채 숨을 골랐다.

"헛것을 본 걸 거야… 맞아, 내가 잘못 보았겠지. 아내는 여기에 누워있는데…"

김 씨는 중얼거리면서 플래시로 아내가 있는 곳을 비춰 보았다. 허전했다. 다시 플래시를 그 옆으로 이동했지만 아내의 시체는 보이지 않았다.

이럴수가…

김 씨는 창고 안을 샅샅이 뒤져 보았다. 두꺼비집이 있는 곳을 비춰보니 아내를 감쌌던 빨간 담요가 서 있었다.

저게 뭐지? 왜 시체가 저기에 서 있는 거지?

김씨는 용기를 내서 천천히 다가갔다. 담요에 슬그머니 손을 얹어보았다. 허전했다. 이상한 기분이 들어서 담요를 확 잡아당겼다. 빈 담요였다.

"나를 찾나?"

등 뒤에서 음산한 음성이 들려왔다. 고개를 돌렸다. 아내였다. 붕대를 풀은 아내가 노려보고 있었다. 한쪽 눈알이 빠져 나간 자리에서 시뻘건 불길이 너울너울 타오르고 있었다.

"아악!"

김씨는 비명을 지르며 일어났다. 꿈이었다. 방 안은 어두컴컴했다. 잠깐 잠이 든 모양이었다. 김씨는 소켓 스위치를 돌려봤지만 불이 나갔는지 들어오지 않았다. 요의를 느끼고 일어났다. 그 순간, 발 아래 뭐가 누워 있다는 기분이 들었다. 윗목을 더듬어 플래시를 찾았다. 그리곤 플래시로 밑을 비추어 보았다.

시커먼 물체는 놀랍게도 아내였다! 아내의 전신은 땀으로 흠뻑 젖어 있고 붕대는 풀어져 있었다. 퀭한 눈을 보고 있으니 가위에 눌린 듯 꼼짝도 할 수 없었다. 김씨는 털썩 주저앉았다.

시간이 얼마나 지났을까?

제정신을 차린 김씨는 시체가 어떻게 해서 방으로 다시 돌아오게 되었는지는 알 수 없지만, 일단 시체를 창고로 옮겨야겠다는 생각이 들었다. 김씨는 다시 시체를 들쳐 멨다. 주룩주룩 쏟아지는 비를 맞으며 창고로 갔다. 창고 안으로 들어갈 엄두가 나지 않아 문을 열고서 그대로 시체를 창고 안으로 던졌다. 문을 꼭 닫은 뒤에 자물쇠로 창고 문을 잠갔다.

방으로 돌아온 김씨는 방문을 잠갔다. 촛불을 켜놓고 자리에 누웠다. 비로소 어느 정도 안심이 됐다. 김씨는 공포로부터 달아나기 위해 미스 정의 부드러운 속살을 떠올렸다. 정신 집중이 안 됐지만 최대한 미스 정만을 떠올리려고 안간힘을 쓰다 보니 졸음이 쏟아졌다.

김씨는 미스 정과 정사하는 꿈을 꿨다. 미스 정이 김씨의 몸 위에서 활처럼 몸을 꺾었다. 김씨는 미스 정의 전신을 더듬다가 이상한 기분이 들어 눈을 떴다.

"아악!"

김씨는 몸 위에 있는 시커먼 물체를 밀쳤다. 아, 아내였다. 죽은 아내가 김씨의 몸 위에 누워 있었다. 방문을 보았다. 문은 잠들기 전처럼 분명 잠겨 있었다. 도저히 있을 수 없는 일이었다. 머릿속이 혼란스러웠다.

김씨는 아내를 다시 들쳐 메고 창고로 뛰었다. 비는 줄기차게 내리고 있었다. 김씨는 제정신이 아니었다. 감당할 수 없는 공포로 흐느끼면서 창고로 달려갔다. 창고 문을 열려고 하니 자물쇠가 채워져 있었다. 이상한 기분이 들었다. 어깨에 메고 있는 것을 내려놓았다. 빨간 담요는 있는데 아내는 보이지 않았다.

갑자기 천둥 번개가 쳤다. 김씨는 누군가 옆에 있다고 느꼈다. 자신의 손을 내려다보았다. 누군가 자신의 손을 꼭 쥐고 있었다. 깜짝 놀라 고개를 돌렸다. 아내였다! 입가에 붉은 피를 흘리며 아내가 미소를 띠었다.

"저, 저리 가!"

버럭 고함을 질렀다. 눈을 떠 보니 방 안이었다. 달라진 것은 아무것도 없었다. 비는 여전히 내리고 있었지만 날은 훤히 밝아 있었다. 다급히 무전기에 달라붙어 무전을 쳐 보았지만 불통이었다. 비바람이 몰아치는 정도로 봐서는 오늘도 배가 뜨기는 틀린 것 같았다. 김씨는 불통이 된 무전기 앞에서 혹시나 하는 마음으로 오전을 보냈다. 오후가 되자 잠깐 잠잠해졌던 비바람이 거세지기 시작했다. 어둠이 조금씩 밀려오자 전깃불이 나갔다는 생각이 떠올랐다.

오늘밤도 전깃불 없이 지낼 수는 없는 노릇이었다. 김씨는 망설이다가 한 손에는 도끼를 들고 한 손에는 연장을 들고 창고로 갔다. 창고 문을 굳게 잠겨있었다. 창고 문을 열자 제일 먼저 아내가 눈에 들어왔다. 아내는 어제 저녁에 던져 놓은 그 자세 그대로 엎어져 있었다. 김씨는 시체를 외면하고 두꺼비집을 살폈다. 퓨즈는 이상이 없었다. 발전기 자체에도 이상은 없어 보였다. 아무리 눈을 뒤집고 찾아보았지만 이상을 찾을 수 없었다.

한 시간 가량 살펴 본 김씨는 집으로 연결된 전깃줄이 중간에서 끊어졌다고 결론을 내렸다. 전깃줄을 갈면 말끔히 문제는 해결되리라. 하지만 비가 내리고 있는데다 어둠이 짙게 깔리고 있으니 작업은 내일로 미룰 수밖에 없었다.

김씨는 어둑어둑해진 창고를 나섰다. 창고 문을 굳게 걸어 잠그고 자물쇠를 채웠다. 집으로 돌아와 손을 씻으려는데 오른쪽 어깨에 피가 묻어 있었다. 깜짝 놀라 옷을 벗어 보았다. 잠자기 전에 새 옷으로 갈아입었던 기억이 났다. 기분이 찜찜해 물로 핏자국을 씻어냈다. 밖으로 나오니 워리가 마루 밑에서 뭔가를 혓바닥으로 핥고 있었다. 뭔가 유심히 살폈더니 아내의 빠진 눈이었다. 김씨는 질겁해서 워리에게 달려들어 눈알을 빼앗았다.

그리고 멀리 던져 버렸다.

방으로 들어가면서 생각해 보니 그동안 한 끼도 안 먹었다는 생각이 들었다. 그런데도 이상하게 배가 고프지 않았다. 어서 빨리 태풍이 지나가고 구조대가 섬에 도착했으면 좋겠다는 생각뿐이었다.

촛불을 켜고 방문을 잠갔다. 잠이 들면 죽을지도 모른다는 생각이 들었다. 김씨는 이부자리에 누워서 무협지를 펼쳤다. 벌써 서너 번 읽은 무협지였지만 김씨는 밤새도록 천천히 다시 한번 읽어 볼 셈이었다. 글자가 눈에 잘 들어오지 않았다. 아내가 창고 문을 열고서 천천히 걸어오고 있을지도 모른다는 망상이 들었다. 김씨는 무협지를 읽기 위해서 안간힘을 썼지만 잡념을 쉽게 사라지지 않았다. 김씨는 정신을 통일시키기 위해서 이마를 책에 대고 한동안 숨을 골랐다.

얼마나 지났을까?

눈을 뜨고 다시 책을 읽으려고 하는데 어디선가 피비린내가 났다. 김씨는 천천히 일어나서 피비린내가 나는 곳으로 촛불을 들고 갔다. 가까이 다가가 보니 워리였다. 워리는 목이 참혹하게 잘려 있었다. 마치 자신의 모습을 보는 것 같았다.

"으흐흐흐!"

공포로 벌렁거리는 심장을 짓누르며 김씨는 뒷걸음질 쳤다. 벽 쪽으로 가다 보니 발 아래 뭔가 걸렸다.

"허억!"

천천히 돌아보니 아내였다. 아내는 방 아랫목에 가지런히 누워 있었다. 방문을 보았다. 문고리는 분명 잠겨 있었다. 김씨는 이 모든 상황을 도저히 믿을 수 없었다. 다급히 몸을 돌려 무전기로 달려갔다. 그리곤 무전기를 켜고서 빠른 목소리로 절규했다.

"여기는 미도… 제발 나를 이 지옥에서 빼내 줘! 시체가 살아나 나를 쫓아다녀… 구해 줘! 난 죽기 싫어… 빨리! 흐흑!"

아무리 절규해도 무전기에서는 아무런 응답이 없었다. 김씨는 무전기 앞에서 오열하다가 도끼를 발견했다. 김씨는 아내와 도끼를 번갈아 쳐다보다가 한순간 미소를 띠었다. 이 악몽에서 탈출할 수 있는 방법은 오직 그것뿐이었다. 김씨는 도끼를 힘껏 움켜쥐고 아내에게 다가갔다.

"흐흑… 제발 나를 쫓아다니지 마! 알았어? 흐흑! 무섭단 말야!"

김씨는 공포에 질려 엉엉 울면서 도끼를 휘둘렀다. 김씨가 휘두르는 도끼에 의해 아내의 시체는 여러 조각으로 잘리어 나갔다. 머리, 몸통, 두 손, 두 다리…

시체가 여섯 토막이 나자 김씨는 도끼질을 멈췄다. 그리곤 시체 여섯 토막을 쌀자루에 넣었다. 김씨는 시체를 메고 섬을 돌아다니며 곡괭이로 땅을 파서, 시체를 한 부위씩 묻었다.

이제 김씨는 보험금이나 완전범죄 같은 건 안중에도 없었다. 아내의 시체만 다시 보지 않는다면 그걸로 족했다. 좁은 바위 섬을 미친 듯이 돌아다니며 여섯 곳에다 아내의 시체를 모두 묻었다. 천둥 번개가 쳤지만 조금도 두렵지 않았다. 번개가 자신에게 쳐서 그 자리에서 죽는다 해도 하늘을 조금도 원망하지 않을 자신이 있었다. 김씨에게 다가온 공포는 죽음보다 더한 것이었다.

곡괭이를 메고 집으로 돌아온 김씨는 방안으로 들어와 문을 잠갔다. 벽장을 더듬어 아내가 담가 놓은 자두주를 꺼내서 마시기 시작했다. 유리잔에 가득 자두주를 채웠다. 촛불에 비춰 보니 술이 아니라 피 같았다. 김씨는 피를 마셨다. 문이 요란하게 덜컹거렸다. 아내가 춥다고, 문을 열어달라고 아우성을 치는 것만 같았다.

김씨는 서둘러서 술잔을 비웠다. 커다란 유리 항아리에 담가 놓은 술을 모조리 비우고 나니 머리가 멍했다. 세상만사가 하찮게 느껴졌다. 태풍도 죽음도 두렵지 않았다.

김씨는 방 한 가운데 벌렁 누웠다.

다시 눈을 떴을 때는 머리가 깨어질 듯이 아팠다. 무슨 꿈을 꾼 것 같은데 기억이 잘 나지 않았다. 태풍이 지나갔는지 창문으로 눈부신 햇살이 들어왔다. 김씨는 지끈거리는 머리를 매만지며 자리에서 일어났다. 방안에 널린 핏자국과 방 한구석에 세워져 있는 흙 묻은 곡괭이를 보니 어젯밤의 일들이 하나 둘 떠올랐다.

목이 말라서 자리에서 일어났다. 손을 짚고 일어서려는데 뭔가 물컹한 것이 집혔다. 깜짝 놀라 고개를 돌려보았다. 아내, 토막 난 아내가 흙을 잔뜩 뒤집어쓴 채 가지런히 누워 있었다. 퀭한 아내의 눈에는 김씨가 멀리 내던졌던 눈알까지 들어가 있었다. 그 옆에 목 잘린 개의 시체가 나란히 누워 있었다.

"아아아악!"

김씨는 비명을 지르며 방안을 뛰쳐나갔다. 멀리서 쾌속정이 물살을 가르고 달려오는 소리가 들려왔다 .

보험사정원인 태수가 충무에 내려온 것은 미도 사건이 발생한 지 일주일 뒤였다. 태수는 일단 경찰서를 둘러본 뒤, 현장인 미도를 둘러보고 등대지기 김씨가 입원해 있는 정신병원까지 둘러보았지만, 김씨 아내인 문자의 죽음이 실족사인지 타살인지 결론을 내릴 수 없었다.

김씨가 친 첫 번째 무전에 의하면 문자의 죽음은 실족사임이 분명했다. 부검 결과도 두개골 함몰인 걸로 봐서는 등대에서 실족해서 죽었을 가능성이 높았다.

그렇다면 왜 김씨는 자신의 아내를 토막 냈을까?

태수가 아무리 풀려고 안간힘을 써도 풀어지지 않는 부분이었다. 김씨는 마지막으로 보낸 무전에서 죽은 아내의 시체가 살아나 자신을 쫓아다닌다고 절규하고 있었다. 그렇다면 단순한 공포심 때문에 아내를 토막 내서 묻어 버린 걸까? 그렇다면 육시를 낸 아내의 시체를 왜 다시 파냈을까?

해양 경찰인 박 경장은 태풍이 멎어 미도에 도착했을 때의 상황을 이렇게 증언하고 있었다.

"집에 들어서니 끔찍하더군요. 차마 인간의 소행이라고는 믿기지 않을 정도로 참혹한 광경이었어요. 아내의 시체는 토막 난 채 널려 있고… 우리는 김씨를 찾아 섬을 뒤졌죠. 김씨는 등대 위에 숨어 있더군요. 부들부들 떨면서… 도대체 어떻게 된 거냐고 물어 보았지만 아무 말도 없더군요. 자세히 봤더니 이상하더라고요. 눈동자는 완전히 풀어져 있고… 침을 질질 흘리는데… 마치 광견병에 걸린 것 같더군요."

태수는 광견병에 걸린 것 같더라는 박 경장의 말에 혹시나 해서 충무시내의 인근 병원을 뒤져 보았다. 하지만 아무런 단서도 찾을 수 없었다. 김씨의 본적지인 남해로 가서 병원을 전전한 결과 김 씨의 병력(病歷)을 캐낼 수 있었다. 김씨는 젊었을 때 한동안 몽유병을 심하게 앓은 적이 있음을 알 수 있었다. 의사는 당시 김씨의 몽유병은 거의 완치가 되었다고 증언했다. 태수가 병원을 나서려는데 의사가 덧붙였다.

"하지만 몽유병은 심한 스트레스나 강박관념이 생기면 재발하는 병입니다."

태수는 의사의 부언을 듣고서 머릿속으로 상황을 정리해 보았다.

김씨가 실족사를 가장해서 보험금을 노리고 부인을 죽였다? 막상 부인을 죽이고 나니 죄의식이 들었다. 결국 그 압박감으로

238

인해 몽유병이 재발했다? 그래서 맨 정신으로 아내의 시체를 창고에다 옮겼다가 무의식중에 다시 방으로 끌어들였다… 깨어나 보니 너무도 무서워 아내의 시체를 여섯 토막을 냈다… 섬을 돌아다니면서 아내를 묻었고… 무의식중에 다시 시체를 파냈다? 꿈에서 깨어나 보니 파묻은 아내가 옆에 누워 있고… 그래서 결국 미쳤다?

태수는 그동안 구한 자료를 다시 한번 면밀히 검토해 보았다. 최종적으로 태수는 김씨가 보험금을 노리고 저지른 살인이라고 결론지었다. 태수는 본사에 사건기록에다 의견서를 첨부해 팩스로 발송한 뒤 다시 충무로 갔다. 사건 해결에 여러모로 도움을 준 박 경장과 뒷이야기나 하면서 술을 한잔 마시기 위해서였다.

부둣가 선술집에서 태수는 박 경장과 마주앉아 소주를 마셨다. 술을 마시다 보니 의기가 투합했다. 그런데 술을 마시면서도 태수의 머리를 떠나지 않는 의문점이 있었다. 왜 김씨가 보험금을 노리고 살인을 했을까? 왜? 분명히 큰돈을 필요로 하는 이유가 있을 것인데.

박 경장은 자기가 한 턱 내겠다며 부둣가에 있는 살롱으로 호기 있게 준수를 끌고 갔다. 태수는 술김에 그 의문점을 박 경장에게 이야기했다. 박 경장도 술에 취했는지 이상한 대답을 해주었다.

"그 이유라. 사실 그 사건 이후로 이 마을에 이상한 소문이 돌

고 있어요. 그 등대지기 김씨가 홀렸던 서울에서 온 미스 정이
라는 술집여자가 있었어요. 그 여자랑 살림을 차리기 위해 그런
살인을 했다는 얘기가 있어요. 그런데 그것을 경찰이 조사하지
못한 이유가 있었어요.

　등대에서 살인이 발생하던 폭풍우 치던 그날 밤, 부둣가에서
그 미스 정이 익사한 시체로 발견되었어요. 그런데 이상한 것은
그 여자가 사는 집은 등대로부터 꽤 멀리 떨어져 있었는데, 그
여자는 잠옷 바람으로 발견되었어요. 그 여자도 몽유병이 있었
는지… 아니면 그런 얘기도 있어요. 억울하게 죽은 김씨 부인의
혼령의 복수라고요… 바닷가에는 이런 이상한 얘기가 항상 많
이 떠돌아요…"

청문회

(이 얘기는 전혀 현실과 관계없고,
일어날 수도 없는 일입니다.
불행하게도…)

네 이웃에 대하여 거짓증언하지 말지니라…

— 십계명 중 제 7계명 —

"기억이 잘 안 나요!"

"증인! 당신은 지금 국회를 모독 하고 있소. 빨리 진실을 밝히 시오!"

"잘 모르겠다는데 왜 그리 사람을 안 믿소! 아까 말한 것처럼 나는 단지 기업을 살리려고 애썼던 사업가에 불과하오. 당신들 은 증거도 없으면서 죄 없는 사람을 괴롭히고 있는 것이오."

"뭐라고! 당신을 국회 모독죄로 고발하겠소!"

벌써 열 시간째 쓸모없는 실랑이였다. 한주 그룹 비리에 관련

된 정태형 회장에 대한 청문회는 온 국민의 관심을 모았으나, 별 소득 없는 말싸움으로 일관되고 있었다. 현장을 취재하던 기자들도 지겨운지 연신 하품을 해대고 있었고, 질문을 하는 국회의원을 제외한 나머지 특위의원들도 졸음을 참고 있는 형편이었다. 국회의원들은 구체적인 증거는 제시 못 하고, 목소리만 높였고 증인으로 나온 정 회장은 자신은 아무런 잘못이 없다는 듯이 당당한 태도로 오히려 국회의원들을 압도하고 있었다.

"고발하고 싶으면 고발하시오. 하지만 난 결백하오. 당신들 국회의원들이 국가를 위해 무엇을 하고 있는지 몰라도, 나는 이 나라 경제를 위해 한평생을 바쳐왔소. 내가 먹여 살리고 있는 사람이 자그만치 5만 명이 넘소. 당신들이 금배지에 눈이 어두워 소모적인 정쟁으로 나라를 어지럽힐 때, 나는 묵묵히 이 나라 경제 발전을 위해 일했소. 나는 한 점 부끄럼이 없는 사람이야. 나중에 역사는 나를 다시 평가할 거요!"

"이봐요! 증인, 정신 차려요! 이것은 명백한 국회 모독죄로 고발하겠소!"

"김 의원, 진정해요!"

"위원장은 뭐하는 사람이요? 증인이 저런 방자한 태도로 증언을 하는데 그냥 보고만 있는 거요!"

청문회장은 삽시간에 아수라장으로 변했고, 생중계로 청문회를 시청하던 국민들은 채널을 돌렸다. 의원들은 서로 패싸움을 하는 깡패들처럼 편을 갈라 소리를 치고, 정태형 회장은 눈을 감고 이들을 비웃는 듯한 표정을 지었다. 결국 의장은 정회를 선포하고, 보충 질의시간을 이틀 뒤로 예정했다.

정 회장은 득의의 미소를 지으며, 청문회장을 퇴장했다.

구치소로 가면서, 정 회장은 오늘의 승리에 만족해했다. 국회 의원들은 제대로 된 증거를 하나도 제시하지 못했고, 오히려 그 들의 무능만 국민 앞에 노출시키는 꼴이 되었다. 계획대로 국회 의원들이 움직여준 것이다.

'모든 것이 밝혀지면, 자기들도 끝장나니 어쩔 수 없겠지. 이 번 일만 잘 넘기면, 검찰 조사는 위에서 잘 무마시켜 주겠지. 그 러면 나는 다시 재기하는 거야. 이번에 나가면 신세 진 사람들 에게 후하게 보답해야지. 좀 더 돈을 더 뿌려야겠어. 역시 돈으 로 해결하면 되는 거지. 흐흐흐…'

차는 어느새 구치소에 다다랐다. 절차를 거치고 간수의 감시 를 받으며 배정된 독방으로 들어왔다. 정 회장은 무슨 비리, 무 슨 특혜라 해서 이미 세 번째 구치소 수감이라 이미 익숙해져 있었다. 세 평 남짓한 독방은 밤에 약간 추운 것만 빼면 견딜 만 했다. 시간이 이미 규정된 취침시간을 넘기고 있어 정 회장은 들어가자마자 잠을 자야했다. 하지만 잠시 앉아서 기다리고 있 으니, 아니나 다를까 담당 간수가 보약이며 먹을 것을 상에 차 려 공손하게 들어왔다. 아들을 통해 한 천만 원 집어주니, 대우 가 달라지고 집에서 보내는 음식이나 필요한 것을 언제든지 받 을 수 있었다.

"오늘 수고 많으셨습니다. 피곤하시죠? 댁에서 보내온 보약하고 음식입니다. 불편한 점 있으신가요? 오늘은 제가 당직이니, 언제든지 필요하면 저를 불러주십시오. 그럼 편히 쉬세요."

바보 같은 놈… 정 회장은 굽신거리는 간수를 보고 속으로 비웃었다. 정 회장은 돈 몇 푼 집어주면 쓸개라도 빼줄 것 같은 사람들을 경멸했다. 하지만 한편으로는 좋아했다. 그런 사람들 때문에 여기까지 올라왔으니까. 또한 정 회장은 본능적으로 돈을 줘야할 사람, 돈을 밝히는 사람을 알아차릴 수 있었다. 사업을 시작한 후, 그의 돈을 거절한 사람은 손가락으로 꼽을 정도니 남을 매수하는 데는 스스로 일가견이 있다고 자부했다.

간수가 가져온 보약과 과일을 먹고, 자리에 누워 모레 있을 청문회를 생각했다. 국회의원들의 목청만 높인 쓸데없는 질문들을 생각해 보니 픽하는 웃음이 나왔다. 자기가 준 돈을 받을 대로 받은 의원들이 특위의원의 중 대부분을 차지하고 있으니 걱정할 것이 없었다. 청문회와 검찰의 수사는 이제 아무런 위협이 되지 않았다. 중요 서류는 이미 폐기하거나 안전한 곳에 숨겼고, 곳곳에 뿌려 놓은 돈의 위력으로 여론이 잠잠해지면 다시 나가 재기할 수 있을 것 같았다.

'벌여놓은 자동차 사업을 마무리 짓고, 이제 제철 사업에 뛰어들어야지. 허가와 대출은 이번보다는 힘들겠지만, 그래도 되겠지… 정권이 바뀌더라도…'

정 회장은 벌써부터 출감 후 사업구상에 몰두했다. 그런 생각에 깊이 잠겨있는데 갑자기 졸음이 몰려왔다. 오늘 청문회 때문에 몰려온 피로 같았다. 자기도 모르게 스르르 잠이 들었다.

시간이 얼마나 지났을까….

정 회장은 싸늘한 기운을 느껴 잠에서 깨어났다. 눈을 떠보니, 언제 간수가 불을 꺼주었는지 방은 어두워져 있었다. 오늘 밤은 달도 안 뜨는지 철창 사이로 아무런 불빛도 들어오지 않아 깜깜했다. 정 회장은 잠에서 깨자마자, 왠지 모를 꺼림칙한 기분이 들어 주위를 살펴봤다. 순간 정 회장은 화들짝 놀랐다.

눈앞에 누군가가 서있는 것이 보인 것이다. 정 회장은 자다 일어나 헛것을 본 것인지, 꿈인지 구분을 할 수 없었다. 처음에는 간수인 것 같았다. 정 회장은 떨리는 것을 간신히 참으며 우두커니 서있는 사람에게 말을 걸었다.

"당신… 은… 누구요? 간수요?"

그 사람은 대답대신 한 발짝 다가왔다. 그 사람이 다가오자 정 회장은 등골이 오싹해지는 것을 느끼고 움직일 수 없었다. 그 사람의 얼굴은 살아있는 사람의 얼굴이 아니었다. 눈과 입에서 시퍼런 불빛이 나고, 원망의 표정을 얼굴 가득히 담고 있었다. 정 회장은 악몽이라는 생각밖에 들지 않았다. 온 몸에는 누더기를 걸치고 있었고, 자세히 보니 얼굴뿐만 아니라 온몸이 피범벅이었다.

죽음과 같은 공포심이 느껴졌다.

정 회장은 소리를 치고 구석으로 몸을 피하고 싶었으나 웬일인지 몸이 말을 듣지 않았다. 그 사람은 천천히 다가와 정 회장 앞을 막아섰다.

정 회장은 있는 힘을 다하여 간신히 비명을 질렀다.

"간수! 간수! 나 좀 살려줘! 저리가! 저리 가란 말야!"

그러나 그 소리는 독방 안을 메아리칠 뿐 아무런 대답이 없었다. 정 회장은 악몽을 꾸고 있는 것 같았다. 그 사람은 버둥거리는 정 회장을 가만히 응시하면서 점점 다가왔다.

그리고 섬찍한 목소리로 말을 건넸다.

"정 회장… 나를 기억하시오? 한강금속 박 사장이오… 기억 못할 거요… 당신은 한주라는 큰 기업에 얼마나 많은 중소기업들이 매달려 있는지… 나도 그런 기업 중의 하나를 이끌어가던 사람이었소…"

"난 잘 모르겠소! 당신이 누구인지도 상관없소! 왜 여기에 있는 거요? 빨리 내 눈앞에서 사라져! 간수! 간수! 빨리 와봐!"

그 박 사장이라는 사람은 정 회장의 절규에도 아랑곳하지 않고 그 끔찍한 얼굴을 번뜩이며 말을 이어갔다.

"당신은… 자기 욕심에 어두워 다른 사람에 주는 피해를 전혀 생각 안 했소… 얼마나 아픈 고통을 안겨주었는지… 내가 20년 동안 피땀 흘려 이룩한 사업을 당신이 날려버렸소… 난 당신과 당신 회사를 믿고, 여기저기 돈을 끌어 새 공장도 짓고 최선을 다했소… 그런데 어느 날 갑자기 당신의 부도덕한 짓거리로 당신 회사는 부도나고 모든 걸 당신 회사에 걸었던 내 회사도 망했소. 딸아이는 결혼을 앞두고 있다가 파혼을 당하고, 당장 급한 아내의 수술비도 못 내게 되었소…"

"무슨 헛소리를 하는 거요? 나는 잘못 없소. 설사 당신 회사가 망했다 하더라도, 그것은 내 잘못이 아니라 당신이 회사를 잘못 경영해서 그런 거지! 자기의 무능을 남에게 돌리지 마쇼! 간수! 어디 있는 거야! 이 사람 좀 빨리 쫓아줘! 빨리!"

정 회장은 이 상황이 이해는 안 갔지만, 두려움은 가라앉지 않았다. 눈앞에서 이상한 소리를 하는 사람이 무섭기만 할 따름이었다. 그 사람은 분노를 삭이지 못하면서 소름끼치는 목소리로 외쳤다.

"정 회장 당신, 아직 자기 잘못을 못 깨닫고 있군. 이봐! 당신은 사업을 자기 욕심을 위해 확장했고, 돈으로 남을 매수해서 사업을 무리하게 일으켰소. 사회적 책임이나 정직에 대해서는 하나도 생각 않고. 당신 회사에 나처럼 목숨 건 사람이 얼마나 많은지도… 당신이 다른 사람을 위해 살아본 적 있소? 아니 한 번이라도 다른 사람의 고통을 생각해 본 적은 있소? 당신 같은 사람이야 말로 지옥으로 떨어져야 돼!"

"나는 당신 같은 사람과 논쟁할 시간이 없소! 간수! 어떻게 된 거야! 간수!"

정 회장은 소리를 치면서 그 사람을 확 밀쳤다. 그런데 그 사람은 꿈쩍도 않고 정 회장을 침대로 집어 던졌다. 그러곤 따귀를 때리며 믿지 못할 얘기를 털어놓았다.

"정신 못 차리고 있군! 당신… 당신 때문에 엉망이 된 나는 회사도 가족도 모두 잃었소. 나에게 남아있는 것은 죽음으로의 도피였지… 그렇소! 당신 앞에 있는 나는 죽은 사람이요. 일주일 전에 달리는 트럭으로 뛰어들었지…

한을 품고 죽은 거요. 저승으로 가고 싶었으나, 도저히 당신을 여기에 남기고 떠날 수 없었소. 당신은 오늘 또 새빨간 거짓말만 지껄이고 잘못은 전혀 뉘우치고 있지 않소. 나는 당신을 저 세상으로 같이 데려가야겠소. 이제 모두 끝이요! 당신의 죄값을 치르게 될 것이요. 죽음으로써…"

정 회장은 그 사람의 말에 충격을 받고 멍해있는데, 그 사람이 갑자기 차가운 손으로 목을 조르기 시작했다. 정 회장은 숨이 막혀오면서, 죽음의 고통을 직감했다. 하지만 더 무서운 것은 자기가 지금 귀신에게 죽음을 당하고 있다는 것이었다. 아무리 반항하려 했지만, 그 사람은 꿈쩍도 안했다. 아무리 발버둥쳐도 어쩔 수 없었다. 정 회장은 희미해지는 의식 속에 죽음을 느꼈다. 그리곤 정신을 잃었다.

얼마나 지났을까.

정 회장은 갑자기 서늘한 기운을 느껴 눈을 떴다. 아직도 감방 안이었다. 휴, 하고 한숨을 내쉬면서 재수 없는 악몽을 떠올렸다. 너무 생생해서 진짜로 죽는가 했는데 역시 꿈인 것 같았다. 오늘 너무 피곤해서 더러운 꿈을 꿨을 뿐이라고 자위하고, 몸을 일으키려고 했다. 그런데 갑자기 목에 이상한 느낌이 드는 것이었다.

목을 만져 보고 정 회장은 온몸에 소름이 쫙 끼치는 것을 느꼈다. 끈적끈적한 피가 만져지는 것이었다. 그놈이 목 조른 것이 꿈이 아니었던 것이었다. 갑자기 정 회장은 두려움을 느끼며 몸을 일으켜 간수를 부르려 했다. 순간, 몸을 움찔거리며 놀랄 수밖에 없었다. 구석에서 뭔가가 몸을 일으키면서 다가오는 것이었다. 이번에도 사람이었다. 정 회장은 너무 놀라 다시 소릴 질렀다.

"이봐! 간수 여기 좀 와서 봐! 누군가가 내 방에 있어! 살려줘! 제발!"

하지만 아무런 대답은 들려오지 않았다. 그 사람은 아무런 인기척을 내지 않고 다가왔다. 자세히 보니 아까 그 귀신과는 다른 모습이었다. 하지만 얼굴을 보는 순간, 정 회장은 온몸이 얼어붙는 듯한 공포를 느꼈다. 그 사람의 얼굴은 온통 빨간 피로 범벅이 되어 있었고, 한쪽 눈은 휑하니 비어 있었다. 차마 눈뜨고 볼 수 없는 끔찍한 얼굴이었다. 몸이 썩어가는지 다가오면 다가올수록 악취도 났다. 아니나 다를까 가까이 다가온 그의 팔은 썩어 문드러지는 것처럼 푸르스름했다.

정 회장은 자기도 모르게 그 무서운 광경에 고개를 돌리고, 비명을 지르면서 뒤로 피했다. 그 끔직한 얼굴의 사람은 소름끼칠 정도로 귀에 거슬리는 목소리로 얘기를 시작했다.

"회장님… 나를 피하지 마십시오. 피해봤자 아무런 소용없습니다… 회장님과 같이 있을 생각이니까… 저를 기억하십니까. 기억하셔야 합니다… 제가 올해로 한주에 몸을 바친 지 20년이 다 되가니까요… 저는 한주 물산의 손 부장입니다. 당신이 만들고 당신이 망하게 회사의 직원이었죠. 아니 머슴이 맞겠죠. 당신이 오늘 말한 것처럼…

그건 기억하십니까?

자동차 공장 기공식 때 모든 한주 직원들을 모아놓고 한주의 밝은 21세기에 대해 연설하면서, 그때를 위해 조금만 참자며 노력하자고 하셨죠. 그리고 얼마 안가서 월급을 동결하시더군요…"

정 회장은 불길한 예감과 두려움을 느끼면서, 소리를 질러 도움을 청했다. 그러나 이번에도 아무런 대답을 들을 수 없었다. 대신 들을 수 있었던 것은 그 손 부장이라는 사람의 원망 섞인 저주였다.

"이봐, 손 부장이라고 했나? 자네 여기 어떻게 들어왔나? 그리고 내게 바라는 것이 뭐야?"

"아직 잘 모르고 계시군요… 저는 제 일생을 이 회사를 위해 일했습니다. 힘들어도 남들보다 대우가 안 좋아도 책임감을 가지고 열심히 일했습니다… 최선을 다 했죠… 일 때문에 가족에게 죄지은 적도 한두 번이 아닐 정도로… 그런데 어느 날 갑자기 내게 날아온 것은 명예퇴직 권유서였습니다. 믿기지 않았죠. 설마 내가 회사에서 치욕스럽게 떠나야 한다는 것을… 회사가 어렵다는 이유였죠. 하지만 그때 회장님은 수십 억의 돈을 정치인과 공무원들에게 뇌물로 바치고 있었죠. 그 돈만 있었으면, 천 명이 넘는 우리들은 회사에서 쫓겨나지 않을 수 있었겠죠…

눈앞이 깜깜해지더군요. 고생고생해서 모은 돈으로 간신히 집 장만하고, 모아둔 돈은 거의 없었는데 내 주머니에 딸린 식구들만 네 명이고… 큰 놈의 대학등록금과 작은 놈의 과외비만 해도 힘든데… 가장 큰 고통은 내 일이 없어졌다는 것과 집사람에 대한 미안함이었죠.

회장님은 그런 괴로움을 아십니까? 그저 돈으로 모든 것을 해결하고 그 피해자들은 안중에도 없죠… 그 피해자들이 회장님만 믿고 있던 직원들이라고 해도… 제가 선택한 길은 한 곳밖에 없더군요… 흘러가는 한강을 한참 바라보다가 뛰어들었습니다. 아직도 제 시체는 한강 밑바닥에서 물고기 먹이가 되면서 썩고 있겠죠… 하지만 억울해서 눈을 감을 수 없더군요. 배신감과 남겨진 가족에 대한 죄책감으로…

그렇습니다. 저는 이미 죽어버렸습니다. 그런데 혼자 죽으니 너무 억울하더군요. 회장님은 아직 당당하게 과오를 인정하지 않고 계시군요… 저는 무능해서 이런 꼴을 당했다 치지만, 회장님이 저지른 여러 가지 일들은 모두가 알아야 될 일 아닙니까?

그런데 그러시지 않더군요… 그러니 저는 회장님을 모시고 갈 생각입니다. 회장님 같으신 분들은 이런 식으로라도 죄 값을 치러야 할 것 같습니다…"

말을 마치고 그 사람은 그 끔찍한 몰골을 가지고 좀 더 다가왔다. 정 회장은 공포에 질려 비명을 질러대며 필사적으로 살려고 발버둥을 쳤다. 그런 와중에도 언뜻 머리를 스치는 일이 있었다. 한 6개월 전에 비용절감이라는 이유로 과장급 이상 천여 명을 명예퇴직 시킨 일이 기억났다. 말만 명예퇴직이지 불명예 해고나 다름없는 조치였다. 정 회장은 거기서 절감된 비용을 비자금으로 조성해 뇌물로 바쳤다. 그 일이 이제 생각났으나, 이미 소용없었다.

그놈은 어느새 정 회장의 머리를 잡고, 베개 위로 짓누르기 시작했다. 숨이 탁 막히는 것을 느꼈지만 정 회장은 반항할 수 없었다. 단지 빨리 이 고통이 끝났으면 하는 생각밖에 못했다.

점점 의식은 희미해졌다…

정 회장은 따가운 햇살을 느끼며 정신을 차렸다. 눈을 떠보니 쇠창살 사이로 눈부신 햇살이 비쳤다. 정 회장은 정신을 추스렸다.

'어제 밤 분명히 무슨 일이 일어났을 텐데…'

그러나 주변을 둘러보니 감방 안 그대로였다. 결국 재수 없는 악몽에 불과한 것 같았다. 단지 마음에 걸리는 것이라면, 그 꿈이 너무 생생했고 무슨 험악한 일이 있었던 것처럼 너무 엉망이 되어있었다. 잠을 설쳤는지, 머리까지 지끈거리고 무거웠다. 천천히 몸을 일으켜 세면대로 갔다. 세수를 하려고 물을 틀고 거울을 보는 순간 정 회장은 충격을 느꼈다. 목에 벌겋게 손자국이 남아있는 것이었다. 어제 밤에 있었던 일이 꿈이 아니라 사실이라는 것을 말해주는 것처럼.

정 회장은 겁에 질려 간수를 불러댔다. 달려온 간수는 겁에 질려 있는 정 회장의 말을 이해할 수 없었다. 정 회장은 어제 있었던 일을 간수에게 설명했으나, 간수는 그 말을 믿어주지 않는 눈치였다. 단지 돈을 받은 것이 있어서인지 공손하게 필요한 조치를 취해준다고 할 뿐이다. 이미 사업상의 수많은 위기를 넘긴 적이 있는 정 회장은 곧 평정을 되찾고 침착하게 자기 처지를 생각해보았다. 아무리 간수에게 설명해봤자 어제 있었던 일을 믿을 것 같지 않았다. 더구나 회장 자신도 그 일이 꿈이었는지 아니었는지 확신이 안가는 상태였기 때문에, 다른 방법을 찾아야 했다.

우선 간수를 통해 변호사 면담을 신청했다. 변호사는 정 회장을 보자마자 어제 청문회에서의 처신은 완벽했다고 말했다. 하지만 정 회장의 안중에는 청문회나 검찰 조사는 눈에 들어오지 않았다. 정 회장은 변호사에게 어제 나타났던 두 사람의 신원조회를 부탁했다. 변호사는 의아해했지만, 오늘 중으로 연락을 약속하고 떠났다. 감방으로 돌아온 정 회장은 부어오른 목을 만지며 어제 밤에 있었던 일을 생각해 보았다. 분명히 꿈이 아닌 것 같았다. 그들의 끔찍한 모습이라든지, 원망 섞인 표정들, 목을 졸라오던 그 차가운 손들… 멍하니 목을 만지고 있었다.

오후가 되자 변호사가 면회를 왔다.

변호사가 들려준 말은 정 회장을 회복할 수 없는 충격을 주었다.

"회장님, 부탁하신 두 명에 대해 조사를 해보았는데, 공교롭게도 둘 다 이미 이 세상 사람이 아니더군요. 얼마 전에 죽었다는군요. 이상하게도 두 사람 모두 자살했다더군요. 한 사람은 트럭에 뛰어들고, 한 사람은 한강에 뛰어들고… 그런데 아시는지 모르겠지만 두 명 다 한주그룹과 관계 있더군요. 이번 일 여파로 망해버린 납품업체 사장과 얼마 전에 한주에서 명예퇴직한 부장이었습니다. 어떤 일로 이 두 사람에 대해 아시고 싶으셨습니까?

회장님 괜찮으십니까? 무슨 일 있으세요? 갑자기 안색이 안 좋아 보이는데… 걱정 마세요. 재판과 청문회는 이대로만 나간다면 한 6개월 후면 여기서 나와 다시 경영 일선에 나서실 수 있을 겁니다. 지난 번 일산 비리 사건 때도 잘 되지 않았습니까?

회장님, 좀 쉬셔야겠습니다. 식은땀까지 흘리시는 것 같은데…"

이어서 변호사는 내일 있을 청문회를 대비해 이것저것 얘기했지만, 정 회장의 머릿속에는 하나도 들어오지 않았다. 변호사가 충격적인 사실을 알려주고 돌아간 뒤 정 회장은 두려움이 엄습해왔다. 정 회장은 어제 나타났던 두 사람에 대해 그 전에는 전혀 모르고 있었다는 것을 깨닫는 순간, 꿈이 아닐지 모른다는 강한 의혹에 사로잡혔다. 그런 생각이 들자 밤이 돌아오는 것이 무서워지기 시작했다.

　그러나 시간은 지나 구치소는 어느새 어두워졌다.

　정 회장은 점점 겁을 먹고 야식을 가져온 간수에게 애원하기 시작했다.

　"이봐, 간수. 돈은 원하는 만큼 줄 테니 오늘 만큼은 이 방에서 나를 내보내줘. 그것이 안 된다면 오늘 내 방에서 나를 지켜줘… 부탁이야. 제발!"

　그러나 간수는 난감한 표정을 지으며 오늘 감사가 뜨기 때문에 그것만은 안 된다고 거절했다. 대신 밤새도록 자주 들리겠다고 약속했다. 정 회장은 방을 나가는 간수의 뒷모습을 보며 자기도 모르게 온몸이 떨리는 것을 느꼈다. 꺼림칙함으로 식욕을 잃은 정 회장은 야식은 손도 못 대고 잠자리에 누웠다. 하지만 갑자기 무엇이 튀어나올 것 같아 불안해 잠을 못 이루고 있었다. 내일은 하루 종일 보충 청문회가 있는데도 그것은 전혀 걱정이 되지 않았다. 단지 아무 일 없이 빨리 아침이 밝았으면 하는 바람이 정 회장 머릿속에 들어있는 전부였다. 무서워 눈을 감지 못하고 있었다.

그러다가 자신도 모르게 잠이 들었다…

갑자기 정 회장은 서늘함을 느껴서 깨면서 자기가 잠이 들었다는 것을 깨달았다. 그리고 그것을 깨닫자 공포가 엄습했다. 자기를 깨운 서늘한 기운이 좀더 강해짐을 느끼며 조심스럽게 눈을 떴다. 뭔가가 자기 눈 앞에 있을 것 같은 생각이 들자 눈이 떠지질 않았다. 설마 하고 눈을 뜬 정 회장 앞엔 아무 것도 없었다. 안도의 한숨을 내쉬고 정 회장은 다시 잠을 청하려고 했다.

그때 옆에서 뭔가가 움직이는 것이 느껴졌다.

돌아보는 순간, 정 회장은 공포로 온몸이 얼어붙는 듯 했다. 온 몸이 피투성이인 사람이 머리를 풀어헤치고 옆에서 자기를 내려다보고 있는 것이었다. 정 회장은 너무 놀라 숨도 제대로 쉴 수 없었다. 그 사람이 고개를 들자 정 회장은 더욱 놀랄 수밖에 없었다.

"너… 넌… 김성룡! 네게 여기 어떻게 있는 거야? 넌… 분명히 죽었잖아… 분명히 죽었다고 보고 들었는데… 이럴수가…"

"회장님, 저는 기억하고 계시는군요… 당연히 기억하셔야죠… 당신이 나를 죽이라고 했을 테니까… 회장님도 아시다시피, 우리 노조의 요구 조건은 무리한 것이 아니었어요. 단지 물가 인상률에 기초한 현실적 봉급 인상과 직원에 대한 인격 존중이었죠. 그때 회장님의 답변은 어땠죠? 회사가 어려우니 조금만 참아 달라, 그렇지 않으면 모두 불행을 맞게 된다. 많은 노조원이 그 말을 믿지 않았죠… 저는 노조 위원장으로서 우리 노동자들의 의견을 대변했을 뿐입니다. 정당한 우리의 권리를 찾기 위해 파업에 들어가려 했죠… 파업 결의를 하고 집으로 돌아가던 밤, 괴한들이 나를 납치했죠. 그러곤 야산을 끌고가 나를 때려 죽었어요. 때려서… 그러더니, 파묻더군요. 우리 가족은 나의 시신도 못 찾았죠… 결국 실종 신고되고… 아직도 내 가족은 나를 찾아다니고 있죠… 혹시나 하고 내가 살아있을 줄 알고… 그걸 보고 있으면 가슴이 찢어지는 것 같죠… 얼마나 고통스러운지 상상이나 하실 수 있습니까?"

"아냐! 김성룡! 그건 내가 시킨 일이 아냐! 네가 실종되었을 때 내가 얼마나 많은 돈을 냈는지 알아! 나는 너를 죽이지 않았어!"

그 사람은 정 회장의 절규를 경멸하는 눈빛으로 바라보면서 손을 뻗어 정 회장의 어깨를 잡았다. 정 회장은 손의 차가움에 몸서리를 쳤다.

"물론 당신이 나를 죽이진 않았지… 사주를 받은 깡패 놈들이 죽였으니까… 정 회장 당신은, 당신이 죽인 사람에게도 거짓말을 하고 있소… 모든 것을 거짓으로 일관하고, 돈으로 해결하려 들고… 당신은 이 세상에서 살 가치가 없소… 당신도 내가 받은 고통을 받아야겠어. 그 아픔, 그 괴로움…"

그 말과 함께 정 회장은 목뼈가 으스러지는 고통을 느꼈다.

엄청난 고통과 함께 간신히 그 사람의 얼굴을 보았다. 그 사람의 얼굴에는 희열까지 엿보였다. 자기의 얼굴이 등 쪽으로 돌려지는 것을 느끼며 정 회장은 차라리 이 고통이 빨리 끝나기를 바랐다…

"정 회장님, 아침입니다. 아침! 이제 일어나셔서 청문회 나가실 준비해야죠."

간수가 흔드는 바람에 정 회장은 정신을 차렸다. 눈을 떠보니 간수가 자기를 깨우고 있었다. 주위를 둘러보니 구치소 안이었다.

어제도 꿈이었구나. 정 회장은 한숨을 내쉬었다. 너무 뒤숭숭한 잠자리였다. 세수하면서 거울을 보니, 뭔가 호된 일을 겪은 것처럼 얼굴이 상해보였다. 잠을 잘못 잤는지, 목도 움직일 때마다 통증이 느껴졌다. 불길한 예감을 가지고 청문회장으로 향했다. 차 안에서 자꾸 이틀 동안의 끔찍했던 꿈 생각이 정 회장의 머릿속을 떠나지 않았다. 어제까지만 해도 자신만만했는데, 불안해지기까지 했다. 자기들도 받은 뇌물이 있어 그럴 리는 없겠지만, 국회의원들이 생각지도 못한 증거를 제시할 것 같기도 했다.

청문회장은 지난번보다는 못하지만 많은 기자들이 취재경쟁을 벌이고 있었다. 기자들은 얼굴이 수척해진 정 회장을 보고 나름대로 추측하고 있었다. 양심의 가책을 받고 잠을 못 잤다든지, 오늘 폭탄선언을 할 생각이라든지. 위증에 대한 선서를 하고, 청문회가 시작되었다.

처음에는 정 회장은 모른다 또는 기억이 나지 않는다, 라는 대답으로 일관했다. 정 회장은 사실 다른 대답을 할 여유가 없었다. 머릿속에는 밤에 나타났던 그 사람들의 끔찍했던 얼굴들로 가득 차 있었다.

"정 회장, 이번에는 다른 질문을 해보겠습니다. 작년 11월, 파업을 준비하다가 실종된 한주 자동차의 노조 위원장 김성룡 씨 사건에 개입했습니까? 솔직히 말해주세요."

특위의원 중에 유일하게 돈을 안 받은 젊은 최 의원의 의외의 질문이었다. 정 회장은 전기에 감전된 것처럼 움찔하고 놀랐다. 어떻게 이런 질문을 오늘 하다니…

평소 정 회장답지 않은 떨리는 목소리로 간신히 대답했다.

"그… 일… 은 전혀… 나와… 관계… 없소… 나도… 김성룡 씨… 실종에… 애석해… 하고 있소…"

그 순간 정 회장의 눈에는 피범벅이 된 채로 눈을 부릅뜬 채 자기를 향해 다가오고 있는 노조위원장 김성룡이 보였다. 처음엔 헛것으로 생각했지만, 그 사람은 기자들 사이를 거쳐 자기를 향해 똑바로 걸어왔다.

"정 회장, 이번에도 거짓말 했소! 당신은 여기서 죽어야 돼! 이번엔 정말 당신을 찢어죽일 거야!"

"안 돼! 제발! 내가 잘못했소! 제발 용서해줘! 내가 다 말할게!"

기자들과 국회위원들은 정 회장의 갑작스런 비명과 절규에 모두 놀랐다. 정 회장은 마치 누군가를 보고 말하듯이 허공에 대고 소리를 치고 있었다. 갑작스런 정 회장의 행동에 모두들 어안이 벙벙해하고 있는데 더 놀라운 일이 발생했다.

　"내가 다 말하겠소! 그래요! 내가 김성룡을 죽여서 암매장하라고 사주했소.

　그리고 내가 사람들에게 돈을 뿌린 것도 사실이오! 그 돈으로 온갖 특혜는 다 받아냈소! 여기 있는 국회위원 거의 내 돈을 받아먹었소! 대선자금, 정치자금 닥치는 대로 뿌렸소! 장관, 국회위원, 공무원, 은행장, 청와대 모두 내가 돈을 줬소! 그래, 대통령의 아들 이현석에게도 왕창 집어 줬소! 우리 집 뒤뜰 느티나무 밑에 뇌물에 대한 자세한 내역이 적혀 있는 장부를 묻어놨소. 거기 보면 자세한 증거가 나올 거요! 김성룡! 만족하겠지! 제발 나를 가만둬! 제발!"

　그날 저녁 서울 구치소는 조용했다. 정 회장은 그 폭탄선언 후 실어증에 걸리고 정신에 이상이 생겨 병원으로 후송되었다. 정 회장의 증언대로 발견된 장부에는 자세한 뇌물 내역과 받은 사람이 모두 나와 있었다. 그 리스트에는 정말 많은 사람들의 이름이 있었고, 대통령의 아들 또한 큰 부분을 차지하고 있었다. 서울 구치소 간수들은 조촐한 술자리를 마련하고 축배를 들고 있었다.

"김 간수, 훌륭한 아이디어였어요. 그런 식으로 정 회장을 단죄한다는 것은 정말 잘한 것이오."

"사실 저도 이렇게 될 줄은 몰랐죠. 간수장님도 많이 도와주셨잖아요."

"도와주다니… 내 일이나 다름없는데 뭐… 손 부장 그 친구얼마나 열심히 일했는데. 초등학교 동창 중 제일 착실했을 거야. 매년 봄만 되면 그 친구 가족들과 여행도 다니곤 했는데…정말 행복한 가족이었지… 그런데 그런 친구가 이유도 없이한주에서 내몰리고 자살하게 되자 그 가족이 얼마나 불행해졌는지… 그때부터 그 일의 원흉인 정 회장을 저주하기 시작했지. 안 그래도 기회가 오면, 정 회장에게 꼭 복수하고 싶었어…"

"저도 그랬어요. 박 사장님은 제게 아버지 같은 분이셨죠. 아버지 친구라는 이유 하나로 제 아버지가 돌아가신 후 아들처럼저를 돌봐주셨어요. 학비도 다 대주시고… 한주에 납품하게 되신 후 기뻐하시던 것이 어제 일 같은데… 정말 열심히 일하셨는데… 회사가 망한 후 지선이의 결혼마저 파혼 당하자 얼마나 좌절하시던지… 결국 한강에 몸을 던지셨죠… 정 회장은 정말 죄값을 치러야 했지요!"

"그렇지… 여하튼 자네 여동생 없이는 이번 일은 시작도 못했겠지. 특수 분장이라는 것이 그렇게 힘든 것이지 처음 알았어.내 얼굴을 보고 파리해지는 정 회장을 보고 웃음을 참느라고 힘들었어. 땀도 많이 흘렸어. 정 회장이 준 그 돈으로 여동생 옷 한 벌 해주지."

둘은 술잔을 기울이며 자기들 작전의 의외의 성공에 기뻐하고 있었다. TV에서는 오늘 청문회에서 있었던 정 회장의 폭탄 선언에 대해 난리가 나고 있었다. 구속이니 특별 검사제니 누구 잘못이니 등.

"저도 특수 분장이 그렇게 효과 있는지 이번에 처음 알았어요. 매일 영화촬영 쫓아다닌다고 혼냈는데 이럴 때 쓸모가 있더 군요. 사모님도 큰 도움이 되었죠. 정 회장 약에 탄 무슨 환각젠가 진정제 덕분에 정 회장이 쉽게 속았죠."

"아… 테로그로라민. 집사람이 병원에서 근무해서 그런 약을 구할 수 있었지. 그 약을 먹으면 정신이 몽롱해진다더군… 나는 정 회장 목조를 때 정말 그 사람이 죽을까 걱정했어. 기절할 때까지만 목 조른다는 것은 쉬운 일도 아니고, 기분 좋은 일도 아니었지… 여하튼 다 잘 되어서 다행이야. 기분도 상쾌하고…

아참! 그리고 실종된 김성룡 씨를 분장한 아이디어는 정말 기발했어. 그것 때문에 정 회장이 허물어진 것 같아. 원래는 첫째 날만 하기로 했는데, 자네가 둘째 날에도 그 사람 유령으로 나타나는 수고를 하는 바람에 모든 것이 성공한 거야. 정말 잘했어. 나는 처음에 정 회장이 김성룡 어쩌구저쩌구 했을 때 무슨 영문인지 몰라 어안이 벙벙했지… 자네 대단해!"

"무슨 얘기 하시는 거죠? 그건 간수장님이 하신 일 아닌가요? 저도 그것보고 맨 처음에는 놀랐어요. 하지만 간수장님이 어제 밤에 혼자 김성룡이란 노조위원장 역할을 하셨다고 생각했는데…"

"뭐라고! 그럴 리가 없는데… 자네가 그러지 않았다면… 그럼 정 회장은 무엇을 본 것이지…?" 〈도정어〉